Codename Wüstentunnel

SALIM GÜLER

CODENAME WÜSTENTUNNEL

ein Peter Walsh Thriller

Edition Reichenbach

Salim Güler
www.salim-gueler.de
https://www.facebook.com/salim.gueler.autor
https://www.instagram.com/salimgueler

Lizenzausgabe des Pahlberg Verlags, ein Imprint des Belle Époque Verlags, G. Pahlberg, Wiesenstr. 7, 72135 Dettenhausen, mit freundlicher Genehmigung des Autors.

Lektorat: Christiane Saathoff, *www.lektorat-saathoff.de*

Innenlayout und Schriftsatz: Hans-Jürgen Maurer
Umschlaggestaltung: Simone Holland, hollanddesign@gmx.de, https://bit.ly/3HHlXxt

Herstellung: Custom Printing, Wał Miedzeszyński 217/1, 04-987 Warszawa, Polen

ISBN: 978-3-910231-21-4

1

Gaza

Durst!

Uris Kehle brannte, weil sie trocken war, genau wie sein Mund. Er versuchte, den Hals mit Spucke zu befeuchten, aber dieses unangenehme Gefühl in der Kehle wollte nicht verschwinden.

Uri wusste nicht, wie lange er schon gefangen war, doch er glaubte, dass es mindestens drei Tage sein mussten. Da es hier nur künstliches Licht gab, konnte er es jedoch nicht mit Bestimmtheit sagen.

»Sie werden uns nicht sterben lassen«, hörte er einen Mann sagen, der älter als Uri war.

»Aber verdursten«, versuchte Uri zu scherzen. Wieder brannte es in der Kehle.

»Sei tapfer, Kleiner. Du hast keine Ahnung, was für Strapazen der Mensch aushalten kann, wenn er überleben möchte. Du willst doch überleben, oder?«

Uri zögerte kurz.

»Du musst überleben, nicht für dich, sondern für deine Familie und für Israel. Die Hamas will uns brechen. Ihre Söldner demonstrieren zwar liebend gern ihre Gottgleichheit, aber sie sind nur feige Terroristen.«

Der Mann atmete schwer durch die Nase, hielt sich die Seite. Blut war an seinem Hemd zu sehen.

»Bist du Soldat?«, fragte Uri.

Den Mann, dessen Namen Uri noch nicht kannte, hatten sie gestern Mitten in der Nacht hergebracht.

Jedenfalls glaubte Uri, dass es Nacht gewesen war, da er tief geschlafen hatte und durch das Öffnen der Tür und das plötzlich aufflammende künstliche Licht geweckt wurde.

»Das bin ich. Wir wurden von den Kämpfern der Hamas überrascht. Fünf meiner Freunde sind ums Leben gekommen, doch mich konnten sie gefangen nehmen.«

»Wird noch immer gekämpft?«

Uri wollte nicht glauben, dass es der IDF noch nicht gelungen war, die Hamas aus Israel zu vertreiben. Oder war der Anschlag noch größer, als er es sich in seinen schlimmsten Träumen ausgemalt hatte?

»Nein, wir haben die Hamas aus Israel verjagt. Ich wurde vorher in einem anderen Versteck gefangen gehalten.«

»Welcher Tag ist heute?«, fragte Uri.

»Der 14. Oktober.«

»Eine Woche …«, brach es aus Uri heraus.

Er konnte nicht glauben, dass er schon eine Woche hier festgehalten wurde.

»Bist du seit einer Woche hier?«

»Ja, ich wurde hierher verschleppt.«

»Hast du was sehen können?«

»Nein, ich hatte eine Maske über dem Kopf. Sie haben sie mir erst hier drin abgenommen.«

»Ist dir was aufgefallen?«

»Leider nicht. Ich stand echt neben mir und habe versucht, meine Angst zu kontrollieren. Aber wir sind in zwei verschiedenen Fahrzeugen gefahren, das zweite war deutlich unbequemer. Dann sind wir noch ein ganzes Stück gegangen und ich weiß noch, dass ich eine

Leiter benutzen musste. Bin dabei hart auf den Boden gestürzt.«

»Es gibt offenbar mehrere Eingänge in den Tunnel.«

»Werden wir in einem Tunnel gefangen gehalten?« Uri hatte sich das schon gedacht. Natürlich hatte er von den berüchtigten Tunneln der Hamas gehört, aber dass er selbst einmal ein Gefangener in einem solchen sein würde, hätte er nie für möglich gehalten.

»Davon gehe ich aus, doch ich wurde über einen anderen Zugang hergebracht. Ich musste keine Leiter benutzen.«

»Sind die Tunnel wirklich so groß, dass Fahrzeuge durchpassen?«

»Wir haben es immer vermutet, aber wir hatten nie den endgültigen Beweis dafür. Jetzt wissen wir es. Ganz Gaza ist untertunnelt. Wir reden von Hunderten Kilometern Tunnel.«

Uri schluckte, Angst kam plötzlich wieder hoch.

Wie sollte ihn die Armee je finden, wenn es so viele Tunnel gab?

War er dazu verdammt zu sterben?

Hatte die Hamas ihn deshalb in die Tunnel gebracht, damit er hier elendig verreckte?

Ein anderer Gedanke bemächtigte sich seiner.

Was, wenn die Hamas mein Leiden streamt?

Sein Blick wanderte zur Decke.

»Entspann dich. Hier sind keine Kameras.«

Uri schluckte. Erneut brannte es im Hals.

»Mein Verstand spielt mir Streiche. Ich dachte gerade, unser Sterben würde möglicherweise live im Internet übertragen.«

»Das tut die Hamas nicht, aus Sorge, unsere Leute

könnten das Versteck identifizieren. Niemand außer der Hamas weiß, wo wir sind.«

»Was wird mit uns geschehen?«

»Wie heißt du?«

»Uri. Und du?«, antwortete er. »Was wird aus uns?«, wiederholte er dann seine Frage.

»Yaron.« Yaron presste die Hände zusammen, hielt sie dann vors Gesicht. »Ich hoffe, dass wir gegen Hamas-Kämpfer ausgetauscht werden.«

Ein wenig Hoffnung.

»Also werden wir leben?« Uri fragte, ohne wirklich darüber nachzudenken.

Uri Pereetz war siebzehn Jahre alt, er hatte noch nie über den Tod nachgedacht, denn das ganze Leben lag noch vor ihm und er liebte es. Vor dem 7. Oktober sogar noch ein bisschen mehr, denn er hatte sich in ein wunderschönes Mädchen aus Deutschland verliebt.

»Wenn wir keine Dummheiten machen, werden wir überleben.«

»Dummheiten?«

»Keine Heldentaten. Du darfst die Nerven nicht verlieren. Hör auf mich und mach, was ich mache, das ist wichtig. Sonst wird die Hamas nicht zögern, uns zu töten. Wir sind für sie nur Ware, mit deren Hilfe sie ihre Kämpfer aus israelischen Gefängnissen befreien möchten. Hast du mich verstanden? Keine Heldentaten!«

»Ich werde mich nicht als Held aufspielen«, antwortete Uri und dachte an Nina, seine große Liebe aus Deutschland. Er hatte sie in seinem Kibbuz kennengelernt. Sie war mit ihrem Sportverein im Rahmen eines Austauschs nach Israel gekommen.

Für Uri war es Liebe auf den ersten Blick.

Uri hoffte, dass sie sich hatte retten können, denn er hatte ihr geholfen, sich unter dem doppelten Boden des Bunkers zu verstecken, bevor ihn die Hamas verschleppte.

Sie hat überlebt!, war sich Uri sicher. Er vermisste Nina in diesem Augenblick sehr und wünschte, er hätte die Gewissheit, dass sie überlebt hatte.

Gewissheit.

Wenn sie gefangen genommen wurde, wird ihr Vater sie retten, dachte Uri, da Nina ihm in den gemeinsamen Stunden viel von Peter Walsh erzählt hatte. Ninas Vater war ein furchtloser ehemaliger US-Militäragent, sofern man ihren Worten Glauben schenken durfte. Uri fragte sich, ob Walsh auch ihn retten würde. Dass dieser Gedanke Unsinn und unrealistisch war, wurde ihm im selben Augenblick bewusst. Ein einzelner Mann würde nicht in den Gazastreifen eindringen und sich mit der Hamas anlegen.

Uris Hoffnung lag auf dem israelischen Militär.

Die Tür wurde geöffnet.

2

Köln, 24. Oktober

Der Gaza-Konflikt hatte den Krieg in der Ukraine medial in den Hintergrund gedrängt. Es gab keine noch so unbedeutende Zeitung oder Webseite, die nicht über den feigen Angriff der Hamas-Terroristen berichtete. Walsh verfolgte die Nachrichten nur am Rande und wenn, dann schenkte er ihnen wenig Glauben, denn jede Seite versuchte, die Menschen zu beeinflussen. Das war die schmutzige Seite eines jeden Krieges. Die Wahrheit starb zuerst und im Zeitalter des Internets, X und anderen Nachrichtenportalen starb die Wahrheit bereits, bevor es überhaupt zu einem Krieg kam.

Es klopfte an seiner Bürotür, dann trat seine Tochter Nina ein.

»Was ist los, Prinzessin?«, fragte Walsh, der sah, dass seine Tochter geweint hatte.

»Bin ich egoistisch, Papa?«, fragte sie.

»Wieso solltest gerade du egoistisch sein? Das darfst du nicht denken.«

»Weil ich dich bitte, nach Gaza zu gehen.«

Walsh hatte eine Ahnung.

»Hat Mama mit dir gesprochen?«

»Das hat sie. Sie möchte nicht, dass du nach Israel reist, um Uri zu retten.«

»Was denkst du?«

»Ich habe Angst, dich zu verlieren, weil ich weiß, wie gefährlich es ist, aber ich habe auch Angst, Uri zu verlieren. Mama hat gesagt, ich soll mich ablenken, aber ich kann nicht. Ich liebe Uri und ich weiß, dass er mich auch liebt.«

Walsh stand auf und schloss seine Tochter in die Arme, ohne die gewünschte beruhigende Wirkung zu erzielen. Sie zitterte am ganzen Körper und weinte noch mehr.

»Ich glaube nicht, dass die israelischen Verteidigungsstreitkräfte ihn befreien, und ich würde es mir nie verzeihen, wenn er stirbt. Er hat mir das Leben gerettet«, schluchzte sie.

»Du bist nicht dafür verantwortlich, die Hamas hat ihn entführt«, versuchte Walsh sie zu trösten.

»Doch, denn wenn ich mich nicht im Bunker versteckt hätte, sondern er sich, dann ginge es ihm jetzt besser. Ich hätte größere Chancen gehabt, am Leben zu bleiben und freigelassen zu werden.«

»Denk nicht daran. Wir können die Vergangenheit nicht ändern.«

»Soll ich also auf Mama hören und dich nicht darum bitten, Uri zu befreien?«

»Was möchtest du?«, fragte er und schob sie leicht von sich, um ihr besser ins Gesicht sehen zu können.

»Dass du Uri befreist.«

»Sicher?«

»Ganz sicher, aber ich möchte nicht, dass du in Gefahr gerätst.«

»Aber Gaza ist gefährlich.«

»Du bist mein Held, Papa! Du hast mich als Kind vor diesem wahnsinnigen Russen gerettet und du hast mich aus dem Kibbuz befreit. Warum solltest du nicht auch Uri retten können?«

Walsh atmete tief durch die Nase ein und langsam durch den Mund aus, während er kurz die Augen schloss. Es gefiel ihm, dass seine Tochter ihn für einen Superhelden hielt, und er wollte nicht, dass sie jetzt zu hören bekam, dass Gaza und der Kibbuz nicht vergleichbar waren.

»Ich werde Uri befreien, aber du musst mir versprechen, dass du in Köln bleibst und keine Dummheiten machst. Ich kann Uri nicht helfen, wenn ich mir Sorgen um dich machen muss. Also, versprichst du mir das?«

»Ja«, platzte es aus Nina heraus. Sie lächelte zum ersten Mal, seit sie zu ihm gekommen war.

»Und jetzt ab in dein Zimmer, und ich möchte dich nicht mehr weinen sehen.«

»Wenn du es doch nicht machen solltest, verstehe ich das, Papa. Und ich würde dich deswegen nicht weniger lieben.«

Nina umarmte ihn und gab ihm einen Kuss auf die Wange.

»Du kannst dich auf mich verlassen. Und ich kann mich auf dich verlassen?«

»Das kannst du, Papa. Ich bin doch ein Papakind.«

»Ich weiß, Prinzessin. Das Wort eines Menschen ist kostbar wie das Leben.«

»Ist das von Uropa?«

»Das ist von Uropa«, antwortete Walsh, dessen Großvater ein einflussreicher Schamane des Navajo-Stammes war.

Nina umarmte ihn erneut.

»Danke, das werde ich dir nie vergessen. Das mit Uri ist keine kurze Liebelei, ich werde ihn heiraten und dich zum stolzen Großvater machen.«

»Mit dem Zum-Opa-machen kannst du dir viel Zeit lassen«, antwortete Walsh.

Nina lächelte und verließ das Zimmer.

Bei jeder anderen Sechzehnjährigen hätte Walsh gedacht, dass es nur Schwärmerei wäre, aber Nina war anders. Sie war für ihr Alter schon sehr reif, hatte bisher aber keinen Freund gehabt. Nina war sehr anspruchsvoll, und mit Uri war es ihr sehr ernst. Walsh hoffte, dass Uri ebenso dachte und er seiner Tochter nicht das Herz brechen würde.

Dazu musst du Uri erst befreien, dachte er kritisch, weil er wusste, dass er dabei war, sich auf ein Himmelfahrtskommando einzulassen. Er würde nicht nur gegen die Hamas kämpfen, sondern auch die Angriffe der IDF überstehen müssen, die ganz Gaza in Schutt und Asche legen würde.

Er würde sehr vorsichtig sein müssen, das wusste Walsh.

Die Tür öffnete sich erneut. Seine Frau Melanie trat ein.

»Hat Nina mit dir gesprochen?«

»Das hat sie.«

»Und?«

»Ich werde Uri befreien.«

Melanie sah ihn nur an und sagte nichts, was Walsh unruhig machte.

»Bist du dir sicher?«, fragte sie nach einer gefühlten Ewigkeit.

»Ja, es gibt keine Alternative. Uri hat Ninas Leben gerettet, indem er sich selbst opferte. Ich möchte mir nicht vorstellen, was die Hamas mit Nina machen würde, wäre sie in Geiselhaft geraten.«

»Aber sie kann doch nicht von dir erwarten, dass du allein losziehst und Uri befreist. Dafür ist doch die israelische Armee zuständig.«

»Die Armee hat freie Fahrt. Sie werden die Hamas vernichten und zur Not den ganzen Gazastreifen zerbomben. Ein toter Israeli mehr oder weniger juckt sie nicht. Sie folgen der Hannibal-Direktive. Aus Sicht der Armee ist ein toter Israeli besser als ein gefangener, der als Druckmittel gegen den Staat eingesetzt werden könnte. Wenn eine Befreiung aussichtslos erscheint und man dabei noch Hamas-Kämpfer töten kann, empfiehlt die Direktive, sich selbst zu opfern«, antwortete Walsh.

Er wusste, dass die Hannibal-Direktive lediglich auf israelischen Soldaten und nicht Zivilisten angewendet werden durfte, und laut verschiedener Quellen wurde sie inzwischen offiziell überhaupt nicht mehr ausgeführt. Doch was das anging, hatte Walsh so seine Bedenken, glaubte er doch, dass man diese Direktive im Kibbuz Be'eri angewendet hatte, aus dem er seine Tochter vor einigen Wochen befreite.

»Wieso muss Nina so stur sein? Das kann sie doch unmöglich von dir verlangen.«

»Weil sie unsere Tochter ist. Sie hat dein Herz und deine Empathie geerbt, und dieses Herz liebt Uri und fühlt sich für ihn verantwortlich. Zudem hat sie meinen Dickschädel.«

»Gefährliche Kombi«, sagte seine Frau und seufzte. »Geh nicht! Nina liebt dich. Sie wird ein paar Tage traurig sein, aber sie wird es verstehen.«

»Das wird sie nicht. Sie möchte Uri heiraten und Kinder von ihm.«

»Meine Tochter?«

»Ja, deine Tochter.«

»Kommt Joe mit?«

»Er wird meine Augen und Ohren sein.«

»Ich halte es für eine dumme Idee.«

Walsh konnte seiner Frau nicht sagen, dass er so dachte wie sie. Sie musste das Ganze für weniger gefährlich halten als es in Wirklichkeit war, sonst würde sie ihn gar nicht erst gehen lassen. Immerhin wusste sie, dass er zuvor schon andere gefährliche Missionen übernommen hatte. Sie war an Gefahr mehr oder weniger gewöhnt, wenn man das als Frau eines Soldaten denn überhaupt sein konnte.

»Ich bin in Palästina noch sehr gut vernetzt, habe gute Kontakte. Und Joe ist der beste Hacker der Welt. Er wird sich in das Netzwerk der Hamas hacken und herausfinden, wo sie Uri versteckt halten. Ich werde ihn im Schutz der Dunkelheit befreien und wohlbehalten zurückkommen.«

»Wenn man dich so hört, könnte man glauben, es wäre einfach.«

»Ist es nicht, aber das Risiko ist überschaubar. Du weißt, wozu ich fähig bin. Es liegt mir im Blut.«

»Ich kann dich nicht umstimmen, du hast dich entschieden. Kuschelst du noch ein bisschen mit mir?«

»Nachdem ich mit Joe gesprochen habe.«

»Habe ich meinen Namen gehört?«, machte sich Joe just in diesem Moment bemerkbar. Er stand im Türrahmen.

»Hallo, Joe«, sagte Melanie und umarmte Joe zur Begrüßung. »Ich lasse euch beide mal besser allein.«

Melanie wollte gehen.

»Schatz, du stehst doch in Kontakt mit Uris Eltern, oder?«

»Ja, wieso?«

»Sie dürfen nicht wissen, dass ich Uri befreien werde. Auch sonst niemand. Es ist sehr wichtig, dass niemand etwas davon erfährt. Sag das bitte auch Nina.«

»Mach ich.«

Melanie schloss die Tür hinter sich, als sie aus dem Büro ging.

»Dicke Luft, Bro?«

»Nein, sie plagen nur die Sorgen einer Mutter und Ehefrau.«

»Und das zurecht. Es ist Wahnsinn, was du vorhast.«

»Wieso sagst du das nicht Nina?«

»Habe ich, aber sie glaubt wirklich, dass du eine Art unbesiegbarer Hulk bist.«

»Nina hat recht, wenn ich Uri nicht befreie, wird er einer der ersten sein, den die Hamas tötet, um ihren Forderungen Nachdruck zu verleihen. Oder er wird im Bombenhagel der israelischen Armee umkommen.«

»Das klingt, als hättest du einen Plan.«

»Den habe ich auch.«

»Und wie sieht der aus?«

»In zwei Tagen fliegen wir nach Zypern.«

»Und was machen wir bis dahin?«

»Du sorgst dafür, dass wir Diplomatenpässe bekommen.«

»Hast du bestimmte im Auge?«

»Amerikanische Diplomatenpässe. Die werden vom Mossad nur stichprobenartig überprüft, Deutsche und andere Pässe, selbst die von Diplomaten, werden gründlicher durchleuchtet.«

»Ist schon von Vorteil, wenn man der engste Verbündete ist.«

Walsh nickte nur. Sein Blick war ernst, denn er würde von nun an alles der Befreiungsmission unterordnen.

Er war im Krieg mit der Hamas.

3

Tel Aviv, 24. Oktober

Israel war im Ausnahmezustand.

Im Krieg!

Seit Wochen liefen die Bombardements auf Gaza. Tausende Bomben wurden abgeworfen, um den Bodentruppen den Einmarsch zu erleichtern.

Die israelische Regierung hatte die Bevölkerung in Gaza aufgerufen, in den Süden zu fliehen.

Ori Rotman wusste, dass er gerade einen der gefährlichsten Jobs auf der Welt hatte, er war undercover in Gaza unterwegs, im Auftrag des Schin Bet, des israelischen Inlandsgeheimdienstes.

»Dieser Krieg ist Wahnsinn«, sagte seine Frau, als sie beide beim Frühstück saßen.

»Wahnsinn ist, was die Hamas angerichtet hat«, entgegnete Ori.

»Niemand bestreitet das, aber glaubt ihr wirklich, das Problem loszuwerden, indem ihr Gaza in Schutt und Asche legt?«

»Niemand will Gaza in Schutt und Asche legen, aber die Hamas benutzt zivile Infrastruktur für militärische Zwecke und missbraucht Zivilisten als Schutzschilde. Erst, wenn wir die Hamas-Terroristen ausgeschaltet haben, wird es Frieden geben.«

»Die Hamas ist eine Ideologie, sie ist mehr als eine Terrororganisation. Die Ideologie muss aus den Köpfen raus. Aber wie soll das gehen, mit dem Kriegstreiber

Netanjahu und vor allem mit diesem rechtsextremen Polizeiminister Ben-Gvir? Er und seine Partei würden am liebsten alle Palästinenser aus Gaza und dem Westjordanland vertreiben und radikale Siedler sesshaft machen.«

»Auch wenn ich das nicht befürworte, aber nur mit einem starken Staat Israel werden wir den Terror los.«

»Du hörst dich auch schon so an. Ich kann es nicht glauben«, schüttelte Yahli ungläubig den Kopf. »Nichts wird sich ändern. Gar nichts. Außer, dass die Welt uns Juden noch mehr hassen wird.«

»Was sollen wir deiner Meinung nach tun? Däumchen drehen?«

»Jetzt wirst du albern.«

»Wir sind angegriffen worden.«

»Ich sage doch nicht, dass wir uns nicht verteidigen sollen. Die Hamas muss vernichtet werden, aber nicht so.«

»Wie dann?«

»Anders.«

»Und was heißt anders?«

Yahli verdrehte die Augen, offensichtlich weil ihr nichts einfiel.

Ori verstand seine Frau, die eine hervorragende Ärztin war, aber ebenso war sie auch eine Friedensaktivistin, die im Gegensatz zu ihm nicht glaubte, dass Gewalt irgendetwas lösen würde.

»Ich muss los. Bist du wieder länger unterwegs?«

»Ja, leider.«

»Wie lange?«

»Weiß ich nicht.«

»Sehen wir uns heute Abend noch mal?«

»Nach dem Frühstück bin ich weg.«

»Du hast noch nicht gepackt.«

»Geht schnell.«

Yahli atmete aus und sah ihren Mann an.

»Ich weiß, du darfst nicht darüber reden, aber es wäre mir lieber, du würdest nicht mehr für den Schin Bet arbeiten. Die schicken dich in den Tod und das juckt die nicht mal.«

»Das ist mein Job. Israel braucht mich mehr denn je.«

»Und ich brauche meinen Ehemann, lebend.«

»Ich passe auf mich auf.«

Seine Frau gab ihm einen Kuss, aber nicht den Eindruck von Überzeugung.

»Pass auf dich auf, Ori. Du bist einer der Guten.«

»Mach ich.«

Sie packte ihre Tasche, nahm ihre Jacke und verließ die Wohnung.

Ori atmete kurz aus, es nagte an ihm, dass er seiner Frau nicht genau sagen durfte, was sein Auftrag war.

Sie wusste zwar, dass er für den Inlandsgeheimdienst arbeitete, aber mehr auch nicht.

Ori stand auf, um seine Sachen zu packen, denn in zwei Stunden musste er zurück nach Gaza, in seine palästinensische Rolle schlüpfen und mehr als 250 Geiseln retten.

4

Zypern - Larnaka, 26. Oktober

Von Deutschland aus nach Tel Aviv zu fliegen, war nicht möglich.

Über Zypern, weniger als eine Flugstunde von Tel Aviv entfernt, gab es täglich Flüge.

Dass Walsh in Larnaka und nicht in Istanbul oder Kairo zwischenlandete, hatte noch andere Gründe.

Larnaka war nicht von Agenten überflutet und Flüge von dort wurden nicht so intensiv kontrolliert wie die aus Istanbul oder Kairo.

»Sind das unsere Jungs?«, fragte Joe, als er zu Walsh auf den Balkon trat.

Sie hatten ein Apartment direkt am Strand von Finikoudes gebucht.

Vom Balkon aus hatte man einen freien Blick auf das Meer.

»Das sind unsere Jungs, das ist ein Zerstörer der Arleigh-Burke-Klasse. Auf dem Weg nach Israel.«

»Wir Amis fahren alle Geschütze auf.«

»Logisch, wir sind der engste Verbündete Israels. Es ist wichtig, ein Zeichen zu setzen, damit nicht nur die Hamas, sondern auch die Hisbollah und der Iran sehen, dass wir unseren Verbündeten zur Seite stehen, nicht nur Israel, sondern allen im Nahen Osten. Ein Flächenbrand muss verhindert werden.«

»Wenn ich solche Kriegsschiffe sehe, habe ich ganz andere Gedanken. Tod und Leid.«

Joe nahm neben Walsh Platz.

Walsh verstand, was Joe meinte, denn er dachte inzwischen ähnlich. Früher, als er ein Teil dieses ganzen Wahnsinns gewesen war, hatte er leuchtende Augen bekommen, wenn ein Kriegsschiff in den Hafen einlief. Diese stählernen Giganten der Meere waren beeindruckende, aber auch tödliche Festungen.

»Wenigstens ist das Wetter auf unserer Seite«, stellte Joe fest, vielleicht weil er etwas Positives sagen wollte.

»Beste Reisezeit für Zypern.«

»Es ist lange her, dass wir hier waren. Das letzte Mal waren wir doch gemeinsam hier, oder bist du danach noch mal hergekommen?«

»Nein. Damals waren wir beide noch beim US-Militär angestellt.«

»Vermisst du diese Zeit manchmal?«

»Keinen Tag. Und du?«

»Manchmal.«

Walsh sah überrascht aus.

»Nicht so, wie du denkst. Aber diese Narrenfreiheit und unbegrenztes technisches Equipment zu haben, das war schon *nice*. Was könnte ich damit jetzt alles Gutes tun.«

»Gibt es eine Firewall oder ein Intranet, das vor dir sicher ist?«

»Nein.«

»Dann hast du ja Narrenfreiheit.«

»Stimmt«, lachte Joe.

»Was ist mit deinem Kontakt? Sind die Pässe fertig?«

»Deshalb bin ich auf dem Balkon.«

»Nicht wegen der Aussicht?«

»Welche Aussicht? Meinst du das muskelbepackte Halbblut?«

»Nein, von mir war nicht die Rede. Ich meinte diesen herrlichen Blick auf das Meer. Was sagt dein Kontakt?«

»Er hat die Pässe fertig. Ich habe ihm bereits gestern alles digital geschickt, was er benötigte. Wir können die Pässe in Lefkoşa abholen. Das ist der nördliche Teil von Nikosia.«

»Sehr gut. Verlieren wir keine Zeit«, antwortete Walsh.

Beide verließen die Wohnung.

Walsh hatte sich für eine Wohnung und gegen ein Hotel entschieden, weil sie hier ungestörter waren. Er hatte die Wohnung für einen Monat gemietet, mit der Option auf einen weiteren, da er nicht wusste, wie lange die Befreiungsaktion dauern würde. Wenn nötig, könnten sie sich jederzeit von Israel nach Zypern zurückziehen. Diese Zwischenbasis machte strategisch viel Sinn, doch sie würden auch in Israel ein Quartier beziehen. Eine gründliche Vorbereitung war für den Erfolg der Mission enorm wichtig.

»Mit dem Linksverkehr würde ich mich echt schwertun«, sagte Joe, als Walsh bereits Richtung Nikosia fuhr.

»Alles Gewöhnungssache«, antwortete Walsh. Auf Zypern fuhr man links, ein Überbleibsel aus der Zeit, als die Insel noch eine britische Kolonie war.

»Ich weiß nicht«, blieb Joe skeptisch.

»Deshalb fahre ich.«

»Ist auch besser so.«

Joes Handy blinkte kurz auf.

»Rahel?«, fragte Walsh, sah er doch, dass sie ihm geschrieben hatte.

»Ja.«

»Du weißt, dass sie nichts hiervon erfahren darf.«

»Ja, aber ich glaube, sie könnte uns helfen.«

Rahel war erst seit Kurzem Joes Freundin. Er hatte sie in Israel kennengelernt.

»Sie ist Reservistin der IDF.«

»Allem voran ist sie Ärztin.«

»Nein, jetzt ist sie Soldatin der IDF, weil Israel 300.000 Reservisten einberufen hat. Sie ist nur ihrem Land Rechenschaft schuldig. Was glaubst du, was passieren wird, wenn du ihr verrätst, dass wir nach Israel reisen, um Uri zu retten?«

»Sie wird dichthalten, ich vertraue ihr.«

»Wir können das Risiko nicht eingehen. Du bringst sie in Schwierigkeiten, und wenn herauskommt, dass sie uns deckt, landet sie schlimmstenfalls sogar vor dem Kriegsgericht. Israel kennt da nichts«, versuchte Walsh zu erklären, auch wenn er Joe verstand, der bis über beide Ohren verliebt war. Walsh konnte das Risiko nicht eingehen, weil *er* Rahel nicht vertraute, aber das wollte er Joe so nicht sagen.

»Sie weiß nichts. Rahel denkt, wir sind auf Zypern im Einsatz.«

»Dabei muss es auch bleiben. Wenn wir Uri befreit haben und zurück in Köln sind, kannst du ihr reinen Wein einschenken. Bis dahin darf niemand etwas davon wissen.«

»Ist angekommen. Ich schweige.«

»Danke«, antwortete Walsh. Er vertraute Joe bedingungslos, aber er musste sichergehen, dass der empathische Kerl sich nicht aus Versehen verplapperte. »Vielleicht kannst du trotzdem etwas aus ihr herausbekommen, was uns nützlich sein könnte.«

»Ehrlich, Bro, das kann ich nicht. Ich liebe sie, und wie sieht es denn aus, wenn ich sie ausfrage und ihr dabei gleichzeitig ins Gesicht lüge?«

»Warum habe ich diese Antwort erwartet? Es wäre nicht schlecht zu wissen, was die IDF über die Tunnel weiß, wie stark die Truppen der Hamas sind und welche Stadtteile sie angreifen werden.«

»Meinst du nicht, dass sie sich fragen wird, warum ich das wissen möchte?«

»Lass dir was einfallen.«

»Ich kann das nicht.«

»Schon gut. Wir kriegen die Infos auch anders raus.«

»Logisch, du hast den besten Hacker der Welt an deiner Seite. Ich hacke mich ins IDF-Rechenzentrum.«

Walsh lachte.

»Was ist so lustig?«

»Du hackst dich in eines der sichersten Netzwerke der Welt, traust dich aber nicht, Rahel zu fragen, die ein Shortcut wäre.«

»Das ist etwas anderes.«

Walshs Handy klingelte.

»*Shalom*, Ori. *How are you*?«, meldete er sich auf Englisch. Mit ihm hatte Walsh nicht gerechnet. Das Gespräch führte er über Lautsprecher.

»*Shalom*, Walsh«, antwortete Ori. Auf Englisch fuhr er fort: »Hast du zwei Minuten?«

»Die habe ich. Joe und ich sind gerade auf dem Weg nach Nikosia.«

»Du bist auf Zypern?« Ori wirkte überrascht.

»Wir haben hier einen Auftrag für unser Sicherheitsunternehmen«, erklärte Walsh. Er hätte Ori einen anderen Aufenthaltsort nennen können, aber da Joe

Rahel bereits erzählt hatte, dass er auf Zypern war, konnte Walsh nicht ausschließen, dass Ori davon erfahren würde, weshalb er ihm keine andere Geschichte auftischen wollte. Möglicherweise brauchte er den Schin Bet-Agenten noch.

»Hallo, Joe.«

»Hallo, Ori. Ich nehme an, in Tel Aviv ist Land unter.«

»Wem sagst du das. Wir sind im Krieg. Ich fürchte, die nächsten Wochen und Monate werden noch brutaler. Aber welche Wahl haben wir?«

»Keine«, antwortete Walsh. »Hast du etwas von Uri gehört?«, fragte er dann, weil er glaubte, dass dies der Grund für Oris Anruf war.

Als Walsh vor einigen Wochen seine Tochter aus dem Kibbuz Be'eri befreit hatte, hatte er bereits Bekanntschaft mit Ori gemacht. Sie hatten sich gut verstanden, und Ori hatte versprochen, sich nach Uri umzuhören.

»Leider nicht. Wir wissen, dass sich 253 Geiseln in der Gewalt der Hamas befinden. Wo sie festgehalten werden, wissen wir leider nicht. Ich bin in einem Team, das versucht, genau das herauszufinden, um uns bei Verhandlungen einen strategischen Vorteil zu verschaffen.«

»Operierst du gerade verdeckt in Gaza?«

Kurzes Schweigen, wahrscheinlich weil Ori überlegte, ob er Walsh die Wahrheit sagen sollte.

»Ja, seit zwei Tagen bin ich wieder in Gaza.«

»Ist es nicht gefährlich? Im Fernsehen sieht man die zerbombten Gebäude«, wollte Joe wissen.

»Das ist es. Aber wir können die Geiseln nicht sterben lassen und die Kommandozentrale warnt mich rechtzeitig, wenn ein Beschuss ansteht. Ich mache mir mehr Sorgen, dass meine Tarnung auffliegen könnte.«

»Dann geh kein zu großes Risiko ein«, mahnte Walsh zur Vorsicht.

»Würdest du das?«

»Nein.«

»Ich auch nicht. Ich melde mich, wenn ich mehr weiß. Schade, dass ihr keine Juden seid.«

»Warum?«, fragte Joe.

»Dann könntet ihr beide an meiner Seite kämpfen. Walsh, dich an meiner Seite zu haben, wäre beruhigend.«

Joe sah Walsh an.

Walsh schüttelte den Kopf.

»Ich habe meine Tochter gerettet, das muss reichen. Das ist nicht mein Krieg, und wir beide wissen, dass es Wahnsinn ist.«

»Leider. Ich melde mich.«

Walsh beendete das Gespräch.

»Ori ist einer von den Guten«, sagte Joe.

»Ich weiß. Aber auch er darf nicht wissen, dass wir nach Gaza wollen.«

»Ich weiß nicht«, seufzte Joe. »Ori hat uns gerade erst ein paar Dinge verraten. Vielleicht kann es nicht schaden, einen Freund im Schin Bet zu haben, wenn wir schon Rahel nicht einweihen dürfen.«

»Wir halten uns die Option offen.«

Walsh erreichte die Altstadt von Nikosia, parkte auf einem öffentlichen Platz, wo man sein Auto für drei Euro den Tag über stehen lassen konnte.

Dann ging es zu Fuß zur Ledra Street, zu den

Checkpoints, um zum nördlichen Teil der Straße zu gelangen.

»Wir wollen die Welt retten und ihr erklären, was Demokratie und Freiheit bedeuten, aber wir sind wir nicht einmal in der Lage, unsere eigenen Probleme in der EU zu lösen«, sagte Joe, als sie die Ledra Street erreicht hatten.

»Du hast recht. Ich fürchte, der Zypernkonflikt ist eine ebenso harte Nuss wie der Nahostkonflikt.«

Die Insel war seit 1974 in einen griechisch-zypriotischen und in einen türkisch-zypriotischen Teil gesplittet.

Walsh und Joe erreichten den ersten Checkpoint, zeigten ihre Personalausweise, folgten der Straße weiter, erreichten dann den türkischsprachigen Checkpoint, zeigten auch hier ihre Ausweise und waren immer noch auf derselben Straße. Doch hier sprachen die Menschen nicht mehr griechisch, sondern türkisch. Hier wurde auch nicht mit Euro bezahlt, sondern mit türkischen Lira. Alles erinnerte an die Türkei, so wie im Süden der Insel alles an Griechenland erinnerte.

»Hat was von West- und Ostberlin«, kommentierte Joe den politisch gemachten Wahnsinn.

»Wo treffen wir uns mit deinem Kontaktmann?«, fragte Walsh.

»Nicht weit von hier. In einem türkischen Café.«

Walsh folgte Joe, vorbei an den vielen Geschäften, durch die engen Gassen der Altstadt, dann bogen sie in eine Seitenstraße ein und betraten ein kleines, unscheinbares Café.

Es waren nur wenige Gäste anwesend.

Walsh und Joe nahmen an einem freien Tisch Platz.

»*Merhaba*«, sagte Joe zu dem Kellner.

»*Merhaba*«, antwortete der Kellner. »*Do you need the menu?*«

»*No, we just want turkish Çay*«, antwortete Joe.

»Okay.«

»Komisch, dass er kein Türkisch spricht«, wunderte sich Joe.

»Weil er kein Türke ist.«

»Woher willst du das wissen? Vielleicht hat er kein Türkisch gesprochen, weil er mich für einen Touri hält. Du als typischer Streuner gehst überall durch.«

»Er ist Afghane, er kann kein oder kaum Türkisch.«

»Niemals.«

»Glaub mir.«

Der Kellner brachte die beiden Çay.

»Darf ich Sie was fragen?«, wandte sich Joe auf Englisch an den Kellner.

»Was möchten Sie wissen?«

»Woher kommen Sie?«

»Aus Afghanistan.«

»Danke.«

Der Kellner ging zum nächsten Tisch, Joe verdrehte die Augen. »Sag nichts. Woher hast du gewusst, dass er Afghane ist? Hast du ihn reden gehört?«

»Ich weiß es einfach«, blieb Walsh vage. Er hatte lange genug in Afghanistan gegen die Taliban gekämpft. Manchmal waren es kleine Details, aber Walshs geschultem Auge entgingen sie nicht.

Ein Mann betrat das Café.

»Das ist Halil«, flüsterte Joe.

»Was für eine Freude, Joe«, begrüßte Halil ihn überschwänglich. »Endlich sehen wir uns wieder. Und das ist also der berühmte und gefürchtete Peter Walsh.«

»Nicht so laut«, entgegnete Joe.

»Entspann dich, *Habibi*, das ist Nordzypern, kein anerkannter Staat. Hier gibt es keine Interpol, keine internationale Gerichtsbarkeit. Wir sind hier Götter.« Halil drehte sich kurz zu dem Kellner um. »*Biraz çay lütfen*«, rief er ihm zu.

Halil war klein, rund und schien ein Dauergrinsen als Abonnement im Gesicht zu haben. Er hatte keine Haare auf dem Kopf und war für Walshs Geschmack etwas zu locker drauf. Insbesondere dafür, dass er ihnen gefälschte Diplomatenpässe besorgt hatte.

Auch wenn die Türkische Republik Nordzypern nicht anerkannt war, hieß das noch lange nicht, dass man sich wie ein Elefant im Porzellanladen benehmen musste.

»Haben Sie die Ausweise?«, fragte Walsh auf Englisch.

Halil legte eine Tüte auf den Tisch.

»Für euch.«

»Und die sind wirklich von sehr guter Qualität?«

»Joe, hätte dein Freund nicht Muskeln wie ein Berg und würde ihm nicht der Ruf vorauseilen, eine eiskalte Killermaschine zu sein, wäre ich jetzt beleidigt. Habe ich dich jemals enttäuscht?«

»Walsh will nur auf Nummer sicher gehen. Ich vertraue dir.«

Walsh wollte sich die Pässe anschauen.

»Nicht so schnell, *Habibi*, wo sind die Bitcoins?« Halil legte seine Hand auf die Tüte.

»Schau in dein Wallet.«

Halil machte ein überraschtes Gesicht, nahm sein Smartphone und öffnete eine App. »Wann hast du das gemacht?«

»Terminiert.«

Der Kellner brachte Halil den türkischen Tee.

Walsh überprüfte unauffällig die Ausweise. Sie waren von echten nicht zu unterscheiden.

Er nickte.

Halil grinste über das ganze Gesicht.

»Halil bürgt für Qualität.«

»Was ist mit den Sachen, die wir in Israel brauchen werden?«, fragte Joe.

»Auch dafür habe ich gesorgt. Ruf Bassem an.«

»Ist er ein arabischer Jude?«, fragte Walsh.

»Ja. Mach dir keine Sorgen. Ich vertraue ihm mit meinem Leben. Ihm ist es egal, wofür ihr die Waffen braucht, ihn interessiert nur das Geld.«

»Woher kennst du ihn?«

»Aus alten Tagen, als ich noch in Israel gelebt habe. Wir hatten ein gemeinsames Geschäft. Ihr könnt ihm vertrauen. Nur weil er Jude ist, wird er euch nicht an die Regierung verpfeifen. In unserem Geschäft ist Schweigen die beste Lebensversicherung.«

Walsh wollte Halil glauben, denn sie brauchten die Waffen. Sie führten keine mit sich und Waffen über den Luftweg nach Israel zu schmuggeln war auch mit einem Diplomatenpass nicht so einfach. Auch seine alten Kontakte, die er noch in Israel hatte, wollte er nicht ansprechen, denn niemand, wirklich niemand in Israel sollte wissen, dass er im Land war. Nicht mal die Menschen, denen er vertraute.

Vorerst jedenfalls.

»Schick mir die Daten von Bassem«, sagte Joe.

»Ich werde sie dir per Telegram schicken. Braucht ihr sonst noch was?«

»Nein, und wenn, dann kommen wir auf dich zurück.«

»Keine Scheu. Ich kann euch alles besorgen, solange ihr in Bitcoins zahlt. Wie wäre es mit Frauen? Ihr habt doch sicherlich Lust auf eine geile Russin oder eine aus Nigeria? Hier wimmelt es nur so von schwarzen Perlen, *Habibi.* Sie kommen als Studentinnen, wegen der Papiere, aber sie sind alle käuflich.«

»Keine Frauen. Ich bin glücklich vergeben und Walsh ist verheiratet.«

»Ihr wisst nicht, was ihr verpasst. Die reiten euch tot.«

»Keine Frauen!« Walshs Ton war etwas rauer als Joes.

»Wie ihr meint. Es heißt, du wurdest in Afghanistan drei Monate lang gefoltert, hast über hundert Taliban getötet und dich selbst befreit, weil deine amerikanische Regierung dich lieber tot sehen wollte und dich im Stich gelassen hat.«

Walsh stand auf, er hatte genug von Halil und wollte mit diesem Vogel bestimmt nicht über seine Vergangenheit reden.

5

Gaza

War er überhaupt in Gaza?

In der Nacht zuvor hatte Yaron einige Möglichkeiten durchgespielt. Er hatte über die weit verzweigten Tunnelsysteme spekuliert und war auf die Idee gekommen, dass sie sich vielleicht gar nicht in Gaza, sondern in Ägypten befänden. Es gab Tunnel, vermutlich die der Hamas, die von Gaza nach Ägypten führten. Schmugglertunnel, um unbemerkt Waffen von Ägypten nach Gaza zu schmuggeln. Aber Yaron hatte den Gedanken schnell verworfen, und auch Uri konnte sich das nicht vorstellen.

Er mochte mit siebzehn Jahren noch sehr jung sein, aber er war trotzdem in der Lage, den Konflikt in seiner ganzen Dimension zu begreifen. Wenn man wie er im Kibbuz Be'eri aufgewachsen war, nahe der palästinensischen Grenze, war der Konflikt jeden Tag präsent, man hatte viel darüber gelesen, gehört und sich seine Gedanken darüber gemacht.

Sein Kibbuz hatte sich immer für eine Annäherung an die Palästinenser ausgesprochen. Die meisten befürworteten eine Zweistaatenlösung und es gab Bewohner, die sich aktiv für die Rechte der Palästinenser einsetzten. Dass ausgerechnet dieser Kibbuz angegriffen wurde, wollte ihm nicht in den Kopf. Sie gehörten nicht zu diesen radikalen Siedlern in der Westbank, die die Palästinenser mit Gewalt von ihrem Land verdrängten.

Wusste die Hamas das nicht?

»Den Terroristen ist das doch scheißegal. Sei nicht naiv, Uri! Die haben erreicht, was sie wollten. Die ganze Welt schaut auf Gaza. Hass, Gewalt und Mord ziehen die Aufmerksamkeit auf sich. Das ist unsere Welt.«

Uris Gedanken waren bei seinen Eltern. Er fragte sich, was sie gerade taten.

Seine Mutter war sicher außer sich vor Sorge.

Aber wie sollten sie ihn aus Gaza befreien?

»Ich wünschte, ich wäre zum Geburtstag mitgegangen«, machte Uri sich Vorwürfe. Seine Eltern waren am 6. Oktober zum Geburtstag zu Freunden gefahren, außerhalb des Kibbuz. Sie wollten ihn mitnehmen, aber er hatte abgelehnt, weil er die Zeit lieber mit Nina verbringen wollte.

Seine erste große Liebe.

Uri schüttelte sofort den Kopf.

»Was sagst du da, du Idiot!«, schimpfte er mit sich. »Nina wäre jetzt tot, wenn du mit deinen Eltern gefahren wärst.«

Ihm lief es eiskalt den Rücken hinunter bei dem Gedanken, dass Nina tot oder in den Händen der Hamas sein könnte. Das hätte er sich um nichts in der Welt gewünscht, nicht einmal um sein eigenes Leben zu retten. Selbst in der Stunde der größten Not war er froh, dass Nina überlebt hatte, weil er sie unter dem doppelten Boden des Bunkers versteckten konnte.

Woher willst du wissen, dass sie Nina nicht gefunden haben?, war da ein kritischer Gedanke. Sofort schüttelte Uri ihn ab. *Sie lebt. Ich weiß es!*

Er fragte sich, was sie gerade in Köln machte, ob sie noch an ihn dachte oder ihr Leben bereits weiterführte.

Ich würde es dir nicht übel nehmen, wenn du nicht mehr an mich denken würdest. Wichtig ist nur, dass du in Sicherheit bist, dachte er. Seine Augen wurden feucht, weil er Angst hatte, sie nie wiederzusehen. Ihr Lächeln, ihre wunderschönen grünen Augen, ihr Geruch, ihre beruhigende Stimme, all das fehlte ihm.

Plötzlich wurde ihm kalt, er rieb sich die Oberarme, hatte Hunger.

Die Terroristen gaben ihm und Yaron viel zu wenig zu essen und zu trinken.

Gestern hatten sie ein perfides Spiel gespielt. Sie hatten Yaron viel weniger zu essen und zu trinken gegeben. Als Uri das, was er bekommen hatte, mit Yaron teilen wollte, war einer der Hamas-Kämpfer wütend geworden. Er hatte Uri in schlechtem Hebräisch angeschrien und gefordert, er solle sofort alles verzehren, und wenn er dem anderen etwas abgäbe, würden sie Yaron bestrafen. Um seinen Worten Nachdruck zu verleihen, schlug der Mann mit dem Griff seiner Waffe mehrmals auf Yarons Kopf ein, bis dieser blutete. Uri hatte das ganze Essen schnell hinuntergeschlungen, aus Angst, der Mann könnte Yaron totschlagen.

Selten hatte er sich unglücklicher gefühlt, denn seine Eltern hatten ihn zum Teilen erzogen, nicht zum Egoismus.

Warum mussten die Menschen so grausam zueinander sein?

Uri hatte keine Antwort darauf.

Seine Gedanken waren wieder bei Nina, er stellte sich vor, dass sie zu Hause in Köln in Sicherheit war, dass sie gerade auf ihrem Bett lag und an ihn dachte.

Der Gedanke gefiel ihm.

Er schloss die Augen, entspannte sich, spürte nicht mehr die harten Federn der durchgelegenen Matratze, auf der er lag. Er entspannte sich weiter und sah sich plötzlich in Ninas Zimmer, neben ihr auf dem Bett liegend.

»Ich liebe dein Lächeln«, sagte er zu ihr und stellte sich vor, wie er neben ihr lag und ihren Unterarm streichelte.

»Und ich deines, mein Held.«

»Ich habe nur das getan, was jeder Freund tun würde.«

»Nein, du hast viel mehr getan, es war der größte Liebesbeweis, den man geben kann. Ich liebe dich, Uri.«

»Ich dich auch.«

»Und ich warte auf dich. Hörst du, ich warte auf dich. Du darfst nie den Mut und die Hoffnung verlieren. Versprich mir das.«

»Ich verspreche es.«

»Mein Papa wird dich befreien«, hörte Uri noch schwach, als ihn ein Geräusch aus seinen Gedanken riss.

Dieser kleine Traum hatte sich so real angefühlt, dass Uri einen Moment brauchte, um zu begreifen, dass er nicht bei Nina war, sondern in der Hölle von Gaza.

Kann es wirklich sein, dass Walsh nach mir sucht?

Uri freute sich, aber gleichzeitig hatte er große Sorge, dass dieser Traum wahr werden könnte, denn es war nur schwer vorstellbar, dass ein einzelner Mann gegen Tausende von Hamas-Kämpfern bestehen würde, auch nicht Peter Walsh.

»Mitkommen, du Hund«, schrie ihn der Terrorist an und trat ihm mit dem Fuß in den Bauch.

Uri unterdrückte den Schmerz.

»Wohin?«

»Fresse, du Heide.«

Uri hatte Angst, folgte den Anweisungen und verließ den Raum, begleitet von zwei bis an die Zähne bewaffneten Hamas-Männern.

Vor einigen Stunden hatten sie Yaron mitgenommen. Es konnte es sein, dass sie ihn erschossen hatten, und jetzt würden sie ihn erschießen, um der israelischen Regierung zu zeigen, dass sie ihren Forderungen nachkommen musste.

Ich liebe dich Nina, machte er sich Mut, um nicht die Nerven zu verlieren. *Und ich dich*, hörte er Ninas Stimme. *Bleib tapfer, mein Papa wird dich retten.*

6

Köln

Es gab nichts Mächtigeres als die Liebe. Davon war Nina überzeugt.

Die Liebe eines Vaters hatte sie aus den Händen eines durchgeknallten reichen Russen gerettet. Bis dahin hatte sie nicht einmal gewusst, dass Peter Walsh ihr Vater war, und er hatte nicht gewusst, dass Nina seine Tochter war. Sie war damals erst sechs Jahre alt. Walsh hatte gespürt, dass Nina in Gefahr war, denn er liebte seine Tochter, und obwohl er sie nicht kannte, hatte die Liebe ihn zu ihr geführt.

Ihr Vater nannte es dieses unsichtbare Band, eine Gabe großväterlicherseits, die sie verband, denn Walshs Großvater war ein Schamane der Navajo gewesen. Auch Nina hatte seine besondere Gabe geerbt.

Im Gegensatz zu ihrem Vater und dessen Vater vor ihm, konnte sie diese Gabe aber nicht kontrollieren, geschweige denn lenken. Sie machte sich ohne ihr Zutun bemerkbar, was sehr selten und unvermittelt geschah und meist in Verbindung mit ihrem Vater stand. Dann war dieses Gefühl so stark, dass sie glaubte, mittels ihrer Gedanken mit ihrem Vater kommunizieren zu können und ihn vor sich zu sehen, als würde er neben ihr stehen.

»Geduld, Nina, irgendwann wirst du diese Gabe kontrollieren können«, hatte ihr Vater immer gesagt. Wie gern hätte sie diese Gabe nun genutzt, um nach Uri zu suchen.

Aber so sehr sie es auch versucht hatte, bisher hatte sie es nicht geschafft.

Vorhin hatte sie mit Uris Eltern telefoniert und sie gefragt, ob es Neuigkeiten gäbe, aber die gab es nicht. Die israelische Regierung schien nicht gewillt zu sein, wirklich alles zu tun, um die Geiseln lebend nach Hause zu bringen. Die Angehörigen der Geiseln formierten sich gerade, um gemeinsam den Druck auf die Regierung zu erhöhen.

Die täglichen Telefonate mit den Eltern taten Nina gut, sie gaben ihr das Gefühl, dass die Angehörigen nicht allein ihrer Regierung vertrauten, sondern die Rettung der Geiseln selbst in die Hand nahmen.

Je mehr Menschen über die Geiseln sprachen, je mehr Druck auf die Regierung ausgeübt wurde, desto größer wurde die Wahrscheinlichkeit, dass die Geiseln freikamen, dass Uri nach Hause kam. Und Nina war es völlig egal, wie viele Hamas-Terroristen im Gegenzug aus israelischen Gefängnissen freikämen. Wenn es nach ihr gegangen wäre, hätte sie alle freigelassen, solange ihr das Uri zurückbrächte.

Sie vermisste ihn so sehr, dass es manchmal unerträglich war und sie aus heiterem Himmel anfing zu weinen.

»Papa wird dich retten«, versuchte Nina sich Mut zu machen, legte sich auf ihr Bett und fragte sich, wo ihr Vater wohl war. Sie hatte keine Informationen, eine eiserne Regel ihres Vaters, wenn er im Auslandseinsatz war. Erst wenn er die Mission beendet hätte, würde er sich wieder bei seiner Frau und seiner Tochter melden.

Diese Ungewissheit setzte gerade Nina mehr zu, als sie sich eingestehen wollte.

Sie schloss die Augen und hoffte, im Schlaf ein wenig Ruhe zu finden.

Papa wird dich retten, dachte sie, während sie immer müder wurde.

Dann, als sie fast in den Schlaf hinübergeglitten war, glaubte sie, Uris Stimme zu hören.

»Ich liebe dich, Nina«, sagte er.

Nina sah einen Raum ohne Fenster. Dann zwei schwer bewaffnete Männer, die Uri aus dem Raum drängten

Sie schrak hoch.

»Uri lebt«, platzte es aus ihr heraus.

Sie wusste nicht, ob sie froh sein sollte, dass er lebte, oder traurig, weil die Terroristen Uri in ihrer Gewalt hatten.

Sie schloss die Augen, konzentrierte sich.

Ich liebe dich Nina, hörte sie Uris Stimme.

Und ich dich, antwortete sie ihm. *Bleib tapfer, mein Papa wird dich retten.*

7

Zypern – Larnaka, 27. Oktober

»Glaubst du, dieser Bassem kann dir dein Spielzeug wirklich besorgen?«, fragte Walsh, während er und Joe bei angenehmen fünfundzwanzig Grad auf der Terrasse des Café Hobo frühstückten.

»Ich denke schon. Erst gestern habe ich mit ihm über Telegram gechattet. Aber es wird noch eine Woche dauern. Morgen bekommen wir die Waffen. Ort und Zeit schickt er mir heute Abend.«

»Dann darf uns kein Fehler unterlaufen.«

»Wir haben doch Diplomatenpässe. Die dürfen unser Gepäck gar nicht kontrollieren.«

»Darauf darfst du dich nicht verlassen. Deshalb habe ich keine Waffen mitgenommen.«

»Wozu dann der Diplomatenpass?« Joe schüttelte den Kopf und schob sich ein in Sirup getunktes Stück Pancake in den Mund.

Walsh aß ein weitaus gesünderes Omelett.

»Theoretisch gesehen hast du recht, aber sie könnten uns das Betreten der Sicherheitszone untersagen, was bedeuten würde, dass wir nicht fliegen könnten. Wir dürfen dem Sicherheitspersonal am Flughafen keinen Grund geben, unser Handgepäck zu durchsuchen. Mit ein Grund, warum wir von Larnaka aus fliegen.«

»Weil das hier ein kleiner Flughafen ist, wo Diplomatenpässe Eindruck machen?«

»Fast. Weil Zypern ein enger Verbündeter Amerikas

ist. Mit der Türkei und Ägypten gibt es immer Spannungen. Der DiploPass wird hier mehr Gewicht haben.«

»Du weißt echt nicht, was du verpasst. Diese Pancakes sind echt porno, Bro, fast wie die aus dem berühmten Pancake-Laden in West Hollywood.«

»Es ist der Zucker, der dich das glauben lässt.«

»Mir herzlich egal, woran es liegt. Es schmeckt verdammt lecker und ich bereue, dass ich es überhaupt angesprochen habe, weil Mr. Ich-kenne-keinen-Genuss mit am Tisch sitzt.«

»Du irrst dich, ich genieße durchaus. Das Omelett ist sehr lecker.«

»Du wolltest nicht mal Salz auf deinem Omelett, wie kann das lecker sein?«

»Möchtest du probieren?«

»Ganz sicher nicht.«

»Dann sei es so. Du brauchst einen Anzug.«

»Einen was?«

»Einen Anzug. Du weißt, was ein Anzug ist, oder?«

»Natürlich weiß ich das. Aber seit wann braucht ein Hacker einen Anzug? Hast du meinen schwarzen Arsch je in einem Anzug gesehen? Nicht mal beim US-Militär ließ ich mich in einen Anzug zwingen. Und ausgerechnet mein bester Freund möchte mich nun dazu bewegen, obendrein auf Zypern, wo noch Sommer ist? Was ist in dem Omelett, dass du solch einen Unsinn von dir gibst?«

»Wenn du dich abreagiert hast, kläre ich dich gern auf.«

»Ja, klär mich bitte auf. Aber meine Antwort lautet so oder so nein.«

»Ein Diplomat trägt immer einen Anzug. Wenn wir

in deinem Sonntags-Sportplatz-Look dort aufkreuzen, könnte die Security am Flughafen denken, dass wir nicht in offizieller Mission unterwegs sind, und das wiederum könnte uns unnötige Probleme bereiten.«

»Ich gehe das Risiko ein.«

»Tust du nicht. Wir beide besorgen uns nachher einen Anzug.«

»So viel zum Thema Mitspracherecht«, sagte Joe und seufzte. »Jetzt weißt du, warum ich Zucker brauche. Ich und ein Anzug. Hätte ich in einer Million Jahre nicht geglaubt.« Joe schüttelte ungläubig den Kopf, tunkte ein großes Stück Pancake in den Sirup und ließ es im Mund verschwinden.

»Stell dich nicht so an. Du weißt, dass alles dem Erfolg unserer Mission untergeordnet werden muss.«

Joe seufzte nochmal, aber Walsh wusste, dass er nur Show machte. Joe war manchmal etwas theatralisch.

»Meckere jetzt bitte nicht gleich, das habe ich mir nun wirklich verdient.«

»Was?«

Joe rief den Kellner zu sich und bestellte Brownies als Nachtisch, was Walsh zum Schmunzeln brachte.

»Ich nehme auch einen«, sagte Walsh.

»Du weißt, es gibt keine Brownies ohne Zucker«, zog Joe ihn auf.

»Ist mir bewusst. Weißt du was, ich gönne mir zwei.«

»Ich mir auch.«

Joes Mundwinkel gingen freudig nach oben. »So mag ich meinen Krieger.«

»Hast du dich schon ins IDF-Rechenzentrum gehackt?«

»Bin dabei, aber von Israel aus wird der Zugang

leichter. Ich bin auch dran, mich in die Netzwerke von Mossad, Schin Bet und Aman zu hacken. Und in das Regierungsnetzwerk sowie das Rechenzentrum der Hamas.«

»Sehr gut. Wir müssen alles wissen, was die wissen. Jede Info über die Geiseln und die Tunnel kennen. Wobei ich fürchte, dass die Hamas viele Dinge nicht digital dokumentiert hat. Wie lange wird das dauern?«

»Schwer zu sagen. Ich habe mein selbst entwickeltes Programm mit jeder Menge Informationen und Anfragen gefüttert. Wir reden von den bestgeschützten Netzwerken der Welt, mit Verschlüsselungen, die nicht nur auf herkömmliche kryptografische Verschlüsselungen wie symmetrisch oder asymmetrisch setzen, sondern auch auf Post-Quantenkryptografie und KI. Mit etwas Support könnte es schneller gehen.«

»Was für Support?«

»Ich hatte an meine Freunde Tim und Lutz Fischer gedacht. Ich vertraue beiden blind, du kennst sie auch. Sie würden nichts verraten. Sind absolut loyal und wären sofort zur Stelle.«

»Hört sich an, als hättest du sie bereits gefragt.«

Joe rutschte plötzlich etwas unruhig auf seinem Stuhl hin und her, kratzte sich am Ohr und schien sich ertappt zu fühlen. »Nicht wirklich. Habe nur gefragt, ob sie Ressourcen frei hätten. Immerhin haben sie uns auch geholfen, das Netzwerk der russischen Regierung zu hacken. Ich lege meine Hände für beide ins Feuer. Ich weiß, du willst, dass wir das allein durchziehen, aber glaub mir, etwas Unterstützung kann uns nicht schaden. Wir reden nicht davon uns nur in das Mossad-Netzwerk zu hacken, sondern in einige mehr.«

»Gut, aber nur die beiden. Und sie dürfen weder mit Mads noch mit Brandt oder Aydin darüber sprechen. Sonst haben wir ein Problem«, antwortete Walsh.

Lutz Fischer war IT-Leiter bei der Kölner Kripo, Tim von der Lübecker Polizei, und beide waren in ihrer Freizeit Meisterhacker, genau wie Joe. Außerdem waren sie mit den Polizeibeamten Mads, Brandt und Aydin befreundet, und Walsh wollte nicht, dass es die Runde machte. Auch wenn er diesen Männern vertraute und wusste, dass sie loyal waren und auf der richtigen Seite standen, war das nicht ihr Kampf, sondern seiner. Selbst Joe mitnehmen zu müssen, bereitete Walsh Unbehagen, aber auf dessen Unterstützung konnte er nicht verzichten. Außerdem wusste er, dass Joe ihm ohnehin nachgereist wäre, weil er seine Patentochter Nina über alles liebte und nicht zugelassen hätte, dass Walsh sich allein auf die Rettungsmission begab.

»Geht klar. Die beiden haben während eines Einsatzes noch nie etwas verraten.«

»Aber danach?«

»Nein, auch danach nicht«, beeilte sich Joe hinzuzufügen. »Na gut, vielleicht mal so nebenbei, weil es sie mit Stolz erfüllt, dass sie dir geholfen haben. Du weißt, die Jungs, auch die Polizeibeamten, bewundern dich mehr als du verdienst.«

»Ich brauche das nicht.«

»Sturkopf.«

Der Kellner brachte das Dessert.

»Iss deinen Nachtisch, Captain Eisenherz.«

Joe schaute ihn mit einer Miene an, die Walsh zum Schmunzeln brachte. Natürlich wusste er, was Joe meinte, aber Walsh hatte nie viel Wert darauf gelegt, als Held bewundert zu werden. Ihm kam es einzig und allein darauf an, seinen Auftrag erfolgreich auszuführen und Unschuldige zu beschützen.

»Schmeckt gut«, sagte Walsh, als er ein Stück vom Brownie gekostet hatte.

»Und es ist nicht nur der Zucker, der dich das glauben lässt.«

»Wenn es dich glücklich macht, ist es das nicht.«

»Mehr wollte ich nicht hören.«

Walsh bat um die Rechnung, denn bis zum Abflug am Abend hatten sie noch viel zu tun.

Pünktlich um achtzehn Uhr betraten beide im Anzug den Flughafen von Larnaka.

»Wenn ich bedenke, dass du vor einigen Stunden noch keinen Anzug tragen wolltest.«

»Mir steht einfach alles, ich hätte auch Modell werden können.«

»Wie auch immer. Keine Scherze mehr, wir müssen wie Diplomaten rüberkommen«, antwortete Walsh, der in seiner aktiven Zeit beim Militärgeheimdienst schon mehrfach mit einem Diplomatenpass gereist war.

»Ist das diplomatisch genug?«, fragte Joe und machte ein ernstes Gesicht.

Selbst damit sah er irgendwie fröhlich aus.

»Hoffentlich. Wie wir es besprochen haben. Hast du dir alles gemerkt?«

»Klar, ich soll die Schnauze halten, dich reden lassen und dir folgen. Sollte ich hinkriegen.«

Walsh nickte, verstand den ironischen Unterton, kommentierte ihn aber nicht.

Beide gingen zum Check-in, der ohne Zwischenfälle verlief.

Sie flogen nur mit Handgepäck. Zusätzliche Kleidung konnten sie bei Bedarf in Israel kaufen. Die Herausforderung war vor allem Joes Handgepäck, in dem die notwendige technische Ausstattung für ihre Mission war.

Für Diplomaten gab es im Flughafen eine gesonderte Reihe zur Abfertigung. Es war die gleiche wie die für die Flugbegleiter. Da es keine Warteschlange gab, kamen sie zügig an die Reihe.

»Handgepäck bitte auf den Scanner, Laptop und Handy aus dem Handgepäck«, sagte der Security-Mitarbeiter.

»Wir sind amerikanische Diplomaten und werden unser Handgepäck nicht aufs Laufband stellen. Ebenso wenig werden wir uns oder unser Gepäck scannen lassen«, antwortete Walsh, zeigte seinen Diplomatenpass und blickte den jungen Security-Mitarbeiter mit strenger Miene an. »Wissen Sie etwa nicht, wie man sich einem Diplomaten gegenüber verhält?«

Walsh machte einen halben Schritt auf den Mann zu.

Der junge Mann, der höchstens Anfang zwanzig war, schluckte kurz. Er war einen Kopf kleiner als Walsh.

Fast schon eingeschüchtert schaute er zu einem seiner Kollegen, der ihm knapp zunickte.

»Verzeihen Sie, ich dachte, Sie würden zum Flugpersonal gehören.«

»Seien Sie nächstes Mal besser vorbereitet. Sehen wir wie Stewards aus? Keine 300 Kilometer von hier tobt gerade ein Krieg gegen Terroristen. Wir verteidigen auch Ihre Demokratie.«

Der Security-Mitarbeiter schaute auf den Boden und wagte nicht einmal mehr, Walsh anzusehen.

Walsh und Joe gingen weiter, verließen den Sicherheitsbereich und erreichten die Lounge.

»Der arme Kerl, der wird nie wieder ruhig schlafen können«, sagte Joe und versuchte nicht zu lachen.

»Wir hatten Glück. Es hätte auch ein anderer sein können, auf den meine Worte keinen Eindruck gemacht hätten.«

»Ich denke eher, dass deine Muskeln und dein strenges Gesicht ihn eingeschüchtert haben. Der hat ganz klar ein Trauma davongetragen.«

Beide betraten die Club Lounge, aßen, tranken und unterhielten sich, bis zum Boarding aufgerufen wurde.

Der Flug startete pünktlich.

Die Flugzeit nach Tel Aviv betrug keine Stunde, kaum in der Luft ging es auch schon zur Landung.

»In Tel Aviv kann es sein, dass sie uns einzeln befragen. Wenn sie uns trennen und in deinen Koffer schauen wollen …« Walsh hielt inne. »Ich nehme dein Handgepäck, du nimmst meins.«

»Glaubst du, ich kann nicht so hart sein?«

»Ich weiß, dass du es nicht kannst.«

»Okay, angekommen. Nimm ruhig den Koffer, wenn es schiefgeht, sag nicht, ich hätte dich nicht gewarnt.«

»Ich werde mich an deine Worte erinnern.«

Dass die Israelis die gefälschten Pässe bemerken würden, glaubte Walsh nicht, schließlich hatten sie sich am Flughafen in Larnaka bereits bewährt.

Keine Stunde später waren beide schon unterwegs

Richtung Immigration. Der Flughafen war kaum frequentiert, was Walsh nicht verwunderte, da viele Fluggesellschaften Israel momentan nicht anflogen. Bei der Immigration stellten sie sich in die Reihe für VIP-Gäste, zu denen auch Diplomaten gehörten.

Joe kam als erster dran. Nach einer kurzen Kontrolle wurde er durchgewunken.

Dann kam Walsh an die Reihe. Er zeigte seinen Diplomatenpass, und der Immigration-Officer warf Walsh einen seltsamen Blick zu.

»Kennen wir uns?«, fragte er.

»Nicht, dass ich wüsste. Ich bin zum ersten Mal in Israel«, antwortete Walsh.

Der Mann tippte etwas in den Computer und starrte dann auf den Bildschirm.

Walsh beschlich ein ungutes Gefühl.

War es möglich, dass der Mossad ein Foto von ihm an den Flughafen geschickt hatte, um ihn an der Einreise zu hindern?

Bei seiner Nina-Befreiungsaktion vor ein paar Wochen hatte Walsh demonstriert, zu was er fähig war. Hatte Israel Angst, dass er bei einer erneuten Einreise etwas Unkontrollierbares anstellen könnte?

8

Chan Junis

Chan Junis war noch sicher.

Die Frage war, wie lange noch?

Israel forderte derzeit die Bewohner von Gaza auf in den Süden zu fliehen, sich in ausgewiesenen Sicherheitszonen aufzuhalten, den Norden zu verlassen.

Dima war sich sicher, dass der Angriff nicht auf den Norden Gazas beschränkt bleiben würde, dass Israels Wut und Vergeltungsdrang noch viel mehr zerstören würden. Vermutlich würden Tausende Palästinenser ihr Leben verlieren. Palästinenser, die wie sie nur in Frieden leben wollten. Aber Frieden war ein Fremdwort in dieser Region, solange sie denken konnte. Sie war mit Angst, Gewalt und Tod aufgewachsen, und dazwischen gab es immer wieder Phasen trügerischer Ruhe.

Viele Palästinenser blieben zu Hause in ihren Wohnungen oder reisten an die ägyptische Grenze, in der Hoffnung den Gazastreifen verlassen zu können. Dima blieb, jedoch nicht, weil sie hier sterben wollte, sondern weil sie Khalids Schwester war.

Khalid war alles, was sie noch an Familie hatte.

Und Khalid war ein Hamas-Krieger, hoch angesehen, respektiert und noch mehr verehrt seit dem heiligen Angriff auf Israel.

In Chan Junis gab es keine öffentliche Stimme, die sagte, dass die Hamas-Kämpfer Blut an ihren Händen hätten, dass sie zu weit gegangen wären, als sie ganze

Familien getötet und Frauen missbraucht hätten. In Gaza sprach niemand darüber, diese schlimmen Dinge wurden als Propaganda des Westens und Israels heruntergespielt.

Dima machte es sich nicht so einfach, auch wenn sie Khalids Schwester war.

Khalid hatte ihr erzählt, dass sein Kommando keine Frauen vergewaltigt und auch keine Kinder ermordet hätte. Dima wollte ihm glauben, aber sie hatte diesen Blick gesehen, diesen Stolz auf das, was er getan hatte. Und er war nicht der Einzige in Gaza, der diese Handlungen als Heldentaten feierte. Es war eher so, dass Dima in der Minderheit war, sie hatte nur wenige Freundinnen und Freunde, die so dachten wie sie.

Und alle von ihnen hatten Kontakt zu Juden gehabt.

Entweder, weil Juden sich ehrenamtlich in Gaza engagierten, halfen, wo die Not am größten war, oder weil sie in Israel gearbeitet hatten.

Gaza war immer noch offiziell von Israel besetzt. Auch wenn die Hamas herrschte und Israel Gaza 2005 offiziell verlassen hatte, die Grenzen wurden von Israel kontrolliert. Man konnte Gaza nicht einfach verlassen, wie man wollte. Ohne eine Genehmigung seitens der Israelis ging gar nichts.

Aber es gab Palästinenser, die Arbeit in Israel hatten, so auch einige Freunde von ihr. Sie sprachen nicht schlecht von den Juden, weil sie diese persönlich kennengelernt hatten. Freilich gab man dies nur unter vorgehaltener Hand zu, denn in der Öffentlichkeit wäre das zu gefährlich, gerade in diesen Tagen.

Dima wusste, dass Frieden, wirklicher Frieden, nur durch Dialog möglich war. Die Menschen mussten miteinander sprechen, sich treffen und austauschen. Krieg und Terror hatten noch nie Frieden gebracht. Als Schwester von Khalid musste sie doppelt so gut aufpassen, nichts Falsches zu sagen, weil sie nicht wollte, dass ihr Bruder wegen ihren Gedanken Schwierigkeiten bekam.

Sie liebte ihren Bruder, das hatte sie immer getan.

Und sie liebte noch einen anderen Mann.

Samer!

Er hatte ihr vor Jahren das Leben gerettet, indem er sie zur Behandlung nach Israel geschickt hatte, dann war er verschwunden. Erst kurz nach dem 7. Oktober war er plötzlich wieder aufgetaucht.

Sie wusste nicht, ob sie Samer vertrauen konnte.

Khalid tat es nicht.

Aber sie liebte ihn noch immer.

9

Tel Aviv, 28. Oktober

»Sag nichts.«

»Was soll ich nicht sagen?« Joe tat unwissend.

»Schlechter Scherz.«

»Soll ich es jetzt sagen, oder nicht?«

»Du wirst es sowieso sagen, also mach es kurz.«

»Wie war das noch mal, ich soll dich reden lassen und am besten du nimmst das fragwürdige Handgepäck und ich verstecke mich hinter deinem brutal muskulösen Rücken? Das waren doch deine Worte«, sagte Joe, dessen Grinsen immer breiter wurde.

»Du übertreibst wieder maßlos.«

»Und wer ist ohne Probleme durch die Immigration gekommen?«

»Du.«

»Und weißt du warum?«

»Hau raus.«

»Weil die Jungs Angst vor einem schwarzen amerikanischen Diplomaten haben.«

»Vor dir?«

»Lach ruhig, aber Fakt ist, hätten sie mich rausgezogen, hätte man sie gleich als Rassisten gebrandmarkt, und nach diesem fürchterlichen Terroranschlag werden wir von Israel gebraucht. Sie wollen es sich mit uns ganz sicher nicht verscherzen. Deshalb haben sie meinen schwarzen Arsch verschont.«

»Und warum hast du das nicht vorher gesagt?«

»Weil du mich ermahnt hast, nichts zu sagen.«

»Ich denke eher, weil du nicht daran gedacht hast. Und am Ende sind wir doch hier. Das kurze Gespräch mit dem Immigration-Officer hatte keine Auswirkungen«, antwortete Walsh, der bei der Passkontrolle den Eindruck gehabt hatte, dass der Officer ihn zu einem Gespräch unter vier Augen bitten oder ihm gar die Einreise verweigern würde, weil ein Foto von ihm im System hinterlegt war. Anscheinend war das aber doch nicht der Fall gewesen. Der gefälschte Diplomatenpass hatte die israelischen Sicherheitsstufen mühelos überwunden. Walsh hatte einreisen dürfen und sein Handgepäck wurde nicht kontrolliert.

»Was machen die Hacks?«

»Bin noch dran. Eben hat Bassem nochmals geschrieben. Er hat Ort und Zeitpunkt bestätigt«, antwortete Joe.

Walsh war vorhin joggen gewesen, gerade saßen beide auf der Terrasse ihres Hotels.

Sie hatten sich für das Sheraton Hotel am Strand entschieden, da es zur Marriott Kette gehörte und sie somit weniger auffielen als in einem der kleineren, lokalen Hotels.

Amerikanische Hotels genossen mehr Freiheiten als andere, davon war Walsh überzeugt. Ebenso davon, dass der Schin Bet und auch der Mossad, obwohl er ein Auslandsgeheimdienst ist, die internationalen Gäste in anderen Hotels einer viel genaueren Beobachtung unterzogen, da sie nicht wissen konnten, ob Hamas-Sympathisanten oder gar Personen unter ihnen waren, die die aktuelle Lage für ihren Vorteil nutzen würden. Russland war ein solcher Akteur, aber auch der Iran.

Iraner durften zwar nicht nach Israel einreisen, aber es gab genug Spione mit einer anderen Nationalität, die hier für den Iran kundschafteten. Oft waren es sogar im Ausland lebende Iraner mit anderen Nationalitäten oder gar mit gefälschten Pässen. Wie leicht man Pässe in Zeiten der Digitalisierung fälschen konnte, hatte Joes Kontakt Halil unter Beweis gestellt. Weder auf Zypern noch in Israel war der Schwindel aufgeflogen. Außerdem suchten Amerikaner, erst recht verbeamtete, gern amerikanische Hotels aus.

»Ich habe da so einen Verdacht«, sagte Joe, machte dabei ein Auge schmaler als das andere, als wolle er sagen, dass er intensiv nachdachte.

»Welchen?«

»Dass du die Pässe nur für die Einreise gebraucht hast und es dir jetzt egal ist, ob die Israelis wissen, dass wir hier sind.«

»Die gefälschten Pässe brauchten wir tatsächlich für die Einreise, sonst hätte ihre Beschaffung keinen Sinn ergeben.«

»Du weißt, was ich meine. Normalerweise hättest du dir die Haare gefärbt, dann das Gesicht mittels einer Silikonmaske verändert, damit dich niemand erkennt, so wie bei früheren Missionen. Und diese Maskerade hättest du bis zum Ende der Mission beibehalten. Aber all das haben wir nicht gemacht.«

»Und warum hast du mich nicht danach gefragt?«

»Weil du Peter Walsh bist. Walsh macht erstens keine Fehler und zweitens hättest du mich wieder gemaßregelt, wie eben.«

»So gemein bin ich doch nicht.«

»Sagt Mr. Ich-weiß-alles-besser-und-möchte-meinen-besten-Freund-ärgern.« Joe biss in seine Gurke. »Warum in aller Welt esse ich eine Gurke zum Frühstück?«

Diesmal entfuhr Walsh ein Lachen.

»Ich ärgere dich gar nicht. Du tust ja gerade so, als wäre ich nicht in der Lage, auch mal lustig zu sein oder Scherze zu machen, wenn es mir passt.«

»Du und lustig?« Joe schaute skeptisch, biss erneut von der Gurke ab. »Nur Wasser.«

»Natürlich kann ich lustig sein.«

»Du hast doch keine Ahnung, was das Wort überhaupt bedeutet.«

»Übertreib nicht.«

»Frag Nina, wer von uns beiden lustig ist.«

»Nina zählt nicht. Sie ist immer auf deiner Seite.«

»Weil sie weiß, dass ich viel lustiger bin als du. Fakt, und weich meiner Frage nicht aus.«

»Ist ja gut. Du hast recht. Mir ging es nur darum, unbemerkt nach Israel zu gelangen, da ich Sorgen hatte, dass mein Fahndungsfoto im Zollcomputer ist und mir die Einreise verwehrt wird. Deshalb durfte auch niemand wissen, dass wir nach Israel reisen. Jetzt sind wir im Land und sehr bald werde ich in Gaza sein.«

»Also kann ich Rahel nun die Wahrheit sagen?«

»Nein, kannst du nicht.«

»Muss ich nicht verstehen. Ich dachte, jetzt ist es egal.«

»Das heißt aber nicht, dass wir unsere Identitäten preisgeben. Wir halten uns an den Plan. Wenn wir entdeckt werden, dann ist das so. Keine Maskerade, das sollte es heißen, nicht, dass wir jedem, den wir kennen, erzählen, dass wir in einer Suite im Sheraton wohnen.«

»Rahel ist nicht jeder, sondern meine Freundin. Und ich vertraue ihr.«

»Trotzdem.«

Joe schien eingeschnappt zu sein, was Walsh verriet, dass dieser Rahel tatsächlich vertraute, aber Joe war zu gutmütig und manchmal auch treudoof, wenn es um Menschen ging, die ihm nahestanden.

Walsh hatte Rahel zwar kennengelernt und er mochte sie, aber sie war eine Soldatin im Dienst des IDF. Walsh hatte es in ihren Augen gesehen: Ihre Loyalität galt zuallererst ihrem Land. Genau das erwartete man von einer Soldatin. Walsh machte ihr deshalb keinen Vorwurf, denn genauso war er früher auch gewesen. Und genau deswegen war sie die letzte Person, die wissen sollte, dass sie hier waren.

»Ich hole mir ein Dessert«, verkündete Joe. »Sicherlich möchtest du nichts, wie ich dich kenne.«

»Doch.«

»Echt?« Joe sah erstaunt aus.

»Ja, überrasch mich.«

»Ganz sicher? Ist heute dein *Cheatday*?«

»Bring mir was, bevor ich es mir anders überlege, du Lieblingspatenonkel von Nina.«

Joe lächelte, stand auf und ging zum Buffet.

Auch das war Joe, seine Enttäuschung über Walsh hielt nie lange an.

Joe kam mit einem ganzen Teller voller Desserts an.

»Das wird dir schmecken«, sagte er, und Walsh bediente sich.

Nach dem Essen gingen sie auf ihre Suite.

Auf dem Weg dorthin fiel Walsh eine Person auf, die kurz nach ihnen das Buffet verlassen hatte. Der Mann hatte während des Frühstücks immer wieder verstohlen zu ihnen herübergeschaut, ob es nur Zufall war oder nicht, konnte Walsh nicht einschätzen. Er beschloss, den Mann nicht zu stoppen und auszuquetschen, das würde er bei der nächsten Begegnung tun.

In der Suite setzte Joe sich gleich an seinen Laptop und aktivierte den Bildschirm. Mehrere Programme liefen gleichzeitig.

»Das Hotelpersonal kann doch nicht herausfinden, dass wir versuchen, uns in verschiedene Netzwerke einzuhacken?«, fragte Walsh.

»Ausgeschlossen, ich benutze nicht nur VPN, sondern obendrein anonyme Tunnel und ein selbst geschriebenes Onion Over VPN, um das VPN nochmals zu anonymisieren und zu verschlüsseln.«

»Was denkst du, wann wir erste Ergebnisse haben?«

Joe tippte etwas in den Laptop.

»Nach dem Gespräch mit Bassem.«

»Unterstützen dich Tim und Lutz?«

»Ja. Ohne die beiden würde es noch mindestens einen Tag länger dauern. Ich kann auf deren Rechenleistung zugreifen. Wir arbeiten mit kleinen Paketen und dezentralen Servern, um diese Pakete zu verteilen, zu verschlüsseln und dann wieder zusammenzusetzen.«

»Sehr gut. Was machen deine Spielzeuge?«

»Die baue ich nachher zusammen.«

»Also sind wir bereit? Uns fehlen nur noch die Waffen und eine ungefähre Angabe, wo Uri gefangen gehalten wird.«

»Wenn die Hamas das überhaupt auf ihren Servern gespeichert hat.«

»Falls nicht, habe ich keine Wahl und muss in Gaza

nach Informationen suchen«, antwortete Walsh, der sich das ersparen wollte. Auch wenn er einen gefälschten libanesischen Reisepass dabeihatte, war Gaza gerade in der jetzigen Situation ein unberechenbares Pflaster.

»Ich werde das Versteck finden«, antwortete Joe. »Was, wenn du deinen Astralkörper auf die Reise schickst?«

»Wenn Gaza hunderte Kilometer von Tunnel hat, wird das kaum funktionieren. Ich habe keine persönliche Verbindung zu Uri, kein Gegensignal, wie bei Nina oder dir. Das wäre unsere allerletzte Option. Hoffen wir lieber, dass du fündig wirst.«

Joe presste nur die Lippen zusammen, tippte wieder etwas in seinen Laptop.

»Ich werde eine Weile meditieren. Danach suchen wir Bassem auf.«

Joe nickte.

Walsh setzte sich in den Schneidersitz, schloss die Augen und begann mit Entspannungsübungen, dann meditierte er, um den Kopf frei zu bekommen, allen Ballast abzuwerfen und sich auf die nächsten Aufgaben konzentrieren zu können. Es war, als würde der ganze Mist von der Seele gewaschen und es half Walsh ungemein, noch fokussierter zu sein.

Als er aus der Meditation in die Welt zurückkehrte, fühlte er sich leichter, sein Verstand war schärfer und klarer.

Walsh sah Joe an, der immer noch vor seinem Laptop saß.

Joe blickte zurück.

»Wenn es wirklich so etwas wie Wiedergeburt gibt,

möchte ich im nächsten Leben Peter Walsh sein und keine Schabe.«

»Warum?«

»Weil ich auch einmal diesen Blick machen möchte, der einem sagt, dass man vor nichts Angst hat.«

»Sei lieber eine Schabe, denn die scheren sich einen Dreck um all den Mist, um den sich die Menschen sorgen.«

»Bist du verrückt? Bei meinem Glück lebe ich dann in einem Haus voller Tierfeinde, die versuchen, mich mit ihrem Hausschuh totzuschlagen.«

»Lass uns gehen, bevor in dir noch der Wunsch erwächst, ein Pancake zu sein.«

»Warum ein Pancake?«

»Weil du süchtig danach bist.«

Joe unterdrückte ein Lachen, was Walsh nicht entging, doch er versuchte streng dreinzublicken. »Ich sagte doch, du bist nicht lustig.«

»Du hast gelacht.«

»Ganz sicher nicht.«

»Doch. Pack deine Sachen ein, genug rumgeblödelt.«

Eine halbe Stunde später betraten die beiden einen kleinen Souvenirladen in der Altstadt von Jaffa.

Ein Mann war in dem Laden.

»*Shalom*«, grüßte der Mann.

»*Shalom*. Bist du Bassem?«, fragte Joe auf Englisch, obwohl er wusste, dass er es sein musste. Nachdem Halil ihnen den Namen und die Anschrift genannt hatte, suchte Joe im Internet und Darknet nach Bassem und wurde schnell fündig. Ein Foto von ihm hatte er auch Walsh gezeigt.

»Joe?«, fragte Bassem.

Joe nickte.

Bassem warf Walsh einen skeptischen, fast missbilligenden Blick zu, als würde er ihn auf Anhieb nicht mögen. Vermutlich jagte ihm Walshs durchtrainierter Körper Angst ein.

»Kommt mit«, sagte Bassem.

Bassem schloss den Laden, dann folgten die beiden ihm in einen Nebenraum.

»Setzt euch.«

Bassem ging zu einem Schrank, öffnete ihn und fischte drei Waffen heraus.

»Deshalb seid ihr doch hier. Habt ihr das Geld dabei?«

»Bitcoins.«

»Noch besser.«

Jetzt gab es kein Zurück mehr, und schon sehr bald würde die Hölle über die Terroristen hereinbrechen.

Walsh konnte nur hoffen, dass Uri noch lebte.

10

Chan Junis

Samer war Ori.

Seit einigen Wochen hielt er sich in Gaza auf, hauptsächlich in Chan Junis, und bisher war seine Identität nicht aufgeflogen.

Seine Aufgabe war klar: Er sollte herausfinden, wo die Geiseln gefangen gehalten wurden und möglichst viel über die Hamas-Drahtzieher in Erfahrung bringen.

Von ihm hing maßgeblich ab, ob mehr als 250 Geiseln lebend befreit werden konnten. Auch wenn im Internet, vor allem auf Portalen wie X, jede Menge Gerüchte und Fakenews kursierten, mit dem Tenor, die IDF würde sich einen Dreck um die Geiseln scheren, stimmte das nicht. Nicht nur, weil jedes jüdische Leben schützenswert war oder weil es die Aufgabe einer jeder Regierung war, ihre Bevölkerung zu behüten, sondern auch, weil man den Druck aus dem Ausland fürchtete, der mit jeder toten Geisel zunahm.

Ori war sich dieser Verantwortung bewusst. Ebenso war ihm bewusst, dass die Hamas oder der Islamische Dschihad die Geiseln nicht an nur einem Ort versteckt hielten, denn das wäre doch mehr als leichtsinnig. Sie wussten, dass Israel Spione in Gaza hatte, die nicht nur hinter den Drahtziehern des Terroranschlages her waren, sondern auch hinter den Geiseln. Sicherlich nahm die Hamas aber an, dass diese Spione Palästinenser waren, sogenannte Ratten. Jemanden wie ihn würden sie eher nicht erwarten, weil kein Jude verrückt genug wäre, sich ausgerechnet jetzt in Gaza aufzuhalten. Genau das sah Ori jetzt als seinen größten Vorteil, und deswegen rechnete er sich auch eine realistische Chance aus, die Geiseln zu finden.

Er hatte sich ein Apartment in der Innenstadt gemietet, was nicht wirklich schwierig war. Die Mieten waren im Vergleich zu denen in Israel geradezu günstig. Er hatte das Geld vorgestreckt, der Schin Bet würde ihm die Kosten erstatten.

Nichts, was er hier tat, durfte in irgendeiner Form den Verdacht erwecken, dass er Jude war.

Gerade war er auf dem Weg ins Restaurant *Shawarma Sanabel*, das eine Viertelstunde Fußweg von seinem Apartment entfernt lag. Als er es erreichte, sah er auch schon Dima, die an einem Tisch saß. Sie trug ein Kopftuch, keinen Niqab, der in Gaza sehr verbreitet war. Ori hatte den Eindruck, dass sich der Niqab in der Bevölkerung von Gaza immer mehr durchsetzte, ein Zeichen für den wachsenden Einfluss, den der Iran über die Hamas auf Gaza ausübte.

»*Salam*«, grüßte Dima und lächelte fast schon schüchtern.

»*Salam*«, antwortete Samer. Ori spielte seine Rolle, auch wenn nicht alles, was er sagte, nur gespielt war. Vor allem nicht seine Gefühle für Dima.

Ihm fiel auf, dass sie von einigen Leute angestarrt wurden, aber als Samer in deren Richtung sah, blickten sie schnell weg.

»Das ist jetzt normal in Gaza. Frauen sollen nicht allein rausgehen«, sagte Dima auf Arabisch, in leisem Ton.

»Vor ein paar Jahren war es noch entspannter.«

»Vor einigen Jahren war die Welt noch eine andere. Nicht, dass sie schöner war. Aber sie war anders.«

»Wieso bist du nicht nach Ramallah gegangen, wie ich dir geraten habe? In Ramallah kannst du leben, wie du willst, es kümmert niemanden.«

Ramallah war die modernste und toleranteste Stadt in den Palästinensergebieten. Dort wurde sogar Alkohol ausgeschenkt, und die Frauen mussten weder ein Kopftuch noch den Niqab tragen und konnten jederzeit allein aus dem Haus gehen. Etwas, wovon die meisten Frauen im Gazastreifen nur träumen konnten.

»Weil ich hier nicht wegkann. Ich habe nur noch meinen Bruder, und ich kann ihn nicht allein lassen.«

Der Kellner kam. Auch er blickte missbilligend drein, sagte aber nichts. Er nahm die Bestellung auf und ging zurück zum Tresen, wo er mit einem Kollegen tuschelte und dabei kurz in ihre Richtung sah.

Am liebsten wäre Samer aufgestanden und hätte dem Kellner eine geklatscht, aber es musste bei dem Gedanken bleiben.

»Wenn du dich unwohl fühlst, können wir gehen«, sagte Samer zu Dima.

»Nein, ich lasse mir nicht meine letzten Freiheiten nehmen. Sie werden mir nichts tun, weil sie wissen, wer mein Bruder ist.«

»Ist Khalid noch bei der Hamas?«

Samer hatte Khalid nur einmal kurz gesehen, als er vor einigen Wochen vor Dimas Wohnungstür gestanden hatte. Mehr als eine kurze Begrüßung war dabei nicht rausgesprungen.

»Er ist jetzt ein Held Gazas.«

»Ein Held?«

»Ist nicht so wichtig«, beschwichtigte Dima plötzlich, als hätte sie etwas Unüberlegtes gesagt.

Der Kellner brachte die Getränke und die obligatorische Vorspeise mit Brot, die es in arabischen Restaurants immer gab.

»Erklär mir lieber, warum du wieder hier bist.«

»Wie ich schon sagte, Geschäfte.«

»Geschäfte? Jetzt? Wo ganz Gaza brennt?« Dima schien nicht überzeugt.

»Gerade jetzt. Meine Geschäfte liefen nie besser.«

»Du hast mir nie gesagt, was du genau machst.«

»Das habe ich doch gesagt. Ich bin Händler. Hauptsächlich importiere ich Elektroprodukte aus Deutschland. ›Made in Germany‹ ist bei den Arabern sehr beliebt.«

»Wer in Gaza hat noch Geld für Waschmaschinen aus Deutschland? Die chinesischen sind viel billiger. Mein Bruder ist sehr misstrauisch. Er möchte mir den Kontakt zu dir verbieten.«

»Und warum tut er das nicht?«

»Weil du mir das Leben gerettet hast.«

»Was ist mit dir? Möchtest du mich noch sehen?«

Dima schaute Samer nicht an. Sie schluckte, schien nachzudenken, dann sah sie ihn an, aber so, als würde sie nach einer Antwort in Samers Gesicht suchen.

»Ich weiß es nicht«, antwortete sie dann ehrlich. »Willst du mich denn weiterhin sehen?«

»Ja. Ich habe viel an dich gedacht.«

»Du hast nicht einmal geschrieben.«

»Du auch nicht.«

»Ich kann dir nicht schreiben. Ich lebe in Gaza,

mein Bruder ist bei der Hamas. Wie soll ich dir da schreiben?«

Der Hauch eines Vorwurfs lag in ihrer Stimme, und Samer gab ihr in Gedanken recht. Aber hier ging es nicht um Gefühle, sondern um Manipulation. Er musste mehr über ihren Bruder herausfinden, musste wissen, warum Khalid plötzlich ein Held war, und vor allem musste er mehr über die Geiseln in Erfahrung bringen. Khalid wusste sicher, wo die Geiseln gefangen gehalten wurden, auch wenn er eine untergeordnete Rolle bei der Hamas spielte. Das war jedenfalls sein letzter Wissensstand.

Warum ist er ein Held?, überlegte Samer.

»Es tut mir wirklich sehr leid, wie alles gelaufen ist. Ich habe es mir damals nicht einfach gemacht.«

Eine ältere Frau betrat das Restaurant und kam auf ihren Tisch zu. Samer fürchtete, dass sie Dima Vorwürfe machen würde.

»Möge Allah dir und Khalid ein langes Leben bescheren, dafür, dass er viele Juden getötet und nach Gaza gebracht hat«, sagte die Frau mit einer Begeisterung in der Stimme, die Samer Angst machte.

Samer war mit einem Mal hellwach. Was er gerade über den Bruder hörte, passte so gar nicht zu dem Khalid, den er damals kennengelernt hatte.

Wäre Khalid der Schlüssel zu den Geiseln?

11

Gaza

»Wo ist Yaron?«, wagte Uri zu fragen, auch wenn er sich fest vorgenommen hatte, nicht den Helden zu spielen, denn diese Männer würden ihn ohne mit der Wimper zu zucken töten.

»*Ahbal*«, schimpfte einer der Männer, was so viel wie ›Idiot‹ bedeutete.

Uri konnte Arabisch, das hatte er in der Schule gelernt, und er hatte auch arabisch-jüdische Freunde außerhalb des Kibbuz. Das wollte er den Hamas-Terroristen jedoch nicht verraten. Auch nicht, dass er ihre Sprache verstand, weil er glaubte, dass es ein taktischer Vorteil sein könnte.

»Wohin bringt ihr mich?«

»Kannst du nicht einfach die Fresse halten?«, schimpfte der andere Geiselnehmer auf Hebräisch.

Noch bevor Uri reagieren konnte, spürte er den Griff der Maschinenpistole zwischen seinen Rippen. Uri schrie, bekam keine Luft mehr, sank röchelnd auf die Knie und ihm wurde schwarz vor den Augen.

»Das passiert mit neugierigen Juden«, schimpfte der Mann weiter. »Und jetzt steh auf.«

Uri versuchte es, aber noch immer war ihm schwarz vor den Augen.

»Ich sagte aufstehen, *Kahba*«, brüllte der Mann und trat Uri mit seinem schweren schwarzen Stiefel in den Bauch.

Uri krümmte sich vor Schmerz.

Wie denn, wenn du mich zusammenschlägst?, wäre es ihm fast sarkastisch herausgerutscht. Zu seinem Glück beherrschte er sich und es blieb beim Gedanken.

Der Mann schlug erneut auf Uri ein, wieder und wieder.

Uri lag am Boden, spuckte Blut, sein ganzer Körper brannte vor Schmerz, er konnte sich nicht mehr bewegen und hatte Angst, totgeschlagen zu werden.

»Aufhören«, hörte Uri plötzlich eine Stimme auf Arabisch. »Willst du ihn umbringen?«

»Nein, nur mäßigen.«

»Du Trottel. Führ deinen Auftrag aus, oder bist du zu blöd dafür?«

»Nein, *Habibi*. Er war frech und ich wollte …«

»Bring ihn zum nächsten Versteck. Keine Ausreden. Wir brauchen ihn lebend«, erklärte der Mann und fügte noch hinzu. »Noch.«

Der Mann beugte sich vor und streckte Uri die Hand entgegen.

Er ergriff sie und kam mit der Hilfe des Mannes auf die Beine.

»Wer schweigt, der lebt«, sagte der Mann auf Hebräisch und entfernte sich.

Es war eine sehr merkwürdige Situation. Wahrscheinlich hatte der Mann, der auch nur ein Hamas-Terrorist sein konnte, ihm gerade das Leben gerettet, aber gleichzeitig hatte er angedeutet, dass Uri so oder so sterben würde. Diese Erkenntnis war fast noch schlimmer als die brutalen Schläge, die er gerade einstecken musste. In jenem Moment fiel es Uri schwer, daran zu glauben, dass er dieser Hölle lebend entkommen würde. Die Hamas brauchte ihn als Spielball, um die israelische Regierung zu erpressen und sobald sie hatten, was sie wollten, würden sie ihn töten, so wie die vielen anderen Geiseln, die früher in Gefangenschaft der Hamas geraten waren.

Hatten sie Yaron schon ermordet?

»Weiter«, brüllte der Mann, und Uri ging weiter. Er folgte dem Tunnel, an den sich mehrere Räume anschlossen. Es wirkte wie ein großer, unübersichtlicher Keller. Die Räume wirkten bewohnbar, soweit er das auf die Schnelle überblicken konnte.

Uri versuchte, sich alles einzuprägen, für den unwahrscheinlichen Fall, dass er freikäme, um dann der IDF berichten zu können, was sich in dem Versteck befand, in dem er gefangen gehalten wurde.

Eine der Türen öffnete sich plötzlich. Zwei Hamas-Kämpfer trugen einen blutverschmierten Mann heraus, der augenscheinlich tot war.

Yaron!

Uri hätte vor Angst beinahe laut geschrien.

12

Tel Aviv

Walsh und Joe waren zurück in ihrer Suite.

Waffen und Munition hatten sie, und Joe hatte gerade sein technisches Spielzeug zusammengeschraubt. Spielzeug, welches voll mit High-Tech war und Walsh bei seiner Mission von unschätzbarem Wert sein würde.

Die Militärtechnologie hatte sich in den letzten Jahren dank hoch entwickelter Chips, künstlicher Intelligenz und Quantentechnologie rasant weiterentwickelt. Alles wurde kleiner, präziser und tödlicher. So war Joe nun im Besitz einer Drohne, die die Größe einer Fliege hatte und auch wie eine aussah. Diese Drohne bewegte sich sogar wie eine Fliege und mit ihrer Hilfe konnte man die Umgebung ohne Aufsehen zu erregen ausspähen.

»Sag mal, ist die Fliege gepimpt?«, fragte Walsh, als er sie in der Hand hielt.

»Ich habe einen Lichtsensor eingebaut. Ist zwar noch nicht optimal, aber immerhin kann sie im Dunkeln nun zumindest Schattierungen erkennen, was gerade bei Widerständen enorm wichtig ist. Wir wollen doch nicht, dass sie gegen eine Wand fliegt.«

»Und im Tunnel?«

»Kommt auf die Tiefe und Länge des Tunnels an. Je tiefer und länger, desto schwieriger, weil ich weder Funk noch GPS noch WiFi habe. Außer es gibt Antennen, die ich ansteuern kann. Sonst bricht die Verbindung bei circa fünf bis sieben Meter Tiefe und hundert Metern Länge ab.«

»Die Tunnel werden tiefer und wesentlich länger sein«, entgegnete Walsh. »Aber die Hamas wird auch in den Tunnel irgendwie kommunizieren. Zur Not müssen wir drinnen auf die Fliege verzichten.«

»Dann wärst du auf dich gestellt.«

»Wir haben keine Alternative.«

»Dann wollen wir hoffen, dass die Tunnel mit Antennen ausgestattet sind.«

»Was ist mit den Kontaktlinsen?«, fragte Walsh, der sie vorher noch nicht gesehen hatte.

»Das ist der letzte Schrei, habe ich vor einer Woche bekommen. Google Glass, Apple Vision Pro ist dagegen Kindergarten. Durch die Linsen kannst du sofort online interaktive Informationen über die Umgebung abrufen, zum Beispiel Straßenkarten oder Restaurants. Wenn du es wünschst, zeichnet es sogar alles auf und man kann virtuelle Bildschirme zuschalten. Aber das coolste Gadget ist die Fernrohrfunktion. Damit kannst du bis zu zwanzig Meter weit so sehen, als wäre es nur einen Meter entfernt.«

Walsh war beeindruckt, das konnte er ganz sicher in Gaza gebrauchen.

»Lass mich raten, im Tunnel ebenso nur bedingt einsatzbereit.«

»Noch schlechter als die Fliege, weil Google Glass einen Internetzugang braucht und somit Empfang. Im Tunnel wirst du aber keinen Empfang haben, außer es wurden Sender angebracht. Dann loggen sich die Linsen automatisch ein, selbst wenn die Sender passwortgeschützt sind.«

»Hackt es sich da rein?«

»Richtig, außer es wird eine sehr komplizierte Verschlüsselung benutzt. Die Linsen sind ein Minicomputer. Man mag es kaum glauben, aber diese kleinen Teilchen haben mich 30.000 Euro gekostet. Der reguläre Preis ist fast fünfmal so hoch.«

»Sehr gut investiertes Geld.«

Walsh schaute sich noch die anderen Sachen an, und Joe erklärte ihm die Produkte, die Walsh noch nicht kannte.

Der Bildschirm des Laptops leuchtete plötzlich rot auf.

»Was ist das?«

»Eine kleine Spielerei von mir. Ich bin in einem der Server drin.«

»In welchem?«

»In dem der IDF.«

»Ich hätte gedacht, dass du die Hamas-Server zuerst knackst.«

»Schön wäre es. Aber die Hamas nutzt Technologie aus dem Iran. Man darf die Jungs nicht unterschätzen. Gerade weil sie sanktioniert werden, sind sie sehr einfallsreich.«

»Schau bitte, was die IDF hat. Ich muss alles über die Tunnel und die Geiseln wissen.«

»Bin dran. Das Programm sucht nach Keywords, mit denen ich es gefüttert habe. Jede Datei, die eines dieser Schlüsselwörter enthält, wird auf einen externen Server geladen, zu dem nur ich und WikiLeaks Zugang haben.«

»Ein schlechter Scherz!« Walsh schüttelte den Kopf. Das Letzte, was er gebrauchen konnte, war ein internationaler Skandal, weil WikiLeaks diese Informationen veröffentlichte. Julian Assange war der beste Beweis dafür, dass das eine dumme Idee wäre.

»Es juckt schon in den Fingern.«

»Du hältst die Füße still, auch wenn es deinem Hackerherz schwerfällt. Keine Aufmerksamkeit.«

»Und nach der Geiselrettung?«

»Auch dann nicht! Alle Daten werden gelöscht.«

»Autsch.«

»Das ist mir sehr wichtig, Joe. Wir hinterlassen keine Spuren und es ist mir völlig egal, ob die Welt ein Recht darauf hat, es zu erfahren oder nicht.«

»Yes, Boss.«

Joe tippte etwas in den Laptop.

»Das war's.«

»Schon?«

»Ja, scheinen nicht viele Dokumente zu sein.«

Walsh beschlich ein schlechtes Gefühl. Konnte es sein, dass die IDF genauso im Dunkeln tappte wie sie selbst und das meiste, was sie von sich gab, reine Spekulation war?

Joe öffnete die ersten Dokumente.

»Hebräisch, ich denke, ich bin raus«, sagte Joe, der im Gegensatz zu Walsh nur gebrochen Hebräisch sprach. Er lernte es gerade, um Rahel zu beeindrucken.

Walsh sah sich die Dokumente an. Was nicht wichtig war, überflog er.

Eine Stunde später war er fertig.

»Und?«, fragte Joe, als Walsh das letzte Dokument schloss.

»Nicht viel Verwertbares. Einige Tunnel hat die IDF lokalisiert, in denen Terroristen vermutet werden, doch in keinem sollen Geiseln gefangen gehalten werden.«

»Was machen wir mit den Tunneln? Überprüfen wir sie selbst?«

»Nein, wir werden sie niederrangig priorisieren. Was mir etwas Sorgen macht, ist, dass die IDF davon ausgeht, dass nicht nur die Hamas Geiseln gefangen hält, sondern auch weitere Terrorgruppen involviert sind. Zum Beispiel der Islamische Dschihad.«

»Warum?«

»Weil die Hamas dann keinen Zugriff auf diese Geiseln hat. Und wenn Uri von einer dieser Gruppen verschleppt wurde, könnte er an quasi jedem Ort in Gaza gefangen gehalten werden. Ich fürchte, ich muss mich vor Ort umhören, bis wir neue Hinweise haben, die dieses Szenario ausschließen.«

»Du willst wirklich nach Gaza?«

»Welche Wahl habe ich?«

»Tunnel. Wir sollten erst die Tunnel ausschließen, bevor du in Gaza nach Uri suchst.«

»Die IDF hat deutliche Hinweise, dass die Tunnel hunderte Kilometer lang sind. Das, was wir ohnehin angenommen haben, untermauern diese Dokumente. Es wäre wie die Suche nach der Nadel im Heuhaufen.«

»Aber wie willst du nach Gaza kommen? Alle Grenzübergänge sind geschlossen, selbst der einzige ägyptische bei Rafah. Lass mich den ägyptischen Geheimdienst hacken, jede Wette, dass die wissen, welche Tunnel von Ägypten nach Gaza führen. Ich wüsste nicht, wie du sonst reinkämst.«

»Es gibt einen alten, streng geheimen vom US-Militär und der CIA.«

»Davon habe ich noch nie was gehört.«

»Ist ja auch streng geheim.«

Joe schaute überrascht. »Hast du ihn schon benutzt?«

»Nein, ich habe nur davon gehört.«

»Also wie in ›ein Freund hat mir erzählt, dass …‹?«

»Nein, den Tunnel gibt es. Die Quelle ist absolut zuverlässig. Es gibt nur paar kleinere mögliche Barrieren.«

»Welche?« Joes Blick wurde skeptisch, als ahnte er, dass Walsh das Wesentliche unterschlug.

»Der Tunnel wurde Ende der Sechziger gegraben, und er war nicht darauf ausgelegt, Jahrzehnte zu überdauern. Er soll relativ eng sein. Und es gibt keine externe Sauerstoffzufuhr.«

»Du verarschst mich. Wie kann man dann …?«

»Sauerstoffmaske und Sauerstoffflasche, falls man keine neunzig Minuten die Luft anhalten will. So lange soll es dauern, das andere Ende zu erreichen«, fiel Walsh Joe ins Wort.

»Denk nicht mal dran, es ohne Sauerstoff zu versuchen.«

»Ich bin kein Avenger«, scherzte Walsh, und Joe huschte ein erleichtertes Lächeln übers Gesicht.

»Manchmal bin ich mir da nicht so sicher.«

»Siehste, ich kann lustig sein.«

»Nein.«

»Du hast gelacht.«

»Es war ein verzweifeltes Lächeln, um nicht zugeben zu müssen, dass es Wahnsinn ist, diesen Tunnel zu benutzen.«

»Schau lieber nach einem Laden für Tauchzubehör.«

»Tauchzubehör? Ist der Tunnel an der Küste?«

»Nein, ich brauche handliche Sauerstoffflaschen, und wo kriegt man so etwas sonst?«

»Im Tauchladen.«

»Gut geschlussfolgert.«

Joe tippte etwas in den Rechner.

»Keine zwei Kilometer entfernt ist einer.«

»Sehr gut.«

»Willst du echt durch den Tunnel rein?«, fragte Joe. Er war alles andere als begeistert.

»Ich muss es versuchen, sonst verlieren wir wertvolle Zeit.«

»Ich komme mit.«

»Du kommst mit mir bis zum Tunneleingang, danach fährst du den Wagen zurück und wir bleiben in Kontakt. Wenn alles gut läuft, werde ich Uris Versteck finden, ihn befreien und mit ihm durch den Tunnel fliehen, falls mir die Option über Israel verwehrt wird.«

»Aber du wirst Geld brauchen. Viel Bargeld haben wir nicht mehr.«

»Ich kenne dort ein paar Leute von früher. Sobald ich was brauche, läuft alles über die und du greifst auf unser Bitcoin-Konto zu.«

»Das dank meiner Wenigkeit prall gefüllt ist«, sagte Joe und lachte. »Ich liebe Bitcoins, weltweit einsetzbar ohne Spuren zu hinterlassen, wenn man es über die richtigen Wallets verschickt. Nicht über die zertifizierten, denn die sind alle mit der Malware der US-Behörden verseucht.«

»Dann lass uns loslegen. Ich brauche auch die Fliege, die Waffen, die Kontaktlinsen und ein paar andere Sachen.«

»Wenn der Tunnel über dir zusammenbricht, sind

diese Dinge verloren. Ich hoffe, du weißt, worauf du dich einlässt.«

»Sind dir deine Gadgets mehr wert als mein Leben?«

»Du erwartest darauf hoffentlich keine Antwort. Ich bin ein Nerd, du weißt doch, für mich gibt es nur Einsen und Nullen«, sagte Joe grinsend.

Walsh lachte auch.

»Siehste, das war lustig. Locker aus der Hüfte geschossen, nicht so verkrampft wie aus deinem Mund.«

»Lass uns los, Mr. Locker-aus-der-Hüfte-geschossen.«

Die beiden packten alles Benötigte zusammen, dann verließen sie das Hotel, eilten zum Wagen und fuhren zum Laden für Tauchzubehör.

Die Sauerstofftanks waren schnell besorgt.

Walsh fuhr zur ägyptischen Grenze, aber nicht zu der einzigen öffentlich zugänglichen in Taba, die alle Touristen nutzen mussten. Lag doch der Taba-Grenzübergang vier Stunden entfernt. Touristen aus Israel hatten gewöhnlich keine andere Möglichkeit, nach Ägypten zu gelangen. Dann gab es noch den Grenzübergang Nitzana, der für den Handel gedacht war, der aber mit über zwei Stunden Fahrzeit immer noch zu weit entfernt war. Dazu kamen noch die langen Wartezeiten an der Grenze, weil jedes Fahrzeug einzeln abgenommen wurde.

Walsh fuhr nach Naveh.

Der kleine Ort lag etwa neunzig Minuten entfernt, im Süden Israels, an der Grenze zu Ägypten, und der dortige Grenzübergang wurde vor allem vom Militär und von Diplomaten genutzt. Die Wartezeiten waren hier nicht der Rede wert. Walsh hoffte, dass sich wegen des Gaza-Krieges nichts geändert hatte, da es diesen Übergang offiziell gar nicht gab. Damals, als er in Gaza Missionen durchführte, hatte er den Grenzübergang das eine oder andere Mal benutzt.

Während der Fahrt besprachen Joe und er die nächsten Schritte. Joe hatte seinen Laptop dabei, arbeitete parallel daran und war auch dabei, das ägyptische Netz zu hacken.

»Ich soll dich von Fischer und Tim grüßen. Die beiden haben gerade ihre Rechenpower zur Verfügung gestellt und schreiben mit mir an einem neuen Code, der die Decodierung der Sicherheitslayer beschleunigen soll.«

»Gut, grüß zurück. Aber kein Wort zu Brandt, Aydin und Mads.«

»Kein Wort. Du kannst dich auf mich verlassen. Aber warum eigentlich nicht. Mads war doch auch in einer Spezialeinheit der Bundeswehr.«

»Ich weiß. Er hat einigen seiner Kameraden das Leben gerettet, als diese in Afghanistan von der Taliban gefangen gehalten wurden. Mads ist furchtlos, das habe ich in Paris gesehen. Er könnte es locker mit jedem Agenten aufnehmen, den ich aus meiner aktiven Zeit kenne.«

Mit fast jedem, dachte Walsh und musste an einen alten Freund denken, der Baptist hieß. Er hatte schon sehr lange nichts mehr von ihm gehört. Baptist war ein sehr introvertierter Agent, dessen Frau und neugeborenes Baby brutal ermordet worden waren. Walsh wollte sich gar nicht ausmalen, in was für ein Loch er fallen würde, wenn jemand seine Familie auslöschen würde.

»Gibs zu, Mads wäre eine Hilfe.«

»Denk nicht mal dran. Er hat eine Schwester und eine Großmutter, um die er sich kümmert. Willst du denen dieses Himmelfahrtskommando wirklich zumuten?«

»Nein, es war nur ein Gedankenspiel.«

»Ganz schnell aus dem Gedächtnis löschen. Wieso bereue ich es jetzt schon, dass ich dir erlaubt habe, Fischer und Tim um Unterstützung zu bitten?«

»Wir drei halten dicht, du kannst dich drauf verlassen.«

»Auch dann, wenn du von mir kein Lebenszeichen erhältst?«

»Wie meinst du das?«

»Verdammt, Joe«, wurde Walsh etwas rauer im Ton. »Man könnte meinen, du wüsstest nicht mehr, wie Geheimdienste arbeiten, allem voran der US-Militärgeheimdienst. Es wäre möglich, dass wir keine Verbindung mehr haben, dass mir mein Handy verloren geht oder dass es gestohlen wird. Oder man entführt und versteckt mich. Alles ist möglich! Ich will nicht, dass du sofort die Nerven verlierst und Freunde alarmierst, weder die Kölner noch Mads und ganz bestimmt nicht Rahel oder Ori. Auch dann nicht, wenn man mich tötet. Mit meinem Tod ist die Mission beendet, du steigst in den nächsten Flieger und kehrst nach Köln zurück. Wenn ich mich drei Tage lang nicht melde, dann kehrst du ebenfalls nach Deutschland zurück. Das ist keine Bitte, sondern eine Anweisung. Ist das klar?«

Joe schluckte. Er wirkte, als hätte er sich gar keine ernsthaften Gedanken darüber gemacht, dass Walsh etwas zustoßen oder dass er gar sterben könnte.

»Bitte, Joe, das ist sehr wichtig. Ich muss mich auf dich verlassen können.«

»Du erwartest, dass ich einfach nach Köln zurückfliege und …« Joe sprach das Offensichtliche nicht aus.

»Ja, das war von Anfang an klar. Die Mission endet mit mir, entweder erfolgreich oder erfolglos. Aber sie endet mit mir. *Copy that?*«, wechselte Walsh ins Englische.

Joe presste die Lippen zusammen.

»*Copy that?*«

»*Copy.*«

»Danke«, antwortete Walsh, und dann sah er auch schon den Grenzübergang.

Es war erstaunlich, aber bis hierher waren sie nicht einmal von der Polizei oder dem Militär aufgehalten worden. Walsh hatte damit gerechnet, dass es dazu kommen könnte, weil Israel ein Hochsicherheitstrakt war.

Ihm war es mehr als recht.

Jetzt gab es nur noch zwei Hürden.

Die erste waren die diplomatischen Pässe, und er konnte nur hoffen, dass es keine Probleme gab, da sie keine Akkreditierung für Ägypten hatten. Gerade Ägypten stellte sich in solchen Fällen oft quer und machte es Diplomaten schwer, die Grenze ohne Akkreditierung zu passieren. Die zweite Hürde war der Tunnel.

Walsh wusste nicht, in welchem Zustand er war.

13

Chan Junis

Khalid Al-Asmari saß im Café, trank seinen arabischen Tee und war so in seine Gedanken vertieft, dass er schon den ganzen Tag Kopfschmerzen hatte. Nein, nicht nur heute, sondern bereits die ganze Woche.

Eigentlich seit Samer wieder aufgetaucht war.

Er vertraute Samer nicht, und nur, weil er seiner Schwester damals das Leben gerettet hatte, hatte Khalid ihn noch nicht aus der Stadt gejagt. Dass er ausgerechnet jetzt, kurz nach ihrem heldenhaften Sieg gegen die verhassten Juden, aufgetaucht war, fand Khalid mehr als merkwürdig. Aber würde sich ein Spion so verhalten? Vor allem, wenn er annehmen musste, dass Khalid ein Hamas-Kämpfer war, der ihn verdächtigen würde? Khalid hatte keine Antwort darauf und diese Ungewissheit quälte ihn.

Er wusste auch nicht, was genau zwischen seiner Schwester und Samer vorgefallen war. Bislang war er davon ausgegangen, dass der Kontakt, nachdem Dima zur Behandlung in Israel gewesen war, abgebrochen wäre. Er hatte Dima nie nach dem Grund gefragt, und sie hatte es ihm nie von sich aus erzählt. Natürlich hätte er es aus ihr rausprügeln können, als Oberhaupt und älterer Bruder der Familie hätte er alles Recht dazu gehabt. Tatsächlich kannte er nicht wenige Männer, die ihre Frauen, Schwestern und Kinder schlugen, damit sie nicht vergaßen, wer zu Hause das Sagen hatte. Aber

Khalid gehörte zu den wenigen Männern in Gaza, der noch nie Hand an seine Schwester, an seine verstorbene Frau oder Kinder gelegt hatte. Diesbezüglich war er wie sein Vater. Er hatte seine Frau oder Kinder nie geschlagen und viel Wert auf ihre Bildung gelegt, damit sie es einmal besser hätten als er und ihre Mutter.

Khalid vermisste seine Eltern, wie er auch seine Frau und seine Kinder vermisste, doch er wusste, dass er sie im Paradies wiedersehen würde, wenn Allah ihn zu sich rief. Er war bereit. Nur zwei Wünsche hatte er, die sich zuvor noch erfüllen sollten. Dass Gaza und ganz Palästina bis dahin endlich frei wäre, war der erste Wunsch. Jedoch war er nicht so naiv zu glauben, dass dies bald in Erfüllung gehen würde, auch wenn sie Israel schwer getroffen hatten. Sein zweiter Wunsch war realistischer: Dima verheiraten. Er hatte sogar schon den passenden Mann für sie gefunden. Ihm fehlte im Moment nur die Zeit, sich um eine Hochzeit zu kümmern.

Er schaute auf die Uhr, bezahlte und verließ das Café, weil er zu einem Versteck musste, in das gestern neue Geiseln verlegt worden waren. Khalid war mit der Bewachung der Geiseln beauftragt worden.

Keine halbe Stunde später hatte er das Versteck durch einen Tunnel erreicht.

Als er mit zwei seiner Männer einen Raum betrat, wurde es plötzlich still darin.

»Wenn ihr auf uns hört, wird euch nichts geschehen und ihr werdet freigelassen, sobald Israel unsere Forderungen erfüllt hat«, sagte er auf Hebräisch. Die Sprache hatte er von seinem Vater gelernt.

»Du sprichst unsere Sprache«, stellte ein alter Mann fest, der ohnehin nicht mehr viel Leben zu verlieren hatte. Dann fragte er anklagend: »Wie kannst du das hier tun?«

»Weil es Allahs Wille ist.«

»Welcher Gott verlangt, dass man Frauen, Kinder und Kranke gefangen hält?«

»Halt dein dreckiges Maul!«, brüllte einer von Khalids Männern auf Arabisch und holte aus, um den alten Mann mit dem Griff seiner Waffe zu schlagen.

Khalid trat dazwischen.

»Keine Gewalt, *Habibi*«, sagte er zu dem ihm untergebenen Soldaten.

»Das ist Sahar«, sagte der alte Mann, dessen flehender Blick nun hoffnungsvoll auf Khalid ruhte. Er zeigte auf die Frau, die neben ihm auf dem kalten Boden saß. »Sie ist siebenundachtzig und schwer herzkrank. Wenn sie ihre Medikamente nicht bekommt, dann stirbt sie. Sie erträgt das sehr tapfer, dabei hätte gerade sie es verdient, dass man ihr hilft. Sahar war Ärztin, und sie hat vielen Frauen aus Gaza lebensnotwendige Operationen ermöglicht. Sie hat sich immer für eure Frauen eingesetzt. Für eure Mütter, eure Schwestern und Töchter …«

Sahar, die neben dem alten Mann saß, berührte nur seine Hand und brachte ihn so zum Schweigen. Ihr Zustand war kritisch. Khalid musste kein Arzt sein, um das zu erkennen. Tatsächlich erkannte er die Frau nun. Er war noch ein Jugendlicher gewesen, als Sahar seine Mutter, die sonst ihr Augenlicht verloren hätte, kostenlos behandelte. Khalid schluckte die Erinnerung runter, zusammen mit dem Kloß, der sich in seinem Hals gebildet hatte. Und er wischte auch die Frage beiseite, was seine Mutter wohl dazu gesagt hätte, wie hier mit der großherzigen Ärztin umgegangen wurde. Sie waren im Krieg gegen Israel, und im Krieg geschahen solche Dinge nun mal.

Er verließ mit seinen Männern den Raum, schloss hinter sich ab.

»Bringt mir einen Arzt, sofort, und Spielzeug für die Kinder!«, befahl er seinen Männern.

14

Ägypten

Walsh überlegte kurz, ob es nicht klüger gewesen wäre, gleich nach Ägypten zu fliegen, statt zuvor nach Israel, verwarf diesen Gedanken aber schnell, weil Joe in Tel Aviv sein musste, von wo aus er Zugang zu den Kontakten hatte, die nützlich sein konnten, wenn alles schieflief.

Zum Glück hatten die Grenzbeamten vorhin keinen Ärger gemacht. Nach Kontrolle der Diplomatenpässe hatten sie Joe und Walsh anstandslos durchgewunken.

»Du bist sicher, dass du diesen Tunnel nutzen willst? Ehrlich, Bro, der sieht aus wie einer dieser alten Goldstollen aus der Zeit, als Männer noch selbst gegraben und mit Holzblöcken gesichert haben. Du kennst doch noch *Lost Dutchman Mine* auf dem Amiga 500, oder? Dieser vollbärtige Goldschürfer …«

»Nein, kenne ich nicht.«

»Du verarschst mich, oder? Wie kann man das Game nicht kennen?«

»Ich hatte keinen Amiga 500.«

»Womit hast du als Kind gespielt? Mit einer Kalaschnikow?«, machte Joe einen Scherz.

»Auch. Du vergisst, dass ich auf einer Militärbasis groß geworden bin. Ich wurde früh an Waffen herangeführt, auch daran, mein Vaterland zu verteidigen, koste es, was es wolle. Das weißt du doch.«

»Ja, aber *come on*? Jeder hat in seiner Jugend gezockt. Atari? Commodore? Playstation?«

»Ich muss dich enttäuschen, das alles habe ich nicht gemacht.«

»Die Army hat dir deine Kindheit gestohlen.«

»Kann schon sein«, antwortete Walsh. Er wollte nicht über seine Kindheit sprechen. »Du fährst zurück nach Israel, nimmst aber bitte den Grenzübergang Taba.«

»Was? Der ist doch ewig weit weg.«

»Egal. Wenn du denselben Weg gehst, den wir gekommen sind, aber ohne mich, könnten die Grenzbeamten Fragen stellen. Oder noch schlimmer, sie könnten skeptisch werden und dich verhören oder gar festhalten. Du benutzt den Taba-Übergang mit deinem regulären Reisepass und betrittst das Land als Tourist.«

»Dann weiß Israel, dass ich im Land bin.«

»Das ist jetzt nicht mehr wichtig, weil ich in Gaza sein werde. Ich bin mir sicher, dass sie nur an mir interessiert sind. Wenn du allein einreist, wird das kein Aufsehen erregen.«

»Wenn man sich plötzlich unbedeutend fühlt …«

»Du weißt, wie ich das meine.«

»Wäre es nicht besser, wenn ich hier warte, falls es Probleme gibt. Wenigstens bis du sicher am anderen Ende des Tunnels angekommen bist?«

»Nein. Ich werde das Handy erst aktivieren, wenn ich an einem sicheren Ort bin, ich kann den Akku nicht verschwenden und ich weiß nicht, was mich am Ausgang erwartet. Du musst nach Israel, wir brauchen Zugang zu den Servern und wenn es Probleme gibt, bist du die letzte Person, die ich im Tunnel sehen möchte. Fahr los. Nicht zu schnell, halte dich an die Geschwindigkeitsbegrenzung. Ich melde mich spätestens heute Abend um zweiundzwanzig Uhr israelischer Zeit.«

»Ich habe echt kein gutes Gefühl, also was schadet es, noch einen Tag zu warten und vorerst die Tunnel der Hamas zu analysieren, um den zu finden, der dich direkt nach Gaza bringt? Ohne, dass du so einen Lost-Dutchmen-Mine-Tunnel benutzen musst.«

»Uri hat nicht so viel Zeit.«

Joe schaute skeptisch, dann umarmte er Walsh plötzlich.

Joe war einen Kopf kleiner als Walsh, zudem kräftiger und auf dem Haupt hatte er keine Haare.

»Denk an dein Image«, sagte Joe.

»Image?«

»Dein Heldenimage. Du hast Hunderte Taliban getötet, es wäre echt peinlich, ausgerechnet in so einem Tunnel zu sterben.«

Walsh schmunzelte. »Ich denk dran.«

Dann streckte er Joe die Faust entgegen, wartete, bis der mit seiner dagegen geschlagen hatte, nahm seinen Rucksack und öffnete die Tunneltür.

»Noch könnte ich mitkommen.«

»Joe«, erhob Walsh die Stimme. »Ich melde mich heute Abend. Ein Walsh wird nicht vor einem Tunnel kapitulieren, auch nicht vor einem Lost-Dutchmen-Mine-Tunnel.«

Walsh lächelte und zwinkerte Joe mit einem Auge zu, dann stieg er die alte Leiter hinunter, die zwar knirschte, aber hielt, trotz Walshs muskulösem Körperbau. Er war alles andere als ein Federgewicht. Als er unten war, ging es nach rechts. Er musste sich zwar bücken, aber noch nicht kriechen.

Es war stockdunkel. Walsh schaltete seine Taschenlampe an und sah sich um. Da war eine Falltür, die noch weiter nach unten führte. Er packte den Griff und versuchte sie zu öffnen, doch sie rührte sich nicht. Entweder sie klemmte oder sie war verschlossen, aber er konnte kein Schloss erkennen, welches er mit seinem Spezialwerkzeug hätte knacken können. Walsh zog mit aller Kraft an der Falltür, doch sie gab nicht nach, keinen Millimeter.

Davon hat der Kamerad damals nichts erzählt, dachte Walsh, der diesen Tunnel zuvor nie selbst gesehen, geschweige denn betreten hatte. Er beleuchtete mit der Taschenlampe die Tür, beugte sich etwas vor, in der Hoffnung, etwas übersehen zu haben, aber die Tür hatte tatsächlich kein Schloss. Jedoch bemerkte er jetzt etwas anderes. Einen ganz feinen Riss, schräg versetzt.

»Ein Schiebemechanismus!«

Er legte eine Hand unten, die andere oben an die Tür, dann drückte er die beiden Hälften in entgegengesetzte Richtungen und tatsächlich: Die Tür gab nach und ließ sich öffnen.

Der Planer muss zu viel Indiana Jones *gesehen haben*, dachte Walsh, korrigierte sich aber schnell. Als dieser Tunnel gebaut wurde, hatte es ganz sicher noch keinen Indiana Jones gegeben. Er leuchtete hinein. Nichts deutete darauf hin, dass er undicht oder einsturzgefährdet war.

Vermutlich habe ich mir unnötig Sorgen gemacht, dachte Walsh. Bevor er den Tunnel betrat, checkte er das Tauchequipment, das ihn mit Atemluft versorgen würde, sollte diese dort unten knapp werden. Er schloss den im Tauchladen gekauften Atemregler an den ersten der beiden kleinen Tanks an, die er dabeihatte, öffnete das Ventil und prüfte, ob Luft aus dem Mundstück kam. Jeder dieser Tanks würde ihm Atemluft für fünfzehn bis zwanzig Minuten liefern. Er setzte sich den Rucksack wieder auf, befestigte den Atemregler vorn an seiner Weste und betrat den Tunnel. So lange wie möglich wollte er ohne diese Luftreserve auskommen.

Langsam und vorsichtig folgte er dem Tunnel. Zu schnelle Schritte, eine unüberlegte Drehung – alles konnte dazu führen, dass sich Sand oder eine der vielen Holzverkleidungen lösen würden, was einen Domino-Effekt haben könnte. Ausgerechnet jetzt musste Walsh an dieses Amiga-Spiel denken, von dem Joe gesprochen hatte. Vermutlich sah es in dem Spiel genauso aus.

Walsh kam gut voran, wenngleich langsam, aber der Tunnel hielt und machte bisher keine Anstalten, ihn unter sich zu begraben. Ein Blick auf seine Applewatch und sein Minifunkgerät sagten ihm, dass er jetzt keinen Empfang mehr hatte, keine Verbindung mehr zur Außenwelt.

Nun war er völlig auf sich gestellt.

Walsh ging gebückt weiter. Nach einer Weile bemerkte er, dass das Atmen schwerer wurde. Er fühlte sich kurzatmig, aber noch nicht so sehr, dass er gleich zur Sauerstoffflasche hätte greifen müssen. Der Tunnel wurde schmaler und niedriger. Er konnte zwar noch gebeugt gehen, aber Walsh spürte es allmählich im Kreuz. Da auf allen vieren zu kriechen aber Zeit gekostet hätte, unterdrückte er den Schmerz und ging weiter.

Ein Geräusch!

Walsh blieb stehen. Gefühlt führte der Tunnel nicht

tiefer, sondern verlief linear horizontal, sodass er glaubte, um die fünfzehn Meter unter der Erde zu sein. Zudem schätzte er, dass er knapp 700 Meter hinter sich gelassen hatte. Walsh zählte die Schritte, daher konnte er beinahe exakt sagen, welche Strecke er bereits zurückgelegt hatte.

Joe hatte anhand einer Simulation berechnet, dass der Tunnel knapp zwei Kilometer lang sein musste. Etwas mehr als einen Kilometer bis zur israelisch-palästinensischen Grenze, dann aus Sicherheitsgründen noch einen Kilometer in den Gazastreifen hinein, bis man einen Hügel erreichte, der den Ausgang des Tunnels vor israelischen Augen schützte. Walsh vertraute Joe, was das anging.

Wieder das Geräusch, diesmal leiser.

Es hörte sich wie Sand an, der sich löste, und es kam von vorn.

Mist, dachte Walsh, fürchtete, dass der Tunnel vor ihm nachgab und möglicherweise einzustürzen drohte – oder sogar schon eingestürzt war. Ein Instinkt sagte ihm, dass er sofort zurück zum Eingang laufen sollte, denn wenn der ganze Tunnel einstürzen würde, könnte er es niemals nach draußen schaffen. Möglich, dass der Sauerstoff, der durch das Öffnen des Tunnels hineingelangt war, sich nun dafür verantwortlich zeigte, dass die Wände an einigen Stellen nachgaben. Die Druckverhältnisse hatten sich geändert.

»Weiter«, machte Walsh sich Mut. Er wollte nicht auf halber Strecke kneifen, aber er musste sich beeilen und die Stelle, wo der Tunnel nachzugeben schien, möglichst schnell passieren.

Das Geräusch wurde lauter, je weiter er ging. Es

klang, als würde sich Sand von einem Berg lösen. Es wurde Zeit für eine Extraration Atemluft. Walsh nahm den Atemregler in den Mund, gönnte sich einen tiefen Zug und erhöhte nochmals das Tempo. Auch sein Herzschlag erhöhte sich und er atmete automatisch schneller, versuchte aber, seine Atmung unter Kontrolle zu bringen, um nicht mehr Sauerstoff als nötig zu verbrauchen.

Der Tunnel wurde noch schmaler. Nun musste Walsh tatsächlich auf allen Vieren kriechen. Zuvor fischte er sich ein Paar Handschuhe aus dem Rucksack, weil der Sand ihm sonst die Hände aufgerissen und sie ruiniert hätte. Eine sehr gute Vorbereitung war bei Missionen die halbe Miete und oft die beste Lebensversicherung, die man haben konnte.

Das Licht der Taschenlampe strahlte nur wenige Meter weit, alles dahinter war wie ein schwarzes Loch, aus dem dieses bedrohliche, immer lauter werdende Geräusch drang. Als hätte sich eine Lawine gelöst, die nun einen Berghang hinabrollte. Das musste auch am Echo hier unten liegen, wobei er nicht sicher war, wie stark ein Echo in einem Tunnel ohne horizontalen Ausgang sein konnte.

Walsh stoppte, als er noch ein weiteres Geräusch bemerkte.

Ratten!

Sie flohen in seine Richtung, es waren Dutzende.

Kein gutes Zeichen.

Wenn Ratten ihm keine Beachtung schenkten und flohen, konnte das nur heißen, dass ihn nichts Gutes erwartete.

Im Krieg und bei einigen seiner gefährlichen Missionen waren Ratten zum Einsatz gekommen. Sie waren so etwas wie Kundschafter, die man vorausschickte. Wenn sie zurückgelaufen kamen, wusste man, dass etwas nicht stimmte, da diese intelligenten Tiere einen ausgeprägten Sinn für Gefahr hatten.

Walsh überlegte, verzog das Gesicht, beschloss weiter zu kriechen. Er kroch schnell, und dann sah er etwas, womit er im Leben nicht gerechnet hätte.

Vor ihm lag eine Kreuzung mit zwei Gängen!

Auch davon hatte die Person, die ihm von dem Tunnel erzählt hatte, nichts gesagt. Natürlich war es möglich, dass die Person es als unwichtig erachtet hatte, schließlich war der Tunnel nur mit wenigen Nebensätzen erwähnt worden.

Walsh hörte das Geräusch klar und deutlich, aber er konnte nicht sagen, aus welchem Gang es kam, von rechts oder links. Möglich, dass ihm auch das Echo einen Streich spielte.

Der linke Tunnel war etwas breiter, er leuchtete rein, dann zur Decke, und er stellte etwas fest.

»Der wurde nachträglich gebaut.«

Konnte es sein, dass die Hamas den Tunnel entdeckt und für ihre Zwecke erweitert hatte, weil der rechte Tunnel nicht mehr sicher war? Walsh traute es der Hamas zu, immerhin hätten sie es sich auf diese Weise erspart, fast einen Kilometer Tunnel graben zu müssen.

Walsh musste sich entscheiden. Ihm war bewusst, dass am Ende eines dieser Gänge eine böse Überraschung auf ihn warten könnte, die ihn vermutlich das Leben kosten würde. Sein Instinkt sagte ihm, dass er den alten amerikanischen Tunnel nutzen sollte, da der bisher intakt war und er den amerikanischen Ingenieuren vom US-Militär vertraute.

Aber warum hat die Hamas dann noch einen zweiten gegraben? Dazu kommt, dass die Geräusche darauf hindeuten, dass einer der Tunnel einsturzgefährdet ist.

»Entscheide dich«, ermahnte er sich, nicht zu viel Zeit zu verlieren.

Walsh schloss die Augen, setzte sich in den Schneidersitz und versuchte, sich zu konzentrieren, seinen Astralkörper von seinem physischen zu lösen und ihn in einen der Tunnel zu schicken.

Es gelang ihm nicht.

Der Tunnel war zu klein, zu dunkel, zu tief unter der Erde.

Walsh schaute sich beide Tunnel kurz an, leuchtete in beide rein.

Das Geräusch wurde noch lauter.

Walsh entschied sich. Er war bereit zu sterben, wenn es denn sein musste. Er hoffte nur, dass Joe in dem Fall keine Dummheiten anstellte, sondern wie versprochen zurück nach Köln flog, um auf Nina aufzupassen. Immerhin bestand darin seine Aufgabe als Patenonkel, wenn Walsh nicht mehr am Leben war.

15

Gaza

Yaron war tot.

Daran zweifelte Uri keine Sekunde.

Sie hatten ihn an einen anderen Ort gebracht. Wohin genau, wusste Uri nicht. Kurz nachdem er gesehen hatte, wie Yarons Leiche aus einem Raum getragen wurde, hatte man ihm ein schwarzes Stofftuch über den Kopf gestülpt. Jetzt war er in einem Raum mit einigen anderen Personen. Vier davon kannte er. Sie kamen aus Be'eri, wie er.

»Wo sind deine Eltern?«, fragte Binah, eine Frau aus dem Kibbuz, die mit Uris Eltern bekannt war. Sie war Ende fünfzig, etwas stämmig und hatte ein normalerweise freundliches Gesicht. Uri hatte sie zuvor noch nie schlecht gelaunt gesehen, aber gerade wirkte sie ratlos und müde.

»In Sicherheit. Sie waren auf einem Geburtstag außerhalb des Kibbuz, als der Anschlag passierte.«

»Gut, gut. Meine Tochter auch. Zum Glück. Wir müssen Geduld haben, dürfen den Hamas-Männern nicht das Gefühl geben, dass wir Dummheiten anstellen. Nur dann kommen wir lebend hier raus.«

»Binah hat recht. Wir müssen zusammenhalten und uns ruhig verhalten. Keine Angriffsfläche bieten, egal was sie mit jedem von uns machen. Hier ist kein Platz für Helden«, pflichtete ein Mann, denn Uri nicht kannte, Binah bei. Uri wusste nicht recht, was er meinte, als er sagte, es wäre egal, was die Hamas mit einzelnen von ihnen anstellte.

»Hat die Hamas schon einen von euch getötet?«, fragte er daher.

Der Mann wirkte erschrocken. »Sag sowas nicht. Hier wurde niemand getötet, weil wir keinen Widerstand leisten. Es ist wichtig, dass du das begreifst! Du bist jung, und junge Männer neigen zu falschem Stolz und Ehrgefühl. Hier gibt es aber keinen Platz für solche Eitelkeiten. Hier geht es ums Überleben.«

»Haben sie dich vorher woanders gefangen gehalten?«, fragte Binah.

»Ja, in einem Nebenraum, irgendwo in einem Tunnel. Ich weiß nicht, wo genau, da ich nichts sehen konnte, als sie mich in den Tunnel gebracht haben. Aber der Raum, in dem ich vorher war, ist ein ganzes Stück von diesem hier entfernt.«

»Warst du allein?«, fragte eine Frau, die Uri noch nie im Leben gesehen hatte.

Uri zögerte kurz, antwortete dann: »Ja. Vielleicht haben sie mich deshalb hergebracht, um mich einfacher kontrollieren zu können. Möglich, dass sie ihre Kämpfer für was anderes brauchen als dazu, auf mich aufzupassen«, log er. Er glaubte, es wäre nicht klug, von Yaron zu erzählen und davon, dass er ermordet wurde. Erst recht nicht, da der Mann vorhin davon gesprochen hatte, dass hier kein Platz für Stolz wäre. Uri wollte nicht, dass der Mann glaubte, er könnte eine Dummheit begehen.

»Das ist gut«, sagte der Mann. »Das heißt, dass unsere Jungs gegen die Hamas kämpfen, möglicherweise sind sie in Gaza eimarschiert.«

»Und was dann? Glaubst du, die Hamas lässt uns laufen, wenn die IDF einmarschiert und unzählige Hamas-Krieger tötet?«, entgegnete Binah, die alles andere als begeistert war.

»Das werden sie. Diese Terroristen verstehen nur die Sprache der harten Hand. Auge um Auge. Wenn man zurückweicht, werden sie sich ermutigt fühlen, aber nicht, wenn Netanjahu Härte zeigt.«

Was diesen Punkt anging, schieden sich die Geister.

Die Tür wurde geöffnet. Zwei Hamas-Soldaten traten ein, richteten die Waffen auf die Geiseln. Dann traten noch zwei weitere ein.

»Ihr beiden, mitkommen!«, sagte einer in gebrochenem Hebräisch zu zwei jungen Frauen.

Eine stand widerstandslos auf, die andere zierte sich. Ein Hamas-Kämpfer lief zu ihr hin, schlug ihr mit der Waffe gegen den Kopf, schleifte sie an den Haaren nach draußen. »*Kahba*«, schrie er dabei, was so viel wie ›Hure‹ hieß. Die andere Frau verließ den Raum anstandslos, gemeinsam mit den verbliebenen Kämpfern. Schwer fiel die Tür ins Schloss und die im Raum Zurückgebliebenen hörten, dass sie verriegelt wurde.

»Du hast es verstanden und bist ruhig geblieben. Es ist besser, kein Held zu sein«, lobte der Mann.

»Was machen die mit den Frauen?«, fragte Uri.

»Sie missbrauchen sie, in der Hoffnung, sie zu schwängern. Und wenn sie lange genug hier gefangen gehalten werden, dann bringen sie die Kinder der Hamas-Terroristen zur Welt.«

16

Das Leben war die Summe aller Entscheidungen, die man traf, manche von Vorteil, andere von Nachteil, und letztere bereute man entweder kurz oder ein Leben lang.

Walsh hatte seine Entscheidung getroffen, und nun musste er darauf vertrauen, dass das US-Militär einen Tunnel gegraben hatte, der Generationen halten würde, auch wenn er nicht den Eindruck machte. Der zweite Grund, warum er sich für den amerikanischen Tunnel entschieden hatte, war, dass er glaubte, dass die Hamas vielleicht nur zufällig auf den alten Tunnel gestoßen war, als sie dabei war, einen eigenen zu graben. Und dann hatten sie aufgehört zu buddeln, als sie merkten, dass ihnen diese Arbeit bereits abgenommen worden war.

Walsh hatte schon einige Meter auf allen Vieren zurückgelegt und er hörte noch immer diese beunruhigenden Geräusche. Vielleicht kroch er geradewegs in eine Falle und in den sicheren Tod. Noch immer war der Tunnel zu eng und niedrig, um gebückt oder gar aufrecht zu gehen. Er erinnerte Walsh an die Tunnel in Vietnam, die der Vietkong gegraben hatte, um den Feind zu überraschen.

Walsh stoppte, als er plötzlich etwas vor sich erkennen konnte.

Mist, schoss es ihm durch den Kopf, und hätte er

nicht den Atemregler im Mund gehabt, hätte er lauthals geflucht. Denn es sah aus, als wäre einer der tragenden Holzbalken angeknackst. Vorsichtig kroch er zu der Stelle, die gefährlich eng aussah. Der Balken, der eine schiefe Neigung hatte, war tatsächlich gerissen. Wie wichtig der Balken für den Tunnel war, konnte Walsh nicht einschätzen. Er wusste nur, dass er so schnell wie möglich daran vorbeikriechen musste, auch wenn das Risiko bestand, dass der Balken ausgerechnet jetzt nachgeben und der Sand Walsh für alle Zeit hier drin begraben würde.

Walsh zwängte sich an der Engstelle vorbei und legte hastig einige weitere Meter zurück. Der Tunnel hielt noch.

Das Geräusch war auf einmal nicht mehr zu hören, was nur bedeuten konnte, dass er richtig gelegen hatte und der Hamas-Tunnel instabil war.

Endlich wurde der Tunnel wieder etwas breiter und höher, Walsh konnte aber noch immer nicht gebückt gehen. Er schwitzte inzwischen recht stark, obwohl er niemand war, der schnell ins Schwitzen geriet. Das Kriechen auf dem harten Sand, etliche Meter unter der Erde, war eine schweißtreibende Angelegenheit. Auch seine Handschuhe sahen inzwischen ganz schön abgewetzt aus. Aber sie hielten noch, und das Brennen in den Oberarmen ignorierte er. Unbeirrt kroch er weiter.

Der Tunnel verbreiterte sich erneut, sowohl in Höhe als auch in Breite. Walsh seufzte erleichtert auf, als er sich hoch auf die Beine stemmte und so gut wie möglich streckte. Mit einem raschen Blick prüfte Walsh den Druck seiner Sauerstoffflasche. Es war nicht mehr viel drin, aber er wollte keine Zeit damit verschwenden, sie zu wechseln. Als er gebückt seinen Weg fortsetzte, bewegte er sich weiterhin vorsichtig, um den Schacht nicht doch noch zum Einsturz zu bringen. Die Sorge blieb, auch wenn dieser Abschnitt des Tunnels deutlich stabiler wirkte als der, den er gerade hinter sich gebracht hatte.

Walshs Körper schmerzte, sein Rücken brannte.

1400, dachte Walsh und machte sich damit Mut, dass er nur noch ungefähr 600 Meter zurücklegen musste. Walsh konnte inzwischen fast aufrecht gehen, was ihn ermutigte, auch das Tempo zu erhöhen.

1700, dachte er und wusste, dass er bald an den Ausgang gelangen würde, wenn sich Joe nicht verrechnet hatte. Was er nicht wusste, war, was ihn da erwartete. Walsh musste vorsichtig sein.

Plötzlich wieder ein Geräusch, doch diesmal kam es von hinten.

Das Geräusch wurde immer lauter, schien bedrohlich schnell auf ihn zuzurollen.

Walsh beschlich ein äußerst ungutes Gefühl. War dieser angeknackste Holzbalken doch noch durchgebrochen und der Stollen dabei, hinter ihm zusammenzusacken?

Walsh rannte los.

Sand flog in seine Richtung, holte ihn ein und trübte die ohnehin schlechte Sicht.

Zwischen Walsh und dem Ausgang lagen noch ungefähr hundert Meter. Walsh konnte nur hoffen, ihn rechtzeitig zu erreichen und die Ausgangstür leichter aufzubekommen als die Eingangstür, da ihm vermutlich keine Minute mehr blieb, bis der Stollen einstürzte.

Walsh erhöhte nochmals das Tempo, rannte, als wäre der Teufel hinter ihm her und erreichte den Ausgang.

Ein Knall, und noch mehr Sand, welcher nun auch von der Decke rieselte.

Walsh versuchte die Tür zu öffnen. Er zog daran, so stark es ging.

Nichts!

Walsh schaute sich die Tür an. Weder hatte sie ein Schloss, noch gab es eine Mechanik, wie bei der anderen Tür. Nochmals zog er mit aller Kraft daran. Von der Decke rieselte nun so viel Sand, dass er beinahe den Eindruck gewann, es würde schneien. Walsh konnte kaum mehr etwas sehen, aber dank seines Equipments konnte er wenigstens noch atmen.

Und dann kam plötzlich keine Luft mehr aus der Flasche. Die Zeit, eine neue anzuschließen, hatte er nicht. Er riss sich den Atemregler aus dem Mund.

Walsh versuchte, die Tür nach außen hin zu öffnen, drückte dagegen.

Nichts!

Stattdessen noch mehr Sand, das Atmen fiel ihm immer schwerer und er spürte, dass der Sand in seine Lunge gelangte.

Das Geräusch wurde noch lauter und klang nun, als wäre eine Lawine hinter ihm, die zu einem tödlichen Sandball heranwuchs, der ihn in wenigen Sekunden unter sich begraben würde.

Walsh spürte Panik, die immer größer wurde und drohte, ihn zu überwältigen. Doch er durfte jetzt nicht kopflos agieren! Walsh schloss die Augen, konzentrierte sich und versuchte alles, um seine Angst auszublenden und sich nur auf das Eine zu fokussieren: darauf, diese verdammte Tür zu öffnen.

Er bündelte seine Kraft, ballte die Hände zu Fäusten und versuchte, eine Ladung Sand auszuspucken, wodurch jedoch nur noch mehr Sand in seinen Mund und in seine Lunge gelangte.

Er unterdrückte den Husten und griff nach der Tür, riss sie zu sich und brüllte dabei, um die letzten Kraftreserven in seinen Armen zu mobilisieren.

Ein Knall.

Die Tür fiel nach innen, hätte ihn fast aus dem Gleichgewicht und zu Fall gebracht, aber Walsh blieb auf den Beinen.

Licht!

Er sprang raus, rollte sich ab.

Hinter ihm ertönte ein gewaltiger Knall.

Staub und Sand flogen in seine Richtung, wie nach einer Explosion, und begruben ihn unter sich.

17

Gaza

Die Bombardements des IDF erleichterten Ori nicht gerade die Arbeit. Glücklicherweise wusste er, dass sie ihn warnen würden, bevor sie Chan Junis flächendeckend bombardierten.

Ori musste mehr über Dimas Bruder herausfinden. Er war gerade in seinem Apartment, startete seinen Laptop, dann loggte er sich mit einer speziellen Software in den Hochsicherheitsbereich des Schin Bet ein. Selbst, wenn er ein öffentliches W-LAN nutzte, konnte niemand die Kommunikation mitverfolgen. Er öffnete einen von Schin Bet und Mossad entwickelten Messenger, und auf dem Bildschirm erschien das Gesicht von Noam, Oris bester Freund und Kollege beim Schin Bet.

»*Shalom*«, grüßte er Noam, der gerade einen Schokoriegel aß. »Ist der koscher, *Habibi*?«

»*Shalom*, *Habibi*«, scherzte Noam zurück. »Ist das deine einzige Sorge? Ich dachte, die Hamas hätte dich verschleppt oder du wärst mit der Palästinenserin nach Ägypten durchgebrannt.«

»Schlechter Scherz«, antwortete Ori. Noam war der einzige Mensch, der von seiner Affäre mit Dima wusste.

»Du kannst und musst jederzeit zurückkommen, wenn es zu gefährlich wird, ich hoffe, du weißt das.«

»Tue ich.«

»Schert dich wohl trotzdem nicht.«

»Wieso sollte es? Warum bin ich wohl hier?«

»Das weißt nicht einmal du.«

Noam atmete hörbar aus, senkte die Schultern, seufzte, dann biss er von seinem Schokoriegel ab. »Baut Stress ab. Was kann ich für dich tun?«

»Ich muss alles über Khalid Al-Asmari in Erfahrung bringen.«

»Ist das nicht der Bruder deiner Perle?«

»Sprich nicht davon, auch, wenn die Hamas nicht mithört. Wer sagt denn, dass unsere Jungs nicht lauschen?«

»Sei unbesorgt, das können sie nicht. Die haben diesen Messenger so sicher verschlüsselt, dass es ganz einfach nicht möglich ist. Dabei bin ich sicher, dass mancher es gern täte.«

»Trotzdem, lass uns bitte nicht über sie sprechen. Bitte.«

»Dein Wort ist mir Befehl. Was hat es mit diesem Khalid auf sich?«

»Er scheint an den Anschlägen beteiligt gewesen zu sein, viel mehr habe ich bisher nicht rausbekommen. Gut möglich, dass er in den letzten Jahren bei der Hamas eine steile Karriere hingelegt hat, von der wir nichts mitbekommen haben.«

»Wenn er einer von denen war, die unsere Leute entführt haben, ist er dem Tode geweiht.«

»Ich muss wissen, was nicht nur wir, sondern auch die IDF und der Mossad über ihn haben. Alles, was du finden kannst.«

»Ich kümmere mich darum.«

»Danke. Habt ihr was über die Geiseln in Erfahrung gebracht?«

»Nein, keine nennenswerten Spuren, wir haben

schon ein paar Tunnel lokalisiert, in zwei von ihnen vermuten wir Geiseln, aber wir haben nichts Handfestes.«

»Was, wenn die Geiseln nicht in den Tunneln gefangen gehalten werden, sondern woanders?«

»Kann ich mir beim besten Willen nicht vorstellen. Sie werden ganz sicher nicht in den Libanon verschleppt worden sein. Über die Grenze gelangt nichts, wovon wir nicht erfahren.«

»Durch Tunnel in den Libanon?«, überlegte Ori laut.

»Wollen wir es nicht hoffen. Im Libanon haben wir keinen Zugang zu ihnen.«

»Melde dich, wenn du etwas hast.«

»Und du mach keine Dummheiten. Ich brauche jemanden, der meinen trockenen und sarkastischen Humor erträgt.«

Ori beendete die Verbindung und schaltete den Laptop aus.

Es klopfte an der Tür und Ori erschrak, denn er erwartete niemanden und kaum jemand kannte seine Anschrift.

18

Tel Aviv

Auf dem Rückweg nach Tel Aviv wurde Joe mehrmals angehalten, aber mehr als seinen Pass hatte er nicht zeigen müssen, sodass er gegen siebzehn Uhr seine Suite betrat.

Seine Gedanken waren bei Walsh. Immer wieder schaute er auf sein Handy, aber Walsh hatte ihm bisher weder geschrieben noch war er erreichbar.

Schalte dein Scheißhandy doch bitte endlich ein!, dachte Joe. *Ich hätte ihn nicht allein ziehen lassen dürfen*, machte er sich Vorwürfe.

Sein Magen knurrte, also sah er sich die Menükarte für den Zimmerservice an, bestellte sich etwas und setzte sich danach an seinen Laptop.

Joe sah, dass die anderen Server noch immer nicht gehackt waren, aber auf den IDF-Servern wurden neue Dokumente hochgeladen, die er sofort prüfte.

Was würde so mancher Investigativ-Journalist dafür geben?, dachte Joe, enthielten doch einige Dokumente detaillierte Angaben über geplante Angriffe.

Das wird uns noch helfen. Falls Walsh sich länger in Gaza aufhalten sollte, wissen wir wenigstens, wann welche Region von der IDF zerbombt wird, überlegte Joe und beschloss, auf diesem Server eine intelligente Backdoor zu platzieren, da es mehr als möglich war, dass die IDF in den nächsten Stunden oder Tagen bemerken könnte, dass sie gehackt wurden. Dann würden sie die Server vom

Netz nehmen und neue Sicherheitsmaßnahmen ergreifen.

Auch wenn Joe sehr darauf bedacht war, keine Spuren zu hinterlassen, war es nicht ausgeschlossen, dass auch der Iran, Russland und selbst die Amis versuchten, die Server der IDF zu hacken. Gerade der CIA hatte überhaupt keine Skrupel, wenn es darum ging, sich in befreundete Netzwerke zu hacken.

Was für ein Bullshit, dachte Joe, der nichts von Geheimdiensten hielt, obwohl er sehr lange für einen gearbeitet hatte. Vielleicht war das sogar der Grund für seine geringe Meinung. Es juckte unglaublich in den Fingern, diese Daten an die Washington Post, Haaretz oder an die Süddeutsche Zeitung weiterzuleiten.

Joe schüttelte den Kopf, hörte er doch die mahnenden Worte von Walsh in seinem Kopf, dass niemand je erfahren durfte, was sie hier taten.

Es klopfte an der Tür. Er öffnete sie, nahm das Essen an der Tür entgegen, obwohl der Kellner es ihm reinbringen wollte, gab ein fürstliches Trinkgeld und schloss sie schnell wieder. Dann schlang er seinen Burger in sich hinein, mit einem doppelten Patty, so wie es sich gehörte.

Der Burger war unglaublich lecker.

Oder ich habe nur zu viel Hunger, dachte Joe und biss ein weiteres großes Stück ab.

Sein Handy lag neben ihm, auf laut gestellt.

»Melde dich, Walsh! Du müsstest doch längst aus dem Tunnel raus sein, selbst wenn du noch langsamer kriechst als eine Schildkröte oder ein Faultier.«

Joe biss ein weiteres Stück vom Burger ab, in Gedanken bei Walsh, der womöglich doch immer noch durch den Tunnel robbte, mit Kleidung voller Sand. Er stellte sich ein Faultier vor, das Walsh überholte.

»Das ist böse. Machen Faultiere nicht nur knapp 250 Meter die Stunde?«

Joe verkniff sich ein Lachen. Warum er ausgerechnet jetzt Vergleiche zwischen Walsh mit einem Faultier anstellte, war ihm schleierhaft. Vermutlich lag es daran, dass seine Sorge um Walsh allmählich überhandnahm. Schließlich meldete sein bester Freund sich gewöhnlich stets zuverlässig und wie vereinbart.

»Und vereinbart war, dass er sich meldet, sobald er irgendwo Schutz gefunden hat, spätestens aber um zweiundzwanzig Uhr.« Joe schnalzte mit der Zunge. »Dass ich mich immer weichkochen lassen muss.«

Nachdem er seinen Burger aufgegessen hatte, setzte er sich wieder an den Laptop.

Hast du Zeit?,

hatte Tim ihm über den selbst programmierten, webbasierten Kommunikator geschrieben.

Klar. Telco?,

antwortete Joe.

Kurz darauf rief Tim an.

»Moin, Joe, Fischer ist gerade bei mir.«

»Hallo, Jungs, schön, dass ihr Walsh und mich unterstützt! Ich weiß, dass ich mich auf euch verlassen kann und nichts weitergegeben wird.«

»Das sowieso«, antwortete Fischer. »Aber was die IDF da auf ihren Servern hat, ist schon heftig. Die werden ganz Gaza zerbomben und sich nicht auf den Norden beschränken.«

»Das war doch klar. Die Gelegenheit wird sich die israelische Regierung nicht entgehen lassen.«

»Das wird die Hamas aber nicht vernichten. Die Hamas ist eine Ideologie.«

»Mag sein, Jungs, aber das ist nicht unsere Baustelle. Wir müssen herausfinden, wo die Geiseln gefangen gehalten werden, vor allem Uri Pereetz.«

»Wir haben eben noch ein Programm geschrieben und Zugriff auf weitere Rechenpower vom Forschungs-Quantenzentrum in Jülich erhalten.«

»Jülich? Die sind doch führend bei der Quantenforschung und verfügen über unglaublich viel Rechenpower. Wie seid ihr an Jülich gekommen?«

»Ein sehr guter Freund von mir forscht da«, antwortete Fischer. »Keine Sorge, er weiß nicht, was genau wir vorhaben, und ich lege meine Hand für ihn ins Feuer. Aber wenn du dich unwohl fühlst, dann stoppe ich das.«

»Ganz sicher nicht. Das gibt uns einen Faktor zehn bei der Decodierung. Diesen Vorteil geben wir nicht aus der Hand.«

Joe konnte kaum glauben, dass sie nun Zugriff auf die Rechenpower dieses Forschungszentrums hatten. Quantencomputer konnten millionenfach schneller als normale Computer sein. Theoretisch waren sie sogar dazu fähig, den Urknall zu simulieren, auch wenn die Forschung in diesem Bereich noch nicht abgeschlossen war. Dennoch gehörte Jülich zu den führenden Zentren, was diese Technologie anbelangte.

»Wo ist Walsh?«, fragte Tim.

»In Gaza.«

»Du weißt, dass Mads sofort kommen würde, wenn ich ihn darum bäte.«

»Mads soll da bleiben, wo er ist. Auch wenn er bei einer Eliteeinheit in der Bundeswehr gedient hat, das hier ist ein ganz anderes Pflaster«, antwortete Joe, dann verharrte sein Blick auf dem Bildschirm des Laptops. »Läuft euer Programm bereits?«

»Ja, seit fünfzehn Minuten. Warum?«

»Weil wir Zugriff auf die Server von Hamas und Schin Bet haben.«

19

Gaza

Der Schädel brannte. Kurz fühlte sich der Schmerz so an, als hätte jemand mit einer Axt den Schädel gespalten.

Walsh unterdrückte den Schmerz und versuchte sich aufzusetzen. Alles drehte sich ihm, er konnte sich mit der Hand abstützen.

Seine Augen gewöhnten sich an die Umgebung.

Er war nicht im Freien, sondern in einem Zimmer, lag in einem Bett. Wie er hergekommen war, wusste er nicht. Das Letzte, woran Walsh sich erinnerte, war, dass er unter einer Lawine von Sand begraben wurde. Er betastete seinen schmerzenden Kopf und bemerkte, dass er bandagiert war.

»*Salam*«, sprach ihn ein Junge an, der keine zwölf Jahre alt sein konnte.

»*Salam*«, antwortete Walsh.

Der Junge lächelte, verließ dann aber das Zimmer.

Die erste Frage, die durch Walshs Kopf schoss, war, wie viel Zeit er verloren hatte. Direkt gefolgt von der zweiten Frage, ob man seinen Rucksack durchsucht hatte. Wenn ja, konnte das jede Menge Ärger bedeuten, weil die vermeintlichen Retter ihn fragen würden, was er mit diesen Sachen vorhatte.

Hoffentlich keiner von der Hamas, dachte Walsh, als der Junge mit einem Mann im Schlepptau zurückkehrte.

»*Salam*«, grüßte der Mann. Er war von normaler

Statur, hatte ein rundes und freundliches Gesicht, trug einen Vollbart und keine Waffe.

Dieses Detail war nicht unwichtig.

»*Salam*«, antwortete Walsh. »Hast du mich gerettet?«, fragte Walsh auf Arabisch. Neben dieser Sprache beherrschte Walsh noch einige mehr wie ein Muttersprachler. Mit ein Grund, warum er früher für den US-Militärgeheimdienst von unschätzbarem Wert gewesen war.

»Das war Allah. Allah muss dich lieben«, antwortete der Mann.

»*Shukran*«, bedankte sich Walsh. Dann fragte er: »Wo bin ich?«

»Wir haben dich zu mir nach Hause gebracht, in der Nähe von Qizan an Najjar. Mein Sohn hat dich gefunden. Er hat in der Nähe gespielt, als wir die Schafe gehütet haben. Ich bin Landwirt.«

Walsh kannte den Ort, er lag zwischen Rafah und Chan Junis.

»Dir habe ich also mein Leben zu verdanken. Wie heißt du?«, fragte Walsh.

»Hakim«, antwortete der Junge. Er wirkte schüchtern und zurückhaltend, aber seine Augen waren neugierig und er strahlte Ehrlichkeit aus.

Walsh gefiel die Aura des Jungen, denn er hatte eine positive. Trotz all der Umstände, unter denen er groß wurde, schien er Hoffnung in sich zu tragen.

»Ich heiße Nabil«, log Walsh.

»Freut mich, Nabil, dass du Gast unseres Hauses bist. Mein Name ist Ahmad«, antwortete der Vater. »Ruh dich aus. Meine Frau macht gerade das Abendessen für dich. Ich bringe es dir ans Bett.«

»Wie spät ist es?«

»Einundzwanzig Uhr. Du hast lange geschlafen.«

»Ich muss los.«

»Das kannst du nicht.«

»Ich habe keine Wahl. Ich muss zu meinem jüngeren Bruder«, bediente Walsh sich einer weiteren Notlüge. Er hatte schon genug Zeit verloren und konnte unmöglich über Nacht hierbleiben, auch wenn er die Gastfreundschaft dieser freundlichen Familie zu schätzen wusste und sich ziemlich sicher war, dass sie mit der Hamas nichts gemein hatte.

»Du bist verletzt, also bleibe diese Nacht noch hier, *Habibi*.«

»*Shukran*, *Habibi*, ich schulde dir, deinem Sohn und diesem Haus mein Leben, stehe tief in eurer Schuld. Aber ich habe große Sorge um meinen Bruder. Ich muss wissen, ob er in Gefahr ist. Unsere arme Mutter macht kein Auge zu, seit die Juden Gaza bombardieren.«

»Möge Allah deine Mutter beschützen«, antwortete Ahmad. »Wir ernten jetzt, was die Hamas gesät hat«, fügte er noch hinzu, dabei verzog sich seine Miene ganz kurz.

Walsh spürte Wut und Verachtung. Er wusste, dass die Hamas einen großen Rückhalt in Gaza hatte, aber er wusste ebenso, dass es auch viele gab, die die Hamas verachteten. Jedoch konnten sie das nicht so einfach zugeben, weil es gefährlich war, etwas gegen die Hamas zu sagen.

»Und möge Allah deine Familie beschützen und deinem Haus immer Freude schenken«, entgegnete Walsh. Er stieg aus dem Bett. Sein Schädel brummte wie verrückt und ein Schmerz ging durch den Rücken.

»Bleib bitte noch eine Nacht«, sagte der Junge, der plötzlich neben Walsh stand.

»Ich wünschte, ich könnte«, antwortete Walsh, berührte den Kopf des Jungen. »Wo ist mein Rucksack?«

»Hakim«, sagte der Mann, und der Junge rannte aus dem Zimmer und kam kurz darauf mit dem Rucksack zurück.

Er sah sauber aus.

»Ich habe den Sand entfernt«, sagte Ahmad.

»*Shukran.*«

Walsh nahm den Rucksack, öffnete ihn, fischte seine Geldbörse heraus und aus dieser wiederum einige Schekel. In Gaza war der Schekel weit verbreitet, es machte sich niemand verdächtig, wenn er diese Währung bei sich hatte.

Wenn es um Geld geht, ist den Hamas die Währung der Juden gut genug, welche Ironie, dachte Walsh.

»*Habibi*, steck dein Geld weg. Allah hat dich zu uns geschickt. Es ist Sünde, für so etwas Geld zu nehmen.«

»Wann hast du Geburtstag?«, fragte Walsh an Hakim gerichtet.

»Nächste Woche.«

»Das ist für dich. Kauf dir was Schönes.«

Hakim schien sich zu freuen, schaute aber unsicher zu seinem Vater.

»*Habibi*, gewähre mir die Ehre, deinem Sohn ein Geschenk machen zu dürfen.«

»Gut, *Shukran.*«

Walsh streckte dem Jungen das Geld entgegen, der es nun nahm und sich ganz artig bedankte.

»Willst du wirklich nicht bleiben?«

»Ich kann nicht. Mein Bruder ist in Gefahr.«

»Dein Bruder kann stolz auf dich sein, dass du dich durch diesen alten Tunnel getraut hast.«

»Kennst du ihn?«

»Ja, wir alle hier kennen ihn, haben ihn aber nie benutzt. Die Hamas hat vor ein paar Jahren einen anderen gebaut, einen größeren, um Waren besser schmuggeln zu können, dadurch ist der alte instabil geworden. Du hattest wirklich großes Glück.«

»Wird der Hamas-Tunnel hier noch benutzt?«

»Nein, es gibt schon wieder einen neuen, zwei Kilometer südlich von dem, aus dem du gekommen bist. Der neue wird jetzt zum Schmuggeln genutzt.«

»Glaubst du, ich kann den benutzen, wenn ich meinen Bruder gefunden habe? Ich wüsste nicht, wie ich sonst mit ihm nach Ägypten gelangen soll.«

»Du musst vorsichtig sein. Wenn die Hamas dich entdeckt, kann alles passieren. Komm mit deinem Bruder zu mir, ich werde dir helfen.«

»Danke, *Habibi.*«

Walsh verabschiedete sich, nachdem Hakim ihm seine Schuhe gebracht hatte. Ahmad hatte ihn mitsamt mit der Kleidung ins Bett gelegt. Auf dem Bett lag aber ein Extralaken, das hatte Walsh gesehen, als er aufgestanden war, und zuvor musste jemand seine Kleidung vom Sand befreit haben.

»Wohin willst du?«, fragte Ahmad, als er und sein Sohn ihn nach draußen begleitet hatten.

»Nach Chan Junis, dort werde ich mich umhören. Mein Bruder hat da gelebt. Er hatte dort Freunde, bevor er weiter in den Norden gezogen ist. So Allah will, wird er bei seinen Freunden sein.«

»*Inschallah*«, antwortete Ahmad und gab Hakim ein Zeichen.

Kurz darauf kam Hakim mit einem alten Mofa zurück.

»Nimm das. Es fährt besser als es aussieht.«

»Das kann ich nicht machen.«

»Zu Fuß wirst du fast zwei Stunden brauchen, mit dem Mofa nur zwanzig Minuten. Stell es vor dem Barbershop von Ali ab. Er ist ein guter Freund von mir. Ich hole es die Tage ab. Wenn du was brauchst, kannst du Ali danach fragen. Sag ihm, dass ich dich geschickt habe. Er wird dir helfen. Du kannst ihm vertrauen, darauf hast du mein Wort.«

»Das ist mehr als ich erwarten kann«, entgegnete Walsh. Er wusste die Geste mehr als nur ein wenig zu schätzen. Dass Hakim und Ahmad ihm erste Hilfe geleistet hatten, war Glück im Unglück gewesen, zumal er durch sie obendrein an weitere Informationen über das Tunnelsystem gelangt war. Schließlich konnte er wirklich nicht ausschließen, dass er vielleicht durch einen Tunnel heimlich nach Ägypten zurückkehren musste. Und dieser Ali konnte ihm vielleicht auch noch nützlich werden. Walsh hätte sich gern erkenntlich gezeigt, wusste aber, dass er das nicht durfte. Ahmad war niemand, der eine Gegenleistung erwartete, vielmehr erlaubten sein Stolz und seine Würde gar nicht, eine solche überhaupt anzunehmen.

Walsh verabschiedete sich erneut von beiden, dann fuhr er los.

Hakim lief ihm noch hinterher.

»Danke für das Geschenk«, rief Hakim ihm nach. »Komm uns noch mal besuchen.«

Walsh fragte sich, wer Ahmad dabei geholfen hatte, ihn ins Haus zu tragen. Dass Ahmad und Hakim kräftig genug dazu wären, schloss er aus.

Die Frage war, war diese Person auch vertrauenswürdig? Er hatte Ahmad diese Frage nicht gestellt, um keinerlei Verdacht zu erwecken und nicht zu neugierig zu wirken. Doch ein Gefühl sagte ihm, dass die Person, die Ahmad geholfen hatte, ebenso vertrauenswürdig sein musste.

Ahmad würde kein Wort über diesen Vorfall verlieren. Irgendwie hoffte Walsh, dass diese unbekannte andere Person genau das tat, denn dann würde sich herumsprechen, dass ein Palästinenser aus Ägypten unter Lebensgefahr versuchte seinen Bruder zu finden.

Besser konnte es für Walsh nicht laufen.

20

Gaza

Die beiden missbrauchten jungen Frauen taten Uri unglaublich leid.

Eine von ihnen weinte die ganze Zeit, die andere schaute verloren ins Nichts.

Uri wollte sie trösten, wusste aber nicht wie, er fühlte sich überfordert. Und da war eine Wut in ihm, ein Feuer, das ihn rasend machte. Am liebsten wäre er aus dem Raum gerannt und hätte die Hamas-Terroristen, die vor der Tür standen, allesamt getötet. Wie unsinnig und wahnsinnig dieser Gedanke war, war ihm klar. Er hatte keine Waffe und die Hamas-Kämpfer würden ihn sofort töten. Für sie war er ohnehin nur ein Jude, der kein Recht auf Leben hatte.

Uri hatte Hunger. Fast schämte er sich dafür, da es ihm im Vergleich zu den beiden Frauen gut ging. Ihn hatte man schließlich nicht missbraucht, woran er gewiss ein Leben lang zu knabbern hätte. Und hätte man ihn missbraucht, dann hätte er zumindest nicht schwanger werden können. Uri dachte darüber nach, was wäre, wenn die Frauen tatsächlich schwanger wurden und man sie erst dann befreite, wenn es für eine Abtreibung viel zu spät war.

Könnten die Frauen diese Kinder je lieben?

Uri glaubte es nicht. Diese Kinder würden in einem Heim landen. Ihr Leben wäre verpfuscht und sie wären Opfer, genau wie ihre Mütter. Niemand hatte sie gefragt, in welchem Leib sie zur Welt kommen wollten.

Die Tür wurde geöffnet. Drei Hamas-Kämpfer traten ein, sie brachten das Essen und etwas zu trinken, stellten es auf den Boden.

»Du und du nicht«, sagten sie, schauten dabei Uri und einen anderen jungen Mann an.

»Sie haben auch Hunger«, entgegnete Binah.

»Sie verzichten oder ihr alle esst nichts«, reagierte der Geiselnehmer scharf, schaute dabei hasserfüllt auf Binah herab.

»Wir essen nicht«, antwortete der andere junge Mann, mit dem Uri bisher nicht gesprochen hatte. Er war etwas größer als Uri, sah sportlich aus, war vermutlich Anfang zwanzig.

»Esst!«, sagte der andere Hamas-Krieger mit scharfer Zunge zu den anderen.

Die Geiseln nahmen sich ihre Portionen und begannen zu essen und zu trinken.

Uri sah in ihren Gesichtern, dass sie dabei Scham empfanden, aber für ihn war es in Ordnung, wie für den anderen auch. Er wollte nicht, dass sie sich schämten. Sie mussten essen, um diese Schikanen ertragen zu können und bei Kräften zu bleiben, damit sie gerettet werden konnten. Uri hatte die Hoffnung noch nicht aufgegeben.

Aus irgendeinem Grund musste er wieder an Walsh denken. Der Gedanke, dass Ninas Vater ihn befreien würde, gefiel ihm und vor allem half er ihm, weder den Mut noch die Nerven zu verlieren, nicht zu verzweifeln und nicht aufzugeben. Wenn Walsh sich tatsächlich nach Gaza schmuggeln sollte, dann wäre das Mindeste, was Uri tun konnte, am Leben zu bleiben.

Nachdem alle außer Uri und dem anderen jungen Mann gegessen hatten, verließen die Mörder den Raum und schlossen hinter sich ab.

Der junge Mann, der wie Uri nichts gegessen hatte, trat mit einem anderen, etwa vierzig Jahre alten Mann zu Uri.

»Du hast eben gut und überlegt gehandelt«, sagte der junge Mann.

»Ich habe nur das getan, was jeder andere an meiner Stelle auch getan hätte.«

»Glaub mir, du irrst dich, das machen die fast jeden Abend, um uns gegeneinander auszuspielen. Ich werde seit zwei Wochen hier gefangen gehalten. Zwei Männer wurden bereits ermordet, weil sie es gewagt haben, den Terroristen zu widersprechen.«

»Wir haben einen Plan, und du könntest uns helfen«, flüsterte der andere.

»Was für einen Plan?«

»Wie wir die Terroristen überwältigen können.«

21

Chan Junis, 29 Oktober

Ori Rotman war sauer, richtig sauer!

»Welche Laus ist dir denn über die Leber gelaufen?«, fragte Noam, als Oris verkniffenes Gesicht vor ihm im Videocall auftauchte.

»Eine Laus namens Shon Nimni.«

»Wer soll das sein?«

»Bis gestern Abend habe ich das auch noch nicht gewusst.«

»Und wer ist das? Nach deiner Visage zu urteilen, jemand, der dir besser nicht noch einmal über den Weg läuft.«

»Bist du irgendwie süchtig nach Schokoriegeln?«

»Wie kommst du darauf?«

Ori lachte kurz. »Du hältst einen in der Hand, und auf dem Schreibtisch sehe ich zwei weitere Verpackungen, die bereits leer sind.«

»Anders ertrage ich diesen arroganten Schnösel nicht.«

»Du meinst Avi Dagan?«

»Wen sonst? Seit er die Leitung dieser Spezialoperation übernommen hat, baut er seinen Einfluss immer weiter aus. Heute Morgen sind vier neue Agenten vom Mossad dazugestoßen. Langsam frage ich mich, ob ich noch beim Schin Bet oder beim Mossad arbeite. Wer ist dieser Shon?«

»Wer wohl? Ein Mossad-Affe von Avi.«

»Was macht er in Gaza? Das ist doch Schin Bet-Verantwortungsbereich.«

»Was wohl? Mich überwachen.«

»Sicher? Warum sollte er dich überwachen?«

»Sicher bin ich nicht, aber warum schmuggelt Avi ohne mein oder dein Wissen einen Agenten nach Gaza?«

»Vielleicht soll dieser Agent auch nach den Geiseln suchen.«

»Wenn, dann doch nicht vor meiner Haustür. Lass ihn nach Rafah gehen oder in den Norden. Er hat gestern an meiner Wohnung geklopft und irgendwelche Sprüche rausgehauen.«

»Was für Sprüche? Und warum erscheint er vor deiner Wohnungstür? Kapiert er nicht, dass er damit die ganze Operation gefährdet und auch deine Identität?«

»Er meinte, dass er alles wissen muss, was ich weiß und ich ihn über weitere Vorhaben unterrichten solle«, regte sich Ori auf. »Was, wenn das genau sein Ziel ist?«

»Avi und der Mossad haben sich zusammengetan und sie liefern dich bewusst ans Messer?«

»Nein, das nicht. Aber wenn meine Tarnung auffliegt und ich als Geisel genommen werde, könnte das Shon zu den Anführern der Hamas führen. Und die kann die IDF dann mit Drohnen beseitigen. Ich wäre in dem Fall wohl ein bedauerlicher Kollateralschaden.«

»Die nutzen dich als Köder?« Noam fuhr sich mit der Hand über den Mund, seine andere Hand fasste in die Schublade, fischte einen weiteren Riegel heraus.

»Du willst den doch nicht wirklich essen?«

»Ich brauche Zucker, sonst drehe ich durch. Mein

bester Freund ist in Gaza und ich kann nichts tun, wie soll ich da ruhig bleiben?«

»Doch, du kannst was tun.«

»Was?«

»Ich muss wissen, was genau Shons Aufgabe ist, ob er eine Gefahr für mich darstellt oder ob mich dieser ganze Wahnsinn hier langsam verrückt macht.«

»Ich kümmere mich darum.«

»Niemand darf etwas davon wissen, Noam. Du darfst niemandem vertrauen, auch den Schin Bet-Kollegen nicht, vor allem nicht, wenn Avi seinen Einfluss vergrößert hat.«

»Du kannst mir vertrauen, keiner erfährt was. Als ob der Terroranschlag nicht schon schlimm genug wäre … Müssen wir Juden uns auch noch gegenseitig an die Eier gehen?«

Ori nickte zustimmend und beendete das Gespräch. Er schaltete den Laptop aus, danach fuhr er sich mit der Hand durch die Haare. Die internen Machtkämpfe zwischen Mossad und Schin Bet konnte Ori gerade gar nicht gebrauchen.

Walsh hat mich vor Avi gewarnt, jetzt verstehe ich warum, dachte Ori und fragte sich, was Walsh gerade trieb. Zu gern hätte er ihm geholfen, Informationen über Uri Pereetz zu finden. Leider gab es da nichts, bis auf die Tatsache, dass Uri wie Hunderte anderer Geiseln in Gefangenschaft war. Es klopfte an der Tür.

Verdammter Shon, dachte Ori, dabei hatte er diesem Trottel vom Mossad klargemacht, dass er nie wieder vor seiner Wohnungstür erscheinen sollte.

Als er die Tür öffnete, standen zwei Männer vor ihm: zwei Hamas-Terroristen, schwer bewaffnet.

22

Es gab ein Safe House in Chan Junis, welches Walsh vor Jahren genutzt hatte. Dort gab es als sicher geltende Wohnungen, in denen sich Agenten im ausländischen Einsatzgebiet verstecken konnten.

Walshs ursprünglicher Plan hatte vorgesehen, in diesem Safe House Unterschlupf zu finden, ohne genau zu wissen, ob es überhaupt noch existierte. Möglicherweise war es längst entdeckt und aufgegeben worden. Falls nicht, könnte es bereits besetzt sein, falls doch noch irgendwelche Agenten vom CIA oder dem US-Militärgeheimdienst undercover in Gaza unterwegs waren. Seine Erfahrung sagte ihm zwar, dass die Vereinigten Staaten jegliches Personal aus dem Gazastreifen abgezogen hatten, denn das Risiko, die Agenten könnten im israelischen Bombenhagel umkommen, war im Moment extrem hoch. Dieses Risiko würde die US-Regierung nicht eingehen, zumal die USA nicht direkt an dem Konflikt beteiligt waren.

Der Aufenthalt in Ahmads Haus hatte ihn diesen unsicheren Plan aber über Bord werfen lassen. Stattdessen hatte er sich ein Zimmer in einer kleinen Pension gesucht, und dort von seinem Retter Ahmad erzählt. Der Besitzer der Pension kannte Ahmad, und somit hatte Walsh einen glaubwürdigen Bürgen. Die Geschichte, dass Nabil, ein Palästinenser aus Ägypten, gekommen war, um seinen Bruder zu retten, würde sich in Gaza verbreiten wie ein Lauffeuer und somit seine Glaubwürdigkeit festigen.

Sein veraltetes Handy der Marke Samsung, welches er extra für diesen Einsatz angeschafft hatte, klingelte. Jemand rief über die Messenger-App an und wollte die Videofunktion nutzen. Walsh nahm das Gespräch entgegen.

»Hallo, Joe«, begrüßte er den Anrufer.

»Kann ich sprechen?«, flüsterte Joe.

»Würde ich das Gespräch sonst annehmen?«

»Stimmt, wollte nur ganz sicher gehen.«

»Du musst nicht flüstern. Hier ist niemand, und wie ich sehe, bist du allein in der Suite.«

»Gut, gut«, antwortete Joe. Er wirkte nervös und gleichzeitig erleichtert. »Bist du konvertiert?«

»Nein, warum?«

»Ich frage wegen dem Turban auf deinem Kopf.«

»Das nennt sich Verband. Es gab ein paar Hindernisse«, antwortete Walsh, der Joe am vorangegangenen Abend nur eine kurze Nachricht geschrieben hatte, die ihn wissen ließ, dass er gesund und heil an einem sicheren Ort wäre.

»Hindernisse? Was für Hindernisse? Wieso hast du gestern Abend nichts davon erwähnt?«

»Weil sie nicht der Erwähnung wert waren und ich zudem hundemüde war.«

»Ein Peter Walsh kennt so was wie Müdigkeit?«, scherzte Joe. »Was ist passiert? Verdammt, ich bin dein bester Freund und obendrein der Patenonkel deiner Tochter, was uns irgendwie zu Brüdern macht. Also, wieso erzählst du mir so was nicht?«

»Weil ich erst mal schlafen und dir heute Früh davon erzählen wollte. Der Tunnel ist hinter mir eingestürzt und ich wurde ein bisschen verschüttet. Schafhirten haben mich aus dem Sand gezogen und dann meinen Kopf versorgt.«

»*Ein bisschen verschüttet*? Du meinst, du lagst so richtig unter dem Sand? Verdammt, du hättest ersticken können!«

»Ja, so richtig, aber entspann dich, mir geht es gut. Den Verband habe ich nur zur Tarnung aufbehalten. Dass mich dieser Ahmad gefunden hat, ist von großem Vorteil. Dadurch habe ich nun eine glaubwürdige Story. Erzähl mir lieber, wie weit du bist!«

»Ich werde das Gefühl nicht los, dass du mir die Hälfte verschweigst.«

»Joe?«

»Okay. Wir kommen sehr gut voran, seit wir Zugriff auf diese Quanten…« Er verstummte mitten im Satz, und Walsh war klar, dass Joe gerade selbst etwas rausgerutscht war, was er lieber verschwiegen hätte.

»Joe?«, wiederholte Walsh.

»Nicht schimpfen, versprochen?«

»Versprochen.«

»Ein guter Kumpel von Fischer arbeitet im Quantenforschungszentrum in Jülich. Mit seiner Hilfe haben wir ihnen Rechen- und Serverpower abgezweigt, was uns einen enormen Vorteil beim Hacken der hochkomplexen Sicherheitstechnologien verschafft. Wir haben inzwischen Zugriff auf die Server der Hamas und die des Schin Bet.«

»Sehr gut. Endlich gute Nachrichten.«

»Du bist nicht sauer?«

»Nein, weil ich dir vertraue, und wenn dieser Kumpel doch quatschen sollte, werde ich ihn töten.«

»Das ist ein Scherz, oder?«

»Sehe ich aus, als ob ich scherze?«

»Du siehst immer gleich aus. Deswegen bist du ja schlecht darin, Scherze zu machen. Sag, dass es ein Scherz ist!«

»Jetzt habe ich dich. Gib es zu, das war ein genial komischer Moment.«

»Eher ein beängstigender.« Joes Mundwinkel hoben sich.

»Gibt es Informationen über die Geiseln?«

»Leider nicht. Der Schin Bet tappt wie wir im Dunkeln. Aber es gibt zwei andere interessante Entdeckungen.«

»Welche?«

»Auf den Hamas-Servern haben wir detaillierte Angaben über die Tunnel gefunden. Ich bin gerade dabei, diese auszuwerten. Da sie alle in arabischer Schrift hinterlegt wurden und mein Arabisch fast mit deinem mithalten kann …«

»Das wünschtest du wohl«, antwortete Walsh, wusste er doch, dass Joe praktisch kein Arabisch konnte. »Was ist die zweite Entdeckung?«

»Wir haben Zugriff auf die Daten der Spezialoperation Wüstenadler.«

»Ist das die, an der Ori gerade beteiligt ist?«

»Genau. Er ist in Chan Junis. Du musst aufpassen, dass du ihm nicht zufällig über den Weg läufst. Dein Freund Avi Dagan leitet die Operation, aber noch interessanter ist, dass das Team aus fünfzig Personen besteht. Dreiunddreißig davon sind vom Mossad, obwohl es offiziell eine Operation des Schin Bets ist.«

»Avi ist alles, aber nicht mein Freund. Typisch Avi, er reißt alles an sich. Jede Wette, dass er in einer anderen Mission unterwegs ist als Ori glaubt. Ich muss mehr darüber erfahren. Nicht, dass Ori in Gefahr ist.«

»Bin schon dran, ich denke, diese Informationen finden sich auf dem Mossad-Rechner.«

»Auf den du nicht zugreifen kannst.«

»Noch nicht.«

»Ich dachte, diese Quantentechnologie ist der Heilige Gral unter euch Nerds?«

»Ist sie auch, aber die Verschlüsselungen der Mossad-Server berücksichtigen das leider. Die Jungs schlafen nicht.«

»Bleib dran. Ich muss auch wissen, wie die Tunnel miteinander verbunden sind. Und ich habe noch eine Idee.«

»Schieß los!«

»Möglich, dass die Hamas auf ihren Servern keine Angaben zum Aufenthalt der Geiseln macht, aber schau mal, ob es Informationen über Medikamente, Ärzte und Lebensmittel gibt. Die Geiseln müssen versorgt werden. Vielleicht hat jemand eine Rechnung oder Ähnliches hochgeladen.«

»Mach ich.«

»Und denk dran, ich melde mich bei dir. Schick mir keine Nachrichten und warte darauf, dass ich dich kontaktiere.«

»Also wie immer. Was wirst du jetzt tun?«

»Ich gehe zu Ali.«

»Wer ist Ali?«

»Ein Friseur.«

»Sag nicht, der Friseur Ali aus Mannheim?«

»Was soll unser Ali aus Mannheim in Gaza? Unser Ali ist Libanese.«

»Na ja, Ali und Friseur, das hat halt getriggert.«

»Du weißt, dass Ali ein sehr verbreiteter Name in arabischen Ländern ist.«

»Ja, ja. Ich war nur kurz erstaunt.«

»Ich melde mich, und du … Gönn dir eine Runde im Pool. Ich brauche einen entspannten Joe an meiner Seite.«

»Ich wäre entspannter, wenn ich an deiner Seite in Gaza wäre.«

»Da, wo du bist, bist du genau richtig«, antwortete Walsh und beendete das Gespräch.

Walsh musste an Avi denken. Dass dieser die Operation an sich gerissen und Mossad-Agenten in das Team geschleust hatte, gefiel ihm nicht, weil er Avi kannte. Walsh vertraute dieser linken Bazille keinen Meter. Schon früher, bei gemeinsamen Einsätzen, an denen der Mossad ebenfalls beteiligt war, hatte Avi immer seine eigene Agenda verfolgt, auch auf Kosten der Sicherheit von Walsh und dessen Team. Für Avi stand der eigene Erfolg immer im Vordergrund.

»Was ist deine wirkliche Absicht?«, überlegte Walsh und beschloss, sich in Chan Junis umzusehen und vor allem umzuhören.

Walsh verließ sein Zimmer, schloss ab, dann nahm er die Treppe.

»*Salam*«, grüßte ihn Zaid, der Pensionsbesitzer.

»*Salam.*«

»Wie geht es deinem Kopf?«, fragte Zaid auf Arabisch.

»Viel besser.«

»Willst du frühstücken?«

»Ich muss zu Ali, dem Barbier. Weißt du, wo ich ihn finde?«, fragte Walsh, hatte er doch gestern vergessen, Ahmad diese Frage zu stellen.

»Ich kenne nur einen Ali, der Barbier ist. Einfach die Straße runter und dann nach rechts. Er ist ein guter Freund von Ahmad.«

»Er wird es sein. *Shukran*«, antwortete Walsh und verließ die Pension.

Walsh folgte auf dem Moped der Straße. Kaum jemand beachtete ihn, was ihm mehr als recht war, gab es ihm doch das Gefühl, dass man seine Tarnung als Palästinenser geschluckt hatte. Vermutlich hielten ihn viele für einen Hamas-Kämpfer, wegen dem Verband auf dem Kopf.

Er erreichte den Barbiershop, betrat ihn und wollte seinen Augen nicht trauen. Dieser Ali war eine originalgetreue Kopie von dem Ali, den Walsh aus Mannheim kannte. Konnte es doch sein, dass Ali nach Palästina gezogen war?

Am liebsten hätte Walsh den Laden sofort wieder verlassen, denn wenn dieser Mann wirklich sein Ali aus Mannheim war, könnte er seine Tarnung auffliegen lassen, noch ehe er ihn um Stillschweigen bitten konnte. Auch wenn er den Friseur aus Mannheim für einen vertrauenswürdigen Mann hielt, bestand hier ein Sicherheitsrisiko, das Walsh nicht eingehen durfte.

23

»Wohin bringt ihr mich?«, fragte Ori auf Arabisch, als die zwei bewaffneten Hamas-Kämpfer ihn aufforderten, auf der Rückbank eines Autos Platz zu nehmen.

»Du bist nicht in der Position, Fragen zu stellen«, antwortete der Mann. »Steig ein, bevor ich ungemütlich werde.«

Ori setzte sich wie befohlen auf den Rücksitz, wo bereits ein weiterer, bis an die Zähne bewaffneter Kämpfer saß.

Der Wagen fuhr los.

Sie hatten ihm keinen Sack über den Kopf gestülpt, was Ori nicht als schlechtes Zeichen wertete. Wenn sie ihn loswerden wollten, hätten sie das sicherlich bereits getan.

Oder es ist ihnen egal, was ich sehe, weil sie mich erschießen werden, dachte er.

Er sah keine Möglichkeit sich zu verteidigen. Wie auch, gegen diese drei Männer mit ihren Waffen?

Entspann dich, versuchte er seine Nerven zu beruhigen. Schließlich war er lange genug beim Schin Bet gewesen und war darauf trainiert, in solchen Situationen einen kühlen Kopf zu bewahren. Aber dass man ihn die letzten Jahre im Büro hatte versauern lassen, hatte Spuren hinterlassen. Er war längst nicht mehr so abgebrüht wie früher, auch wenn er das gerade jetzt inständig glauben wollte. Doch dieses Hier und Jetzt holte ihn schnell in die Realität zurück.

Zu seiner Überraschung fingen die Männer an, sich über Fußball zu unterhalten. Über den Asien Cup 2024, der im nächsten Jahr in Katar stattfinden sollte. Palästina hatte sich für den Cup qualifiziert, was die drei Männer stolz machte.

»Bis ins Achtelfinale, *Habibi*«, sagte der Fahrer.

»Halbfinale, *Habibi*«, antwortete der Beifahrer.

»Übertreibt mal nicht! Wenn wir die Vorrunde überstehen, ist das schon ein gutes Zeichen. Wegen den Geiseln und unseren Fußballhelden wird die ganze Welt auf uns schauen, und wir werden dieser Welt das dreckige Gesicht der jüdischen Besatzer offenbaren.«

»Glaubst du, der Westen wird uns auch nur ein Wort glauben? An den Machtstellen sitzen doch überall Zionisten, sie beherrschen die Banken und die Medien. Schau dir doch die Nachrichten an! Netanjahu, dieser Teufel, tötet unschuldige Kinder und Frauen, und die imperialistischen Medien aus dem Westen sprechen in diesem Zusammenhang von menschlichen Schutzschilden. Wir sind für sie keine Menschen, sondern Schutzschilde. Das sagt doch alles über den Westen.«

»Du hast recht, *Habibi*«, wagte sich Ori vor. »Egal, was wir tun, wir werden als Tiere gesehen, die man zur Schlachtbank führen muss.«

»Ja, *Habibi*«, stimmte ihm der Beifahrer zu.

»Und was schlägst du vor?«, fragte der Fahrer und schaute in den Rückspiegel. Sein Blick wirkte feindselig.

Ori wusste, dass er gerade getestet wurde. Er musste sich etwas Fürchterliches einfallen lassen.

»Wir müssen sie leiden lassen, damit die Juden und die ganze Welt wissen, dass wir keine Schutzschilde sind, keine Tiere, die man in Käfige sperren kann. Wir sind stolze Mudschahedin, die einzig und allein ihr gestohlenes Land zurückerobern wollen.«

»Und wie stellst du dir das vor?«

»In dem wir Gleiches mit Gleichem vergelten. Menschliche Bomben.«

»Menschliche Bomben?«

»Ich weiß nicht, ob ihr das technisch hinkriegt, aber ich habe mal einen Film gesehen, da wurde einem Gefangenen eine kleine Bombe in den Bauch operiert, die später per Fernzündung in die Luft ging. Warum machen wir das nicht mit den Juden? Und dann lassen wir sie frei. Wenn sie glauben, dass sie in Sicherheit sind, zünden wir die Bomben und die ganze Welt wird sehen, wie mächtig die Hamas ist und damit auch das palästinensische Volk.«

Der Fahrer schaute anerkennend nickend in den Innenspiegel.

»Du hast echt eine kranke Fantasie, *Habibi*«, antwortete der Kämpfer neben ihm, aber er lächelte. »Ich mag das.«

Sein radikaler Vorschlag lockerte die Atmosphäre auf. Ori hoffte nur, dass er den Hamas-Terroristen keine Blaupause für solch einen Plan gegeben hatte.

Der Fahrer stoppte, alle stiegen aus.

Sie waren etwas außerhalb von Chan Junis.

Ein kleines Steinhaus stand hier, ohne Nachbarhäuser, somit etwas abgelegen und der perfekte Ort, um jemanden zu töten oder zu foltern.

Beim Gedanken, dass sie ihn gleich foltern würden, zog sich alles in ihm zusammen. Er ermahnte sich, ruhig und besonnen zu bleiben und an die Zeit zu denken, in der er oft im Außeneinsatz war. Damals hatte er einige sehr gefährliche Situationen meistern müssen.

»Komm, *Habibi*«, sagte der Fahrer, und zu zweit betraten sie das Steinhaus.

Die anderen warteten davor.

Ori folgte dem Kämpfer. Sie nahmen die Treppe hinunter in den Keller.

Jetzt!, dachte Ori.

Er hätte den Mann einfach die Treppe hinunterstoßen, ihn überwältigen und entwaffnen und sich dann freikämpfen können, aber Ori beschloss, vorerst nichts zu tun.

»Setz dich«, sagte der Mann, als sie einen Kellerraum betreten hatten.

Ori nahm auf einem Stuhl Platz, mit einem unguten Gefühl in der Magengrube.

Warum musste er auf diesem Stuhl in einem Kellerraum Platz nehmen, in dem eine alte Lampe brannte? An einem Ort, an dem es kein natürliches Licht gab?

Die Tür öffnete sich und ein weiterer Mann trat ein.

Es war Khalid.

»Warum bin ich hier?«, fragte Ori. Irgendwie hatte er damit gerechnet, dass es Khalid war, der ihn verschleppen ließ. Die Frage war nur, weshalb Khalid das veranlasst hatte.

»Wer bist du?«, fragte Khalid.

»Wie, wer ich bin?«

»Wer bist du? Warum tauchst du nach Jahren plötzlich wieder auf?«

»Khalid, was soll der Scheiß? Du kennst mich doch …«

Mehr konnte Ori nicht sagen, denn Khalid schlug mit der rechten Faust auf Oris Gesicht ein. Blut spritzte durch die Luft.

»Wer bist du?«

»Ich bin Samer. Ich habe deiner Schwester das Leben gerettet.«

»Du Lügner!« Khalid schlug erneut auf Ori ein, und wieder flog Blut durch die Luft. Bevor Ori einen klaren Gedanken fassen konnte, traf ihn ein weiterer Schlag.

Fast hätte Ori dem Reflex, zur Seite zu springen nachgegeben, aber der Fahrer hatte seine Waffe auf ihn gerichtet. Und wenn er sich wehrte, könnte Khalid das als Schuldeingeständnis sehen, weshalb er sich nicht rührte, bis die Faust ihr Ziel erreicht hatte. Schmerz durchzuckte seinen Körper.

»Wer bist du?«

»Ich bin Samer. Du kannst mich totschlagen, das ändert nichts daran, dass ich Samer bin. Frag deine Schwester! Sie weiß, wer ich bin.«

»Sie ist blind vor Liebe und vergisst darüber ihre Ehre. Ihr wurdet im Restaurant zusammen gesehen. Die Leute reden über euch. Wer bist du, dass du die Ehre meiner Schwester beschmutzt? Meine Ehre! Bist du ein Spion?«

»Nein, nein und nochmals nein! Ich liebe deine Schwester.«

»Du Lügner, ausgerechnet jetzt tauchst du hier auf. Wer bist du? Ein Spion der Juden?«

»Ich bin Samer, und ich bin Libanese.«

Khalid ließ diesmal mehrere Faustschläge auf Oris Kopf einprasseln.

Ori war benommen, ihm wurde beinahe schwarz

vor Augen und er wusste, dass er gleich das Bewusstsein verlieren würde. Dann würde Khalid ihn töten.

»Du lügst«, brüllte Khalid. Er schlug wie ein Wahnsinniger auf Ori ein.

»Wer bist du?«, hörte Ori Khalid wieder und wieder fragen, ganz dumpf, wie aus weiter Ferne kommend, während er ohnmächtig wurde und vom Stuhl kippte.

24

»Kennen wir uns, *Habibi*?«, fragte Ali auf Arabisch und schaute hoch zu Walsh.

Ali war höchstens einen Meter sechzig groß, von rundlicher Statur, hatte ein rundes Gesicht, das gern zu lachen schien und trug einen etwas längeren Bart.

»Nein, du siehst nur jemandem ähnlich, den ich aus Deutschland kenne«, antwortete Walsh. Sicherlich war Ali vorhin nicht entgangen, dass Walsh ihn kurz angestarrt hatte. »Du hast keine Verwandten in Deutschland?«

»Nein, *Habibi*, ich wünschte, ich hätte welche. Dann könnte ich dieses Loch verlassen. Sind die Frauen in Deutschland so schön, wie alle sagen?«

»Das sind sie«, sagte Walsh und lachte. Er hatte den Eindruck, dass Ali seinem Namensvetter in Mannheim alle Ehre machte und das Herz auf der Zunge trug.

»Deutschland ist ein schönes Land, mit guten Menschen. Palästinenser aus Deutschland kommen manchmal hierher und lassen sich von mir die Haare schneiden, wenn sie ihre Familien besuchen. Ich liebe Deutschland. Was macht du hier, an diesem verlorenen Ort? Ich habe dich hier noch nicht gesehen. Kommst du aus dem Norden? Du siehst nicht wie ein Hamas-Kämpfer aus, aber auch nicht wie ein Flüchtling.«

Alis Blick blieb an Walshs muskulösen Armen hängen.

»Ich bin hier, um meinen Bruder zu suchen«, antwortete Walsh. Ali schien recht neugierig, was vermutlich seinem lockeren Wesen zu verdanken war.

»Bist du Nabil?«

»Genau. Ich bringe dir das Mofa von Ahmad.«

»Dann hat Ahmad recht behalten.«

»Womit?«

»Dass du ein Ehrenmann bist und ihm das Moped zurückbringst. Ich habe ihm gesagt, dass es ein Fehler war, es zu verleihen und dass du das Moped bestimmt behalten würdest.«

»Wie könnte ich mir dann noch selbst in die Augen sehen? Ahmad hat mir das Leben gerettet.«

»Menschen verkaufen ihre Seele für eine warme Mahlzeit.«

Ali schaute sich Walshs Haare an, dann das Gesicht.

»Setz dich.«

»Warum?«

»Weil ich dich sicherlich nicht so ungepflegt aus meinem Laden gehen lasse. Du brauchst eine ordentliche Rasur und einen guten Haarschnitt. Sag nicht, dass der andere Ali dir die Haare geschnitten hat?«

»Nein, war er nicht«, antwortete Walsh und nahm auf dem Stuhl Platz, auf den Ali auffordernd zeigte. Dabei hatte er sich erst heute Morgen rasiert und die Haare wurden letzte Woche geschnitten. Vermutlich wollte Ali ein paar Schekel verdienen. Walsh war es recht, hatte er doch so die Gelegenheit, Ali noch ein bisschen auszufragen.

»*Habibi*, du wirst wie ein neugeborener Mensch

sein«, sagte Ali. »Du bist echt groß. Ich muss den Stuhl tiefer stellen, sonst kann ich dir die Haare nicht schneiden. Machst du viel Sport?«

»Für einen Palästinenser bin ich groß, im Gegensatz zu meinem jüngeren Bruder. Der hat eher deine Statur. Aber in Deutschland sind die Männer alle groß.«

»Armer Bruder, du hast sicherlich viel Aufmerksamkeit von den Frauen bekommen.«

»Ehrlich gesagt hatte er mehr Erfolg bei den Frauen.«

»Weil er lustig ist?«

»Genau.«

»Frauen mögen lustige Männer. Das ist auch meine Masche. Du musst nur authentisch sein«, sagte Ali und lachte wieder. »Wieso lebst du in Deutschland und dein Bruder nicht?«

»Glück, *Habibi*, ich konnte vor langer Zeit in Deutschland studieren. Danach habe ich sofort einen Job bekommen und konnte bleiben. Ich versuche seit Jahren, meinen Bruder nach Deutschland zu holen, aber es ist sehr schwer.«

»Wo ist dein Bruder?«

»Das weiß ich nicht. Ich mache mir große Sorgen um ihn. Israel bombardiert den Norden, also hoffe ich, dass er in den Süden geflohen ist, aber mein Bruder ist ein schwieriger Mann.«

»Wie meinst du das?«

Walsh schaute sich kurz um, wollte etwas verschwörerisch klingen, in der Hoffnung, dass Ali ahnte, was er meinte. Er war auf dessen Reaktion gespannt. Das würde ihm dabei helfen, einschätzen zu können, wie weit er Ali trauen konnte.

»Sag nicht, dass er es sich mit den falschen Leuten verscherzt hat«, flüsterte Ali schon fast, während er gleichzeitig Walshs Haare schnitt.

»Leider. Die Hamas mag ihn nicht wirklich. Und jetzt zerbombt Israel auch noch den ganzen Gazastreifen. Mein Bruder war der Fatah nahe.«

Alis Lippen klebten fast an Walshs Ohr. »Das bin ich auch, *Habibi*. Unter der Fatah ging es uns besser. Unter ihrer Führung wäre es nicht zu diesem gottlosen Krieg gekommen.«

Walsh war zufrieden. Ali war genau der Kontakt, den er gesucht hatte, und Walsh hielt es nun ebenso für möglich, dass auch Ahmad der Fatah nahe war.

»Ich habe Sorge, dass die Hamas ihn vielleicht zwangsrekrutiert und dass sie ihn gefangen nehmen, wenn er sich weigert, für sie zu kämpfen.«

»Wäre nicht das erste Mal, dass so etwas passiert, *Habibi*. Ich habe von vielen jungen Männern gehört, die jetzt für die Hamas kämpfen, weil man sonst sie oder ihre Familien getötet hätte. Mich wollten sie auch.«

»Und wie konntest du dich rausreden?«

»Holzbein«, lachte Ali und klopfte gegen die Beinprothese.

»Tut mir leid, das mit deinem Bein, *Habibi*. Wie ist das passiert?«

»Ich habe meinen Neffen abgeholt, dann haben israelische Soldaten auf uns geschossen, ohne Grund. Sie haben geglaubt, dass mein Neffe bei der Hamas wäre und mitverantwortlich dafür, dass in Israel vier junge Männer ermordet wurden. Mein Neffe hatte das Pech, den gleichen Namen wie der Hamas-Attentäter zu tragen. Er war fünfzehn, *Habibi*, noch ein Kind. Dieser Wahnsinn muss ein Ende haben. Wir wollen doch nur unsere Ruhe.«

»Dein Neffe ist im Paradies, *Habibi*. Dann verstehst du, welche Sorge ich um meinen Bruder habe. Ich muss ihn finden.«

»Du kommst aber nicht raus. Alle Ausgänge sind von Israel geschlossen worden und Ägypten hat seine Grenze auch dichtgemacht.«

»Ich schmuggle ihn durch einen der Tunnel.«

»Nicht so laut, *Habibi*! Hier haben die Wände Ohren und Augen. Aber es gibt zwei Tunnel, die auf der Höhe von Rafah nach Ägypten führen, von der Fatah. Sie sind bis heute nicht von der Hamas entdeckt worden.«

»Darf ich auf dich zurückkommen, wenn ich meinen Bruder gefunden habe?«

»Ja, *Habibi*, aber nimmst du mich dann auch mit? Israel wird bald auch Chan Junis und Rafah zerbomben. Mich hält hier nichts mehr. Ich habe einen Cousin in Kairo, zu dem werde ich gehen. Aber ich habe Angst, allein durch den Tunnel zu gehen. Mit jemandem wie dir, mit solchen Muskeln, hätte ich keine Angst.«

»Ja, ich werde dich mitnehmen«, antwortete Walsh, im Bewusstsein, dass er den sympathischen Barbier nicht nur belog, sondern ihm falsche Hoffnungen machte.

»Ich vertraue dir, weil auch Ahmad dir vertraut und Allah dich zu uns geschickt hat. Wenn ich Ahmad überreden kann, nimmst du ihn und seine Familie dann auch mit?«

»Das mache ich. Aber mehr nicht. Das würde auffallen.«

»Du hast recht. Aber Ahmad wird wohl ablehnen, er liebt sein Land. Seine Familie hütet Schafe, seit Generationen.«

»Was weißt du über die Hamas-Tunnel?«

»Nicht viel. Es gibt hier unzählige.«

»Nichts darüber, wo sie Geiseln gefangen halten könnten?«

»Theoretisch in vielen, *Habibi.* Die Juden halten sie vermutlich in Tunneln unterhalb der Stadtklinik fest. Sympathisanten der Fatah, die nicht für die Hamas kämpfen wollen, sind vermutlich auch da. Die Tunnel sind dort weit verzweigt und die Hamas hat Zugriff auf Medikamente, um Widerspenstige gefügig zu machen.«

»Der Tunneleingang wird aber sicherlich stark bewacht.«

»Davon kannst du ausgehen, *Habibi.*«

»Gibt es keinen anderen Eingang?«

»Du willst wirklich dort nach deinem Bruder suchen?«

»Welche Wahl habe ich? Ich weiß nicht, wo er sonst sein könnte.«

»Du bist ein mutiger Mann, fürchtest den Tod nicht.«

»Nein, nur die Pantoffeln meiner Mutter, wenn ich ihren Sohn nicht nach Hause bringe.«

Ali lachte. »Du hast eine gute Mutter. Jeder Sohn liebt seine Mutter und würde für sie durch die Hölle gehen. Ich habe gehört, dass es noch einen Eingang gibt, außerhalb des Krankenhauses, aber wo genau der liegt, weiß ich nicht.«

»Du hast mir geholfen, *Habibi.* Ich weiß nicht, wie ich dir das je danken kann.«

»Bring mich und Ahmad nach Ägypten, das ist mehr Dank, als ich erwarten kann.«

»Das werde ich tun.«

»Dein Wort darauf?«

Ali reichte Walsh die Hand. Dieser zögerte kurz, weil er ein Mensch war, der immer zu seinem Wort stand. Aber diesmal spielte er nur eine Rolle. Momentan war er jemand, der mit dem wahren Walsh nichts gemein hatte.

»Du hast mein Wort«, antwortete Walsh, erwiderte den Handschlag, obwohl ihn das schlechte Gewissen plagte, fürchtete er doch, dass Ali, Ahmad und sein Sohn über kurz oder lang den israelischen Bomben zum Opfer fallen würden.

Du bist ein Ex-Agent des US-Militärs, Mitleid ist Schwäche, besonders im Krieg, ermahnte er sich, keine Dummheit zu begehen. Ihm war bewusst, dass er nicht mehr dieser eiskalte Militäragent von früher war, für den Empathie bei Einsätzen ein Fremdwort war.

»Danke«, sagte Ali. »Ich höre mich für dich um, ob die Hamas Fatah-Sympathisanten in der Stadt gefangen hält.«

»Frag auch, ob Juden gefangen gehalten werden. Du sagtest doch, dass sie die Fatah-Leute auch in der Nähe von jüdischen Geiseln gefangen halten. Möglich, dass mich das schneller zu meinem Bruder führt. Sei aber vorsichtig, erwähne nicht, dass wir über die Fatah gesprochen haben.«

»Ich bin oft naiv, *Habibi*, aber nicht lebensmüde. Die Hamas würde mich töten.«

Zwei Männer betraten den Laden.

Walsh sah, dass Alis Blick ernst und nervös wirkte, bevor er wieder das fröhliche Gesicht aufsetzte.

»*Salam*, Khalid, *Habibi*«, grüßte Ali.

»*Salam*.«

»Ich bin gleich fertig. Nimm gern Platz! Möchtet ihr einen Tee?«

»Khalid wartet nicht. Du wirst ihm jetzt den Bart rasieren«, sagte der Mann neben Khalid, der bewaffnet war.

»Verzeih, Khalid, *Habibi* …«

»Ist schon gut. Die fünf Minuten kann ich auch warten. Mach du deine Arbeit, aber bring uns vorher Tee, auch für deinen Gast.«

Ali verließ den Raum, betrat einen Nebenraum.

Khalid sah interessiert, aber auch mit einem kritischen Blick zu Walsh rüber. Er nahm auf dem Stuhl neben ihm Platz, sein Freund ein Stück versetzt. Beide beäugten ihn, wobei Khalids Blick offener und weniger feindselig wirkte. Der seines Freundes war finsterer.

»Wer bist du?«, fragte Khalid nach einer kurzen Weile.

»Nabil. Und du?«

»Khalid. Was macht jemand wie du in Chan Junis?«

»Er sucht seinen Bruder, *Habibi*«, antwortete Ali, der mit einem Tablett den Raum betrat und allen ein Teeglas reichte.

»Deinen Bruder?« Khalid schien nicht zu verstehen. »Du lebst nicht in Gaza?«

»Ja, meinen Bruder. Ich habe mich durch einen alten Tunnel von Ägypten nach Gaza geschmuggelt.«

Khalid schaute ihn erstaunt an, kurz verharrte der Blick am Verband. Dann gönnte er sich einen Schluck aus dem Teeglas.

»Alle wollen raus aus Gaza, und du kommst rein?«

»Er ist mein jüngerer Bruder. Ich habe meiner Mutter versprochen, ihn nach Hause zu bringen«, erklärte Walsh mit gelassener Miene. Er wollte nicht, dass Khalid Verdacht schöpfte. Es war nicht zu übersehen, dass Khalid jemand mit Einfluss bei der Hamas war.

Khalid gönnte sich noch einen Schluck.

»Wo soll dein Bruder sein?«

»Ich weiß, dass er zuletzt in der Nähe von Chan Junis war. Aber seit einer Woche ist der Kontakt zu ihm abgebrochen. Also habe ich nicht gezögert und mich sofort aufgemacht, um ihn zu suchen.«

Khalid nickte, er überlegte kurz.

»Ich wünsche dir viel Erfolg bei deiner Suche. Hoffentlich haben die Bomben der Zionisten deinen Bruder nicht längst getötet.«

»*Inschallah*«, antwortete Walsh und sah, wie das Handy von Khalid, welches auf der Ablage lag, kurz aufleuchtete.

Walsh konnte nur ein Wort lesen: *Zionisten!*

25

Tel Aviv

Joe war voll in seinem Element. Er schrieb gerade ein neues Programm, um sich ins Netzwerk der Mossad zu hacken. Parallel dazu arbeiteten Fischer und Tim daran, die Millionen Daten aus den Netzwerken der Hamas und des Schin Bet auszuwerten. Mit der Rechenpower des Forschungszentrums für Quantentechnologie hatten sie einen Turbo an ihrer Seite, aber dieser verdammte Mossad-Server ließ sich nicht so einfach überlisten.

»Die große Frage ist, wer den besseren Code schreibt«, machte Joe sich Mut. Es fiel ihm schwer sich zu konzentrieren, trotz aller Begeisterung für seine Arbeit, denn er musste ständig an Walsh denken und er fragte sich, was dieser gerade in Gaza trieb.

Er seufzte.

»Wenn du die Kontaktlinsen einsetzen würdest, könnte ich sehen, was du tust«, murmelte er frustriert. Aber die Kontaktlinsen würden erst dann zum Einsatz kommen, wenn es Walsh für notwendig hielt und nicht, um Joe an alltäglichen Aktivitäten teilhaben zu lassen.

Eine Fehlermeldung erschien auf dem Bildschirm.

»Fuck«, ärgerte er sich. Sein Code war an einer der wer weiß wie vielen Firewalls gescheitert. »Vom Mossad kann die Welt lernen«, erkannte Joe aber gleichzeitig die Arbeit der Entwickler an, weil sie verdammt gut war.

Joe tippte etwas in den sicheren Messenger.

Jungs, wie sieht es bei euch aus?

Tim schrieb eine Antwort.

Sind fast fertig. Gib uns noch eine halbe Stunde. Oder brauchst du uns?

In einer halben Stunde. Ich brauche die Quantenpower.

Kriegst du.

Danke,

antwortete Joe. Er schrieb sein Programm um, suchte nach einer kleinen Lücke im Code des Mossad Servers.

»Wo versteckst du dich?«, fragte er sich.

Parallel dazu lief noch ein Programm, mit dem er versuchte, Zugriff auf das CIA-Netzwerk zu erhalten. Er attackierte jedoch nicht das große Hauptnetzwerk in Langley, sondern das in Tel Aviv. Joe war sicher, dass die CIA die Informationen lokal abgelegt hatte.

Joe analysierte weiter den Code, dann stieß er auf etwas, schaute sich den Code nochmals an, jagte ihn durch ein kleines Analysetool und konnte nicht glauben, was er da auf dem Bildschirm sah.

»Das ist es. *Yes*«, rief er und ballte die Hand zur Faust.

Endlich hatte er diese kleine, kaum erkennbare Schwachstelle im System gefunden, an die er andocken konnte, um dann das ganze Netzwerk entern zu können, so wie es die Piraten damals mit den königlichen Flotten getan hatten.

Wenn man es sieht, ist es geradezu einfach, dachte er, aber man musste es erstmal finden.

Walsh schrieb einen kleinen Code, um sich in dieser kleinen Lücke einzunisten. Es war wie ein Reißverschluss. Er musste nur noch den Schieber runterziehen, damit sich alles öffnete. Joe zog an dem Schieber, öffnete das Tor zu den Daten immer weiter. Er hatte fast schon Zugriff auf das gesamte Netzwerk und beobachtete, wie ein Server nach dem anderen unter seine Kontrolle gelangte. Doch dann …

»Scheiße!«, platzte es aus Joe heraus. Schnell schaltete er seinen Rechner aus und entfernte den Akku aus seinem Laptop, dann schrieb er über sein Handy eine Nachricht an Tim.

Alles ausschalten und vom Netz nehmen, uns wurde eine Falle gestellt.

26

Chan Junis

Ori tat alles weh und es brannte fürchterlich, als er sich in seiner Wohnung verarztete.

Khalid hatte ihn übel zugerichtet, aber Ori war nicht gebrochen und er hatte seine wahre Identität nicht preisgegeben.

Ob Khalid jetzt zufrieden war und ihn nicht mehr für einen israelischen Spion hielt, wusste Ori nicht, doch dass er ihn nicht getötet hatte, sagte ihm, dass er ihm vermutlich geglaubt hatte. Zumindest schien er gefressen zu haben, dass Ori Libanese und nicht der Feind war.

Trotzdem musste Ori vorsichtig sein.

Er musste mehr über Khalid erfahren. Dass die Männer ihn zu diesem abgelegenen Ort gefahren hatten, sagte Ori, dass Khalid inzwischen deutlich an Einfluss gewonnen haben musste.

Vielleicht weiß Dima mehr als sie mir bisher verraten hat. Immerhin lebt sie bei Khalid, überlegte Ori.

Er musste sie sehen, schrieb ihr eine Nachricht.

Hey, was machst du?

Die Antwort kam prompt.

Bin mit einer Freundin im Café.

Wollen wir uns treffen?

Ich weiß nicht.

Warum?

Die Leute … Du weißt doch, dass es gerade schwierig ist.

Ich vermisse dich.

Keine Antwort.

Ori konnte Dima irgendwie verstehen. Sie war die Schwester eines angesehenen Hamas-Kämpfers, und wie es aussah, war Khalid inzwischen sehr einflussreich. Beim letzten Treffen im Restaurant hatten die Einheimischen sie kritisch beäugt.

Aber darauf konnte Ori keine Rücksicht nehmen, er musste mehr über Khalid in Erfahrung bringen, denn er glaubte, dass Khalid wusste, wo die Geiseln gefangen gehalten wurden.

Sein Handy blinkte auf.

Gut, in einer Stunde am Strand, wo wir uns schon mal getroffen haben.

Ich werde da sein,

schrieb Ori. Er erinnerte sich gut an dieses Treffen am Strand. An diesem Tag hatte Dima ihm erzählt, dass sie ein Herzproblem habe und sterben müsse, wenn sie nicht bald operiert würde.

Nicht nur das, sie hat dich freigegeben, Ori, alter Freund. Sie hat gesagt, dass sie dir nicht zur Last fallen möchte, dass du dir eine andere Frau suchen sollst.

Oris Augen wurden feucht. Auch wenn seine Mission höchste Priorität hatte, war er kein herzloser Idiot, und er hatte Dima damals wirklich geliebt.

Aber es war, wie es war.

Er war Jude und sie war eine Palästinenserin, was eine Liebe schon unmöglich gemacht hätte, außerdem war er beim Schin Bet, und jetzt war sie auch noch die Schwester eines einflussreichen Hamas-Kriegers.

Denk nicht mal dran. Ihr beide habt keine Zukunft, und du bist verheiratet, Ori. Sie gehört zum Feind, der deine Leute abschlachtet. Das sind alles Tiere.

Ori wischte sich die Tränen weg.

Dima nicht! Schäm dich, so was zu denken! Deine Frau hat recht, manchmal bist du blind vor lauter Vaterlandstreue.

Sein Handy klingelte, es war Noam.

Er hatte ein älteres Handy-Modell, was hier nicht auffiel. Es bot Platz für zwei SIM-Karten. Die zweite war die israelische, die aber verschlüsselt war und nur über einen Code oder Gesichtserkennung aktiviert werden konnte.

»*Shalom*«, nahm Ori das Gespräch an.

»*Shalom*, alter Freund, du scheinst ein richtiger Glückspilz zu sein.«

»Wieso?«

»Khalid Al-Asmari ist inzwischen ein angesehener Kommandant bei der Hamas. Er hat ein Kommando angeführt, welches Hunderte Feiernde beim Supernova-Festival angegriffen, ermordet, abgeschlachtet und als Geiseln genommen hat. Er ist zum Abschuss freigegeben.«

»Er kann uns zu den Geiseln führen. In einer Stunde treffe ich mich mit seiner Schwester. Über sie komme ich an Khalid ran, dann folge ich seiner Fährte. Ich bin mir sicher, dass hier in Chan Junis Geiseln gefangen gehalten werden.«

»Gut, aber sei vorsichtig, vollbring keine Heldentaten und erschieß ihn, wenn es brenzlig wird. Bring dich nicht selbst in Gefahr.«

»Mach ich nicht, du kennst mich doch.«

»Deshalb sage ich es ja. Erinnerst du dich noch an deinen Spitznamen?«

»An welchen?«

Noam lachte, antwortete dann: »Esel.«

Jetzt lachte auch Ori, weil er wusste, worauf Noam anspielte. Ori setzte gern stur seinen Willen durch und war deswegen schon des Öfteren mit ihren Vorgesetzten aneinandergeraten.

»Ich mache keine Dummheiten. Hast du mehr über den Typen herausgefunden, der mich im Apartment aufgesucht hat?«

»Leider noch nicht. Ich bin dran, aber über ihn steht nichts in unserer Datenbank. Er muss zu einer Gruppe des Mossad gehören, die keine Berichte an den Schin Bet schreiben muss. Avi spielt ein doppeltes Spiel.«

»Was für eine Überraschung!« Ori schüttelte nur den Kopf und musste wieder mal an Walsh denken, der ihn vor Avi gewarnt hatte.

»Morgen Früh um neun Uhr gibt es eine Besprechung mit Avi und dem Team. Du musst anwesend sein.«

»Worum geht es?«

»Um eine zweite Spezialoperation.«

»Und das heißt?«

»Weiß ich nicht. Niemand weiß es, aber es heißt, dass Avi noch ein verdeckt operierendes Team in den Gazastreifen schicken will, um gezielt Hamas-Anführer zu töten.«

»Riskieren wir damit nicht das Leben der Geiseln?«

»Logisch, aber Avi und die Regierung, vor allem Bibi, wollen diese einmalige Gelegenheit nutzen, um alle Hamas-Köpfe zu eliminieren, koste es was es wolle. Tote Palästinenser sind völlig vernachlässigbar, aber inzwischen nimmt die Regierung auch den Tod der Geiseln in Kauf, um die Hamas vollständig zu vernichten.«

Ori schüttelte entsetzt den Kopf. Dass die israelische Regierung wirklich das Leben der Geiseln aufs Spiel setzte, um ein übergeordnetes Ziel zu erreichen, war kaum zu ertragen. Daher war es umso wichtiger, dass seine Mission ein Erfolg wurde und er herausfand, wo die Geiseln gefangen gehalten wurden. Er wollte so vielen wie möglich das Leben retten.

»Ich muss los«, sagte Ori.

»Wohin gehst du?«

»Ich treffe mich mit Khalids Schwester am Strand des Alleight Beach Resorts.«

»Vergiss nicht, morgen, neun Uhr. Und triff keine Entscheidungen aus dem Herzen.«

»Mach ich nicht«, antwortete Ori. Er wusste genau, worauf Noam anspielte. Schließlich war Noam der Einzige, der von Oris Affäre mit Dima wusste.

Ori hatte noch eine Dreiviertelstunde. Er brauchte eine Fahrgelegenheit, da er kein Auto hatte. Er verließ die Wohnung, ging zum Taxistand, stieg in den erstbesten Wagen und ließ sich zum Strand fahren.

Auf den Straßen war die Nervosität der Bevölkerung spürbar. Immer mehr Binnenflüchtlinge erreichten die Stadt. Ansonsten deutete wenig darauf hin, dass die Menschen um ihr Leben fürchteten. Vermutlich glaubten viele immer noch, dass Israel die Angriffe auf die Stadt Gaza begrenzen würde.

Welch trügerische Sicherheit!

Das Taxi erreichte den Strand. Ori bezahlte und lief zur Strandpromenade, dann weiter zu der Stelle, an der er Dima das letzte Mal getroffen hatte.

Sie war nicht da.

Er schaute auf seine Uhr.

Sie hatte noch fünfzehn Minuten.

Ori sah einen Mann, der Luftballons verkaufte. Er ging zu dem Verkäufer und kaufte ihm einen Ballon ab, dann ging er zurück zum vereinbarten Treffpunkt. Wenig später sah er Dima. Sie kam in seine Richtung.

»*Salam*«, begrüßte er sie und streckte ihr den Ballon entgegen. »Für dich.«

»*Salam*. Was ist mit deinem Gesicht passiert?«

Dima wirkte besorgt.

»Nichts, nur eine kleine Auseinandersetzung mit einem Kunden, der seine Rechnung nicht zahlen wollte.«

Dima schien misstrauisch. Sie glaubte ihm nicht, das war offensichtlich. »War das mein Bruder?«

»Nein, wieso sollte dein Bruder mich schlagen?«

»Weil ich dich noch immer mag. Weil ich nie aufgehört habe, dich zu mögen.«

Die Worte trafen Ori, berührten ihn. Schnell wischte er die aufkommenden Emotionen beiseite. Für Gefühle war hier kein Platz.

»Sollen wir ein paar Meter gehen?«, fragte Ori.

»Ich sollte mir deine Wunden ansehen.«

»Du musst dir keine Sorgen machen, mir geht es gut. Und ehrlich, dein Bruder hat nichts damit zu tun. Du solltest dir den Idioten ansehen, der die Rechnung nicht bezahlen wollte«, scherzte Ori.

Dima wirkte immer noch nicht überzeugt.

»Gibt es noch dieses süße Café am Ende der Promenade?«

»Ja. Aber ich würde gern einfach nur am Wasser entlang spazieren gehen. Wenn du magst.«

»Hört sich gut an.«

Beide gingen ein paar Meter, ohne ein Wort zu sagen.

Ori wusste nicht, warum er das tat, aber plötzlich griff er nach Dimas Hand. Sie zog sie nicht weg. Händchen haltend gingen sie den Strand entlang.

Ori wusste jetzt, dass Dima ihm noch immer vertraute, was es ihm einfacher machte, ihr Informationen über Khalid zu entlocken. Auch wenn sich das irgendwie nicht richtig anfühlte, durfte er nicht vergessen, warum er hier war. Khalid war ein eiskalter Hamas-Terrorist, der unschuldige Menschen ermordet hatte und weitere gefangen hielt.

Die Sonne schien, der Himmel war wolkenlos, leise plätscherte das Meer und zwei Möwen flogen über ihre Köpfe hinweg. Die juckte es nicht, ob das hier Gaza war und einige Kilometer weiter der Strand von Israel lag, sie kannten keine Grenzen. Sie flogen, wohin die Flügel sie trugen.

Etwas, was Dima niemals tun könnte. Sie war dazu verdammt, in Gaza zu bleiben. Weil es Menschen wie ihren Bruder gab, die Menschen wie Ori tot sehen wollten und ihnen jedes Existenzrecht absprachen, weil sie Juden waren.

Glückliche Möwen, dachte Ori. *In einem anderen Leben, an einem anderen Ort hätten wir zwei ebenfalls glücklich sein können*, war ein anderer Gedanke.

Sie gingen weiter, hielten sich an den Händen, dann blieb Dima stehen und zog ihre Schuhe aus.

»Ich liebe es, den Sand zwischen meinen Zehen zu spüren.«

Ori zog ebenfalls seine Schuhe aus, als er sah, dass plötzlich sieben bewaffnete Männer auf sie zukamen.

Kämpfer der Hamas.

»Bleib hinter mir! Die schickt bestimmt mein Bruder«, sagte Dima und stellte sich schützend vor ihren Freund, dabei war es doch Ori, der sich schützend vor sie hätte stellen müssen.

»Ich komme mit, aber lasst Samer in Ruhe!«, rief Dima den Hamas-Kämpfern zu.

Ori wäre am liebsten in die Offensive gegangen, aber was hätte er gegen sieben bewaffnete Hamas-Terroristen ausrichten können?

Die Männer antworteten nicht, stattdessen traten vier davon vor. Zwei packten Ori unsanft, zwei Dima.

»Lasst uns los! Khalid Al-Asmari ist mein Bruder. Was wagt ihr euch, mich anzufassen!«, brüllte Dima.

Ori sah, dass einer der Kämpfer kurz überheblich lächelte, jedenfalls kam es ihm so vor.

»Lasst sie los, verdammt noch mal!«, rief nun Ori. »Ihr wollt doch mich. Ich komme mit. Aber sie lasst ihr gehen!«

»Nein, Samer! Die werden dich töten. Ich will mit

meinem Bruder sprechen«, rief Dima mit Verzweiflung in der Stimme.

Ori versuchte, sich aus der Umklammerung zu lösen, sah er doch, dass die zwei Männer Dima wegzerrten. Einer stopfte ihr ein Stück Stoff in den Mund, damit sie nicht mehr schreien konnte.

»Lasst sie los!«, rief Ori. Er schlug auf einen der Kämpfer ein, aber der andere drosch mit dem Griff seines Maschinengewehrs auf Oris Rücken ein, Ori stürzte zu Boden.

»Was wehrst du dich, du Trottel?«, hörte er einen der Kämpfer sagen, was irgendwie seltsam war. Dann sah er, wie ein harter Knüppel auf seinen Kopf zuraste, spürte, wie sein Kopf förmlich explodierte. Ori verlor das Bewusstsein.

27

Walsh hatte Joe eine Nachricht geschickt: Joe musste alles über Khalid Al-Asmari herausfinden.

Ali hatte ihm Khalids Nachnamen verraten und auch, dass Khalid bei der Hamas enormen Einfluss hatte. Es hieß, Khalid wäre ein Held, der viele jüdische Geiseln nach Gaza verschleppt und viele weitere Juden getötet hatte. Dann hatte Ali Walsh ermahnt, vorsichtig zu sein, denn jemanden wie Khalid wollte man nicht zum Feind haben.

Walsh würde vorsichtig sein, aber er musste sich an Khalids Fersen hängen. Möglicherweise würde Khalid ihn zu Uri Pereetz führen.

Gerade lief Walsh durch das Stadtzentrum von Chan Junis. Er suchte ein Café, in dem er sich unauffällig umhören könnte, bevor er zum Krankenhaus gehen und nach den Tunneleingängen suchen würde, von denen Ali erzählt hatte.

Er sah ein Café, auf dessen Terrasse viele junge Männer saßen.

Gut, dachte Walsh, *junge Männer sind gesprächiger als ältere.*

Er nahm auf der Terrasse Platz.

Zwei Männer am Nebentisch beäugten ihn kurz.

»*Salam*«, grüßte Walsh die beiden Männer.

»*Salam*«, antworteten die beiden.

Walsh gab beim Kellner seine Bestellung auf.

»Kenne ich dich?«, fragte der etwas rundlichere der beiden Männer, die am Nebentisch saßen.

»Vielleicht kennst du meinen jüngeren Bruder, Faisal. Er ist kleiner und viel hübscher als ich.«

»*Habibi*, klar kenne ich Faisal. Das ist dein Bruder?«, antwortete der schlankere.

»Ja, ich suche ihn. Unsere Mutter macht sich große Sorgen um ihn.« Dass die beiden ihn angesprochen hatten, kam Walsh mehr als gelegen. Er würde sie in ein Gespräch verwickeln und hoffte, ihnen dabei wertvolle Informationen zu entlocken. Beide hatten noch nicht mal gefragt, wie Faisal mit Nachnamen hieß.

»Du meinst einen anderen Faisal. Faisals Mutter lebt in Rafah«, antwortete der kräftigere Mann.

»Faisal Wadi, so groß wie du, deine Statur«, sagte Walsh, an den schlankeren gerichtet.

»*Habibi*, den kenne ich nicht. Lebt er hier?«

»Ja, hier und in Gaza-Stadt hat er sich oft aufgehalten. Aber seit einer guten Woche haben wir keinen Kontakt mehr zu ihm.«

Der Kellner brachte die Bestellung.

»Nicht, dass die Judenhunde ihn getötet haben. Gaza-Stadt steht unter massivem Beschuss.«

»Ich weiß. Ich kann nur hoffen, dass er es irgendwie doch nach Chan Junis geschafft hat, gemeinsam mit den vielen anderen Flüchtlingen. Schließlich greifen die Hunde nur den Norden an, weil die Hamas dort Geiseln gefangen halten.«

»Du irrst dich, *Habibi*, viele sind auch hier. Sie werden auch diese schöne Stadt nicht verschonen, also genieße deinen Tee und das schöne Wetter, solange du kannst, aber nicht zu lange. Schlag dich nach Rafah durch. Wir haben unsere Sachen bereits gepackt und werden das Weite suchen, sobald die erste Bombe hier einschlägt.«

»Was hoffentlich nicht passieren wird«, entgegnete der schlankere Mann.

»Sein nicht dumm, *Habibi*. Die Zionisten werden sich das nicht nehmen lassen. Aber wir werden erbittert zurückschlagen. Ich vertraue der Hamas, dass sie uns auch durch diese dunklen Tage führen wird.«

»*Inschallah*«, antwortete Walsh. »Ich hoffe, dass unsere Brüder die Geiseln an einem Ort verstecken, wo die jüdischen Hunde sie nicht finden. Und wenn, dann hoffe ich, dass unsere Krieger sie töten, bevor die Juden sie in die Hände bekommen.«

»Mach dir keine Sorgen, *Habibi*, welches bessere Versteck als das Krankenhaus und die Schulen gibt es, um Hunde zu verstecken? Die Juden werden sie niemals finden. Entweder sie gehen auf unsere Forderungen ein und entlassen alle Hamas-Krieger aus den zionistischen Gefängnissen oder die zionistischen Hunde werden sterben.«

»*Inschallah*«, wiederholte Walsh und hatte eine zweite Bestätigung, dass unter dem Krankenhaus vermutlich Geiseln gefangen gehalten wurden. Das mit der Schule war ebenfalls eine interessante Neuigkeit, auch dort würde Walsh nach Uri suchen.

»Wir müssen los, *Habibi*. Wir beten zu Allah, dass dein Bruder wieder mit dir und deiner Mutter vereint sein wird. Wenn nicht hier, dann im Paradies.«

»*Inschallah*«, sagte Walsh, nickte bestätigend und verabschiedete sich von den beiden.

Er leerte sein Teeglas, zahlte die Rechnung, fragte nach der Toilette, dann schloss er sich dort in einer Kabine ein, nahm die Kontaktlinsen aus dem Behälter und platzierte sie in die Augen.

Es war an der Zeit, herauszufinden, was diese Linsen konnten, und sobald er einen der Tunneleingänge erreicht hatte, würde er die Fliegendrohne auf den Boden stellen und sie von Joe in den Tunnel steuern lassen. Zuletzt klebte er sich ein kaum drei Millimeter großes, hautfarbenes Mikro ans Ohr. Es klebte im Inneren der Ohrmuschel, konnte sich nicht von selbst lösen und man sah es nicht.

»Joe, hörst du mich?«, fragte er leise auf Arabisch.

»Klar und deutlich. Endlich.«

»Die Sprachübersetzung klappt?«

»Willst du mich ärgern? Das ist keine 08/15 Sprachübersetzung von Google. Ich habe das Programm mithilfe von KI geschrieben. Nicht mal die CIA verfügt über so eine ausgeklügelte Technologie. Dein Arabisch wird perfekt ins Englische übersetzt. Ich habe es sogar noch raffinierter gemacht. Die Übersetzung wird in deinem Stimmton ausgegeben.«

»Du glaubst, ich würde mit dir auf Englisch sprechen?«

»Klar, oder hätte ich dir eine weibliche Stimme zuweisen sollen? Wäre dir das lieber?«, scherzte Joe.

»Ich gehe jetzt zu den Tunneln unter dem Krankenhaus. Du musst checken, was sich in ihnen befindet und ob es Sender oder Antennen gibt, bevor ich mich selbst reinwage.«

»Ich bin bereit, *Habibi*. Es gibt noch ein paar andere wichtige Informationen, was die Hacks anbelangt.«

»Nicht jetzt, das muss gerade warten. Hast du was über Khalid herausgefunden?«

»Bin dran. Es gibt Hinweise über ihn beim Schin Bet. Ori hat die Informationen angefragt.«

»Gut. Und nun Flüstermodus.«

Walsh verließ die Toilette und hörte immer lauter werdenden Lärm, der von der Straße kam.

Walsh lief zur Straße.

Während er auf der Toilette war, hatte sich eine Menschenmenge vor dem Café versammelt. Die dort Versammelten schrien herum und freuten sich, als gäbe es etwas Großartiges zu feiern.

»Was ist los?«, fragte er einen Mann, der neben ihm stand.

»Die Zionisten«, antwortete der junge Mann und strahlte übers ganze Gesicht.

Dann sah er einen Pick-up, der in ihre Richtung fuhr, ganz langsam, gefolgt von einer noch größeren Menschenmenge. Auf der Ladefläche des Pick-ups saßen einige Geiseln und Hamas-Kämpfer.

Die Menschen brüllten, verfluchten die Geiseln, schlimme Worte wurde geschrien. Als hätten diese Geiseln den Menschen persönlich etwas zuleide getan.

Eine junge Frau war unter den Geiseln. Sie trug kein Shirt, der BH war zerrissen, eine Brust ragte raus und sie blutete an der Stirn. Die Szene war geradezu abscheulich und Walsh fragte sich, warum man diese Frau so zugerichtet hatte. Schließlich waren die Geiseln bereits seit dem 7. Oktober in der Gewalt der Hamas und wie es schien, wurden sie nun hierher verlegt. Welchen Grund gab es da, diese Frau so zu demütigen und zur Schau zu stellen?

Terrorismus kann man nicht mit Verstand erklären, hatte Walsh auch schon die Antwort.

»Warum verlegt man diese Zionisten-Hunde?«, fragte Walsh den jungen Mann.

»Mir egal! Wenn es nach mir ginge, würde man sie totficken«, sagte der Mann und lachte.

Walsh tauchte in der Menschenmenge unter und folgte dem Pick-up, denn er wollte wissen, wohin man die Geiseln brachte.

Es war nicht eine Person unter den Zuschauern, die die Aktion kritisierte oder auch nur zu missbilligen schien. Man hatte den Eindruck, ganz Gaza wäre voll mit Hamas-Sympathisanten.

Immer mehr Menschen drängten sich an die Straße, auch Frauen.

Sie kamen an Alis Barbershop vorbei, Walsh sah, dass Ali am Fenster stand und hinausschaute. Seine Miene war wie versteinert. Es brauchte keine Worte, um zu wissen, dass er einer der Wenigen war, der diese barbarische Aktion nicht guthieß.

Er folgte weiterhin dem Pick-up, dessen Fahrer keine Anstalten machte, schneller zu fahren. Wie es schien, genossen die Hamas-Terroristen den Jubel der Menge.

»Zionistische Hure«, schrie eine Frau und warf einen Hausschuh auf die junge Frau, die keine Regung zeigte. Vermutlich hatten die Hamas-Krieger ihren Willen längst gebrochen.

Der Wagen stoppte vor einem Gebäude.

»Wie können Menschen so abartig sein«, hörte Walsh Joes entsetzte Stimme. »Keine 200 Meter von hier liegt das Krankenhaus.«

Walsh antwortete nicht, aber Joes Information war Gold wert, denn genau dorthin wollte er als Nächstes. Wenn die Hamas diese Geiseln in den Tunneln unterhalb des Krankenhauses versteckt hielt, war es möglich, dass auch Uri dort gefangen gehalten wurde.

Einige Männer kamen aus dem Gebäude. Walsh drehte sich sofort um, erkannte er doch Khalid. Walsh ging tiefer in die Menschenmasse hinein, damit Khalid ihn nicht sah.

»Geht nach Hause!«, rief Khalid. »Und zieht der Frau was an«, brüllte er die Hamas-Kämpfer auf dem Pick-up an.

Die Menge blieb ungerührt dort, wo sie war, doch einer der Hamas-Kämpfer reichte der Frau eine Abaya, die auf der Ladefläche lag. Vermutlich hatte die Frau sie getragen, bevor die Terroristen sich dazu entschieden hatten, sie ihr auszuziehen.

Und als sie sich gewehrt hat, hat man ihr die Verletzung zugefügt, glaubte Walsh den Grund für die Kopfwunde nun zu kennen. Hass konnte Menschen zu wilden Tieren machen. Walsh erlebte es gerade hautnah.

»Geht alle nach Hause«, wiederholte Khalid, diesmal lauter. Er streckte die Waffe in die Höhe, als wolle er einen Warnschuss abgeben.

Die Menge jubelte ihm zu.

»Khalid, unser Held«, riefen sie mehrmals, dann löste sich die Menschentraube allmählich auf. Auch Walsh entfernte sich, im Schutz der Menge.

»Drohne ist aktiv«, flüsterte er und fischte die kleine Fliege aus der Hosentasche. Dann legte er sie auf einem großen Stein am Wegrand ab und ging weiter.

»Übernommen. Du kannst den Flug der Drohne

auch sehen. Ich habe das Bild in die linke untere Ecke deiner Kontaktlinsen projiziert«, antwortete Joe.

Walsh sah einen virtuellen Bildschirm, der die Sicht der Drohne wiedergab. Diese Linsen waren wirklich beeindruckend. Sie erinnerten ihn ein wenig an die Virtual-Reality-Brillen von Facebook oder Apple, nur dass diese Technik in viel kleineren, dünnen Linsen steckte. Der Preis von 30.000 Euro für diese Hightech-Linsen schien mehr als gerechtfertigt. Walsh war sich sicher, dass die künstliche Intelligenz in den nächsten Jahrzehnten dramatische Veränderungen für die Menschheit mit sich bringen würde. Daran, ob sie alle positiv sein würden, hatte er seine Zweifel.

»Soll die Drohne dem Wagen folgen?«, fragte Joe.

Der Pick-up war deutlich zu erkennen. Er war ein ganzes Stück von Walsh und der Drohne entfernt, aber dank der Zoomfunktion der Linse konnte Walsh ihn gut sehen.

»Ja, und ich bleibe auch dran«, beantwortete er Joes Frage. »Aber falls ich den Pick-up aus den Augen verliere, haben wir noch die Drohne. Ich weiß von verschiedenen Eingängen in die Tunnelanlage der Hamas, aber wenn wir Glück haben, dann bringen die Kämpfer die neuen Geiseln ins selbe Versteck, in dem sie Uri gefangen halten.«

»Macht Sinn. Schön, wieder im Team zu arbeiten«, antwortete Joe. Walsh konnte heraushören, wie erleichtert Joe war, Walsh endlich live unterstützen zu dürfen.

Walsh folgte dem Pick-up in sicherer Entfernung und achtete darauf, nicht aufzufallen. Nurmehr wenige Personen folgten dem Wagen. Khalids subtile Drohung mit dem Gewehr hatte Wirkung gezeigt.

Der Pick-up erhöhte die Geschwindigkeit, und Walsh wusste, dass er gleich nicht mehr Schritt halten konnte, wenn er nicht anfing zu rennen. Aber das hätte ihn verdächtig gemacht.

Ein Junge stieg gerade von seinem Fahrrad.

»Verkaufst du mir dein Rad?«, fragte Walsh.

»Wieso sollte ich?«

Walsh zückte ein Bündel Schekel.

Die Augen des Jungen wurden groß, und als Walsh ihm das Geld hinstreckte, nahm er es und sagte: »Ich kann dir noch eins bringen.«

»Eins reicht«, antwortete Walsh, nahm das Fahrrad und radelte los.

»Die Drohne ist dran, Bro. Ich habe dir das Navigationssystem aktiviert, sodass du ihr folgen kannst. Du siehst es rechts unten auf dem virtuellen Bildschirm«, hörte er Joe sagen.

Und wieder behielt Joe recht. Das virtuelle Navi dirigierte ihn durch die Straßen von Chan Junis. Walsh fuhr nicht zu schnell, blieb aber dran.

Auf dem Bildschirm sah er, dass der Pick-up stoppte.

Die Drohne flog nach rechts und landete auf einem Ast, von wo aus man einen guten Überblick über das Geschehen hatte.

Walsh radelte weiter, sah aber, dass der Pick-up nicht in der Nähe des Krankenhauses war.

»Kannst du rauszoomen?«, fragte Walsh.

»Kleinste aller Übungen«, antwortete Joe, und die Ansicht, die die Drohne lieferte, vergrößerte sich.

»Ist das eine Schule?«

»Moment, das haben wir sofort.«

Auf dem virtuellen Bildschirm vor Walshs Augen

erschienen Informationen über das größere Gebäude. Es war tatsächlich eine Schule, vergleichbar einem Gymnasium oder einer High School in den USA.

Die Hamas-Kämpfer kletterten von der Ladefläche des Pick-ups und zwangen die Geiseln, ebenfalls vom Fahrzeug zu steigen. Ein junger Mann stolperte dabei und stürzte zu Boden, woraufhin einer der Hamas-Kämpfer mit seinen schweren Stiefeln auf ihn eintrat und ihn anschrie, er solle aufstehen. Dann spuckte er ihn an. Hastig rappelte sich der junge Mann auf. Seine Hände und Knie bluteten. Die Angst stand ihm ins Gesicht geschrieben, aber er wagte nicht, etwas zu sagen.

»Mitkommen«, brüllte einer der Terroristen auf Arabisch.

Die Geiseln folgten den Kämpfern.

»Bleib an ihnen dran«, sagte Walsh.

»Bin dabei.«

Die Fliegendrohne setzte ihren Flug fort, folgte der Gruppe.

Walsh stieg vom Fahrrad und ging zu Fuß weiter, in sicherem Abstand.

Seine Waffe hielt er in der Hand, entsichert, für den Fall der Fälle.

Die Gruppe betrat die Schule.

Walsh war keine dreißig Meter hinter ihnen, keiner der Hamas-Kämpfer stand Schmiere vor dem Eingang, sodass Walsh beschloss, die Schule zu betreten.

»Bist du sicher?«, fragte Joe, als ahne er, was Walsh vorhatte.

»Ganz sicher, ich kann die Gelegenheit nicht verstreichen lassen.«

»Was, wenn da noch mehr Hamas-Kämpfer sind? Willst du nicht erst abwarten, was die Drohne im Tunnel herausfindet?«

»Keine Sorge, ich suche Deckung in der Schule. Warten ist gerade keine Lösung.«

»Wirst du die Terroristen töten?«

»Ich weiß es nicht«, antwortete Walsh, dabei hatte er genau das vor, falls die Kämpfer sich ihm in den Weg stellen sollten.

Er betrat die Schule, die Waffe nach vorn gerichtet, sein Blick wanderte von rechts nach links. Walsh sah niemanden. Vom Flur zweigten weitere Gänge ab, dazu einige Türen, rechts und links.

Kein Lärm! Keine Schüler! Haben sie frei, wegen des Krieges?

»Was machst du hier?«, rief plötzlich eine Stimme.

Jemand war hinter ihm!

28

Uri hatte kein Auge zugetan, aber nicht, weil die Matratze, auf der er schlafen musste, alt, dreckig und durchgelegen war, sondern weil er an den Plan der beiden anderen Geiseln denken musste, die eine passende Gelegenheit nutzen und die Hamas-Kämpfer überwältigen wollten.

Was hatten sie zu verlieren?

Sie würden so oder so sterben. Daran, dass sie hier lebend rauskommen würden, konnte er an diesem Morgen nicht mehr glauben. Gerade fühlte er sich schlecht, total niedergeschlagen. Er vermisste seine Mutter, seinen Vater, seine Freunde, sein Kibbuz – und vor allem vermisste er Nina.

Nie zuvor hatte er einen Menschen wie sie getroffen und solche Gefühle gehabt wie für sie. Sie war seine Traumfrau. Mit ihr wollte er eine Familie gründen, nur mit ihr. Dass sie Christin war, war ihm völlig egal.

Viele würden glauben, dass er zu jung wäre, sich der Verantwortung, die mit solch großen Worten einherging, nicht bewusst war. Aber diese Menschen irrten sich. Uri war für sein Alter von siebzehn Jahren schon sehr reif, und wenn Nina wie er fühlte, würde er ihr einen Heiratsantrag machen, das stand für ihn außer Frage.

Diese Tage, diese Wochen in Gefangenschaft, hatten

ihm bewusst gemacht, wie kostbar Liebe, Freude und Glück waren. Und wie schön es war, am Leben sein zu dürfen. Uri wollte leben, nicht nur für sich, sondern auch für alle, die ihn liebten.

Aber durfte er dann ein so großes Risiko eingehen?

Es konnte so viel schiefgehen, das wusste er. Gerade weil sie nicht wussten, wie viele Hamas-Kämpfer im Tunnel waren. Und sollten sie es aus dem Tunnel herausschaffen, was dann? Sie waren irgendwo in Gaza und die Bevölkerung war ihnen gegenüber feindlich eingestellt.

Uri erinnerte sich nur zu gut daran, wie die Leute in Gaza ihn angeschrien hatten, als die Hamas ihn auf der Ladefläche eines Pick-ups an ihnen vorbeigekarrt hatte wie eine Jagdtrophäe. Sie hatten mit Schuhen nach ihm geworfen, was in der arabischen Kultur eine Geste totaler Ablehnung darstellte. Einige hatten sogar mit Steinen geworfen, und die Terroristen hatten nichts dagegen getan. Sie hatten es geschehen lassen, bis der Kommandant eingeschritten war und die anderen Hamas-Kämpfer angeschrien hatte: »Wir sind keine Tiere. Wollt ihr, dass solche Bilder um die Welt gehen? Wie könnte das unserer Sache dienlich sein?« So gut war Uris Arabisch, dass er das verstanden hatte. Doch dabei vergaß dieser Kommandant, dass sie an dem Tag, an dem sie in Israel einmarschiert waren und unschuldige Menschen getötet hatten, jedes Recht auf Menschlichkeit verwirkt hatten.

Die beiden Männer, die einen Fluchtversuch wagen wollten, sahen zu Uri herüber. Einer von ihnen nickte kurz, und Uri nickte unsicher zurück.

Binah bemerkte das, schaute Uri an und schüttelte

kaum merklich den Kopf. Gerade so, als würde sie ahnen, welche Dummheit die drei planten.

Uri würde nicht kneifen. Gleich, wenn das Frühstück gebracht wurde, würde er helfen, die Hamas-Kämpfer auszuschalten. So sehr er sich auch wünschte, das hier zu überleben, er wusste, dass nichts zu tun und zu hoffen, dass die IDF einen schon befreien würde, auch keine Lösung war.

Was, wenn Walsh kommt?, überlegte er, aber dieser Wunsch war noch viel naiver. Wer konnte von einem Zivilisten wie Peter Walsh erwarten, dass er allein in den umkämpften Gazastreifen eindrang, um ihn, Uri Pereetz, zu befreien? Das wäre ein Selbstmordkommando.

Die Tür öffnete sich.

Zwei Männer betraten mit dem bescheidenen Frühstück, das aus Fladenbrot, Käse und Wasser bestand, den Raum und schlossen die Tür hinter sich zu.

Jetzt ist der Moment!, wusste Uri.

29

»Baran«, antwortete Walsh und schaltete den Minikommunikator, kurz MK genannt, der in seinem Ohr klebte, für einen Moment aus, indem er ihn mit dem Zeigefinger berührte. Es gab einen winzigen, manuell zu betätigenden Knopf, mit dem der MK deaktiviert werden konnte.

Walsh hatte bewusst einen neuen Namen erfunden, denn er wollte seinen anderen Decknamen, den er derzeit in Gaza nutzte, nicht verraten.

»Wir verlegen einige Geiseln. Das solltest du doch wissen«, entgegnete er auf die Frage, was er hier zu suchen hätte. Er machte sogar einen Schritt auf den Hamas-Kämpfer zu.

»Verzeih, *Habibi*, das stimmt. Ich hatte Geräusche gehört und dachte, ihr wärt noch auf der Straße, das Bad in der Menge genießen und so. Ich war kurz oben auf der Toilette«, erklärte der Kämpfer, aber die verschlafen dreinblickenden Augen verrieten Walsh, dass er ein kleines Nickerchen gemacht hatte, von dem niemand wissen durfte.

Auf dem virtuellen Bildschirm sah Walsh, dass keine Hamas-Kämpfer in der Nähe waren. Ob sich welche hinter den verschlossenen Türen befanden, konnte er nicht einschätzen, dennoch wollte er einige Informationen aus dem Krieger herauskitzeln, bevor er ihn töten würde.

»Das war uns leider nicht so richtig vergönnt. Khalid hatte was dagegen.«

Der Kämpfer verdrehte die Augen.

»Ist er immer so eine Spaßbremse? Wir haben immerhin Zionistenschweine hergebracht«, meinte Walsh.

»Khalid ist seine Ehre heilig. Er denkt, wir müssen die Geiseln gut behandeln, weil es Allahs Gebot ist. Ich sehe es wie du, *Habibi*. Diese Zionisten behandeln uns wie Tiere. Sie haben uns unser Land, unser Zuhause gestohlen, und sie halten uns hier wie in einem KZ. Sie haben jedes Recht verwirkt, wie Menschen behandelt zu werden. Aber Khalid ist sehr einflussreich, seit seinem Sieg in Israel sogar noch mehr. Mit ihm legt man sich besser nicht an.«

»Das habe ich auch nicht vor, *Habibi*. Ich bin nur ein einfacher Krieger, der im Dschihad ist. Haltet ihr in der Schule noch mehr Judenschweine gefangen?«

»Ja, einige. Aber unsere Kommandeure werden nervös, weil sie gehört haben, dass die IDF die Tunnel fluten will. Sie suchen schon nach neuen Verstecken. Wenn es nach mir ginge, würden wir sie alle abschlachten.«

»*Habibi*, du bist mein Bruder im Geiste. Ich küsse deine Augen«, antwortete Walsh. »Habt ihr denn keine anderen Verstecke hier? Der Norden ist nicht sicher. Wir werden noch mehr Geiseln in den Süden bringen.«

»Das müssen unsere Kommandeure entscheiden.«

»Was ist mit dem Krankenhaus?«

»Nein, da ist nur die Kommandozentrale. Einige sind in Tunneln versteckt, andere auch in Wohnungen, die uns treuen Leuten gehören. So können wir unsere

Brüder und Schwestern auch als Schutzschilde benutzen.«

»Das haben wir im Norden auch so gemacht. *Mashallah*. Habt ihr im Rechenzentrum die Namen der Geiseln, falls es zu einem Gefangenenaustausch kommt?«

»Ich bin nur ein Soldat, *Habibi*. Du fragst zu viel. Wer nicht fragt, der lebt weiter, das weißt du doch«, antwortete der Mann und wirkte plötzlich etwas misstrauisch. »Von welcher Einheit bist du?«

»Ich habe es mir auf die Brust tätowiert«, antwortete Walsh und tat so, als würde er sein Shirt hochziehen. Dabei machte er einen schnellen Schritt auf den Mann zu und schlug mit der Faust auf einen Nerv, der an dessen Hals verlief. Es ging so schnell, dass der Hamas-Kämpfer zu keinerlei Gegenwehr fähig war.

»Dieser Schlag auf den Nerv lähmt dich kurz«, sagte Walsh, dann drehte er dem Mann mit einer schnellen Drehung den Hals um, brach ihm den Halswirbel und tötete ihn schnell und schmerzlos.

Walsh fing ihn auf, damit er nicht zu Boden stürzte. Der Hamas-Kämpfer war deutlich kleiner als Walsh und schmächtig, weshalb es ihm keine große Mühe bereitete, ihn die Treppe hochzutragen. Er betrat einen Raum und versteckte die Leiche dort unter einem Tisch, dann verließ er ihn hastig wieder und konzentrierte sich nebenbei auf die virtuellen Bildschirme, die vor ihm erschienen.

»Was ist mit der Drohne?«, fragte Walsh, als er den MK wieder einschaltete, denn der Bildschirm war schwarz.

»Kein Empfang. Sie müsste irgendwo da auf dem Boden liegen«, erklärte Joe. »Bring sie bitte mit.«

»Das heißt, wir wissen nicht, was sich in dem Tunnel befindet?«

»Warst du eben abgelenkt? Hast du mich deswegen stumm gestellt?«

»Ich hatte eine kleine Auseinandersetzung mit einem Hamas-Kämpfer. Manchmal ist es besser, wenn du nicht alles mitbekommst.«

»Ich dachte, wir wären ein Team.«

»Sind wir auch. Sag mir lieber, wo die restlichen Hamas-Kämpfer sind.«

»Im Tunnel.«

»Hast du noch andere Krieger im Tunnel gesehen?«

»Nur einen. Der erste Abschnitt ist eng, danach wird der Tunnel sehr breit und er ist recht hoch. Ein Wagen kann durchfahren. Der Tunnel hat zwei Abzweigungen, so viel konnte ich noch sehen, bevor der Empfang verloren ging. Wie lange hast du dich denn mit dem Kämpfer unterhalten?«

»Ich gehe in den Tunnel«, verkündete Walsh und blieb Joe eine Antwort schuldig.

»Was? Und was ist, wenn sie wieder rauskommen? Willst du nicht warten, bis sie draußen sind?«

»Nein, ich verliere nur Zeit. Im Augenblick werden sie mit den Geiseln beschäftigt sein. Wenn, dann muss ich jetzt dort runter.«

»Dass ich das für eine schlechte Idee halte, muss ich wohl nicht erwähnen.«

»Das ändert zumindest nichts an meiner Entscheidung.«

»Du bist so berechenbar.«

Walsh lief los.

»Welcher Flur führt zum Tunnel?«

»Der zweite, dann durch die dritte Tür gehen, dort ist ein separater Raum, hinter dem großen Klassenzimmer. Dort findest du den Eingang. Du musst nur den Teppich zur Seite schieben.«

Walsh erreichte den gesuchten Raum und schob den Teppich beiseite. Nun konnte er die Falltür sehen. Er öffnete sie und stieg hinab in den Tunnel, die Waffe entsichert in der Hand.

»Du wirst gleich keinen Empfang mehr haben, das heißt, ich kann dich dort unten nicht mehr unterstützen.«

»Danke für die Warnung.«

»Dieser Unterton«, seufzte Joe. »Denk an meine Drohne. Wenn es dich schon erwischen sollte, dann befreie wenigstens sie.«

»Ich werde mir Mühe geben.«

Walsh folgte dem Tunnel, erreichte die Stelle, von der Joe gesprochen hatte, sah die Drohne, nahm sie und steckte sie in die Hosentasche.

»Hörst du mich noch?«

»Ganz schwach.«

»Welche Richtung haben die Terroristen eingeschlagen?«

»Sie sind nach links gegangen.«

»Gut, dann nehme ich den rechten Tunnel.«

»Muss ich nicht verstehen, oder?«

»Ein Gefühl sagt mir, dass sie irgendwo wieder zusammenlaufen.«

»Möglich.«

Walsh folgte dem rechten Tunnel, in dem schwaches Licht brannte, sodass er keine externe Lichtquelle benötigte. Das hieß, das in den Tunneln Leitungen verlegt worden waren. Vermutlich bezogen sie den Strom von der Schule, und sicherlich gab es auch Lüftungsanlagen, damit man sich über längere Zeit hier unten aufhalten konnte.

Dass die israelischen Geheimdienste nicht mitbekommen hatten, wie diese Tunnel gebaut wurden, war für Walsh gerade schwer nachzuvollziehen. Dieser hier war riesig, um die zweieinhalb Meter hoch und gute zwei Meter breit. Das bedeutete, dass unglaublich viel Sand rausgeschafft werden musste, wozu man schwere Maschinen brauchte. Dieser Bau hatte Monate, wenn nicht gar Jahre gedauert. Und wenn es Hunderte Kilometer Tunnel gab, dann gab es keinen logischen Grund, zu glauben, dass die israelische Regierung davon keine Kenntnis hatte. Oder die internationalen Hilfswerke wie die UNRWA, deren Vertreter sich im Land aufhielten. Etwas stank hier ganz gewaltig zum Himmel. Mit ein Grund, weshalb Walsh Zeit seines Lebens wenig von Politikern gehalten hatte.

Der Tunnel machte eine Linkskurve und bestätigte damit, was Walsh angenommen hatte. Beide Röhren würden wieder miteinander verschmelzen.

Er hörte Geräusche und verlangsamte das Tempo. Die Geräusche wurden lauter, kamen näher.

Walsh fand in der rechten Wand eine kleine Einbuchtung und verbarg sich in ihr.

»Sollen wir Wachen aufstellen? Mich wundert, dass Khalid keine Leute hier abgestellt hat«, hörte er jemanden sagen.

»Weil er wie wir jeden Mann woanders braucht und es nur einen Ausgang gibt. In der Schule hat er Kämpfer. Keine Geisel kommt hier lebend raus. Wir stellen jetzt niemanden ab, das soll Khalid machen. Ich brauche euch. Wir müssen weitere Geiseln herschaffen«, antwortete ein Mann, der vermutlich der Anführer war. »Die Tür ist doch abgeschlossen?«

»Ist sie, *Habibi.*«

»Dann kommen sie eh nicht raus. Khalids Problem, nicht unseres.«

Die Männer gingen an ihm vorbei. Walsh hielt den Atem an und hoffte, dass sie ihn nicht bemerken würden, da es zwar dunkel, aber nicht völlig finster war. Jedoch war die Einkerbung tief genug, dass man ihn nicht sehen würde, sofern man nicht bewusst nach rechts schaute.

Walsh zählte vier Hamas-Krieger, die an ihm vorbeizogen.

Er wartete noch etwas, ehe er aus der Deckung verschwand. Den Gedanken, die vier Terroristen zu töten, verwarf er, da er keine Spuren hinterlassen wollte. Je weniger Tote, desto unauffälliger konnte er sich in Gaza bewegen, was einen strategisch unschätzbaren Vorteil darstellte.

Walsh ging weiter, schaute immer wieder nach hinten, um nicht doch noch überrascht zu werden, aber er hörte weder Stimmen noch Schritte.

Er erreichte eine Stahltür. Es war die erste, die er sah. Die Geiseln mussten dahinter sein.

Hatte er Uri endlich gefunden?

Was mache ich mit den anderen Geiseln?, überlegte Walsh. Er konnte nicht alle aus Gaza schmuggeln. Uri allein, das war schon gefährlich, aber alle zu retten war unmöglich.

Die IDF muss sich drum kümmern. Joe wird ihnen die Koor-

dinaten schicken, beruhigte Walsh sein Gewissen und zog sein Spezialwerkzeug hervor, um das Schloss zu knacken.

Es dauerte etwas, bis ihm das gelungen war. Vorsichtig öffnete er die Tür.

Eine nackte Glühbirne an der Decke erhellte den Raum.

Die Geiseln blickten Walsh zum Teil erstaunt, zum Teil fragend, hoffend und ängstlich an.

Walshs Blicke wanderten durch den Raum, suchten Uri, dann blieben sie an einem jungen Mann hängen.

30

Ori machte sich große Sorgen um Dima. Dass ihr Bruder sie am helllichten Tag hatte entführen lassen, war kein gutes Zeichen, sagte Ori aber, dass Khalid mächtig unter Druck stehen musste. Und es verriet ihm, dass Khalid Ori immer noch nicht vertraute, obwohl er bis zum Verlust seines Bewusstseins bestritten hatte, ein israelischer Spion zu sein. Sein erster Gedanke war, zu Dimas Anschrift zu fahren und Khalid zur Rede zu stellen. Ihn zu fragen, warum er Dima für etwas büßen ließ, womit sie nichts zu tun hatte.

Oder er hat Sorge, dass Dima mir Dinge verraten könnte, die niemand wissen darf, auch kein Geschäftsmann aus dem Libanon.

Ori atmete hörbar aus und überlegte, was er tun sollte.

Er musste herausfinden, was mit Dima war, ob es ihr gut ging.

Die Frage war nur: Wie?

Ori war inzwischen wieder in der Innenstadt. Vor lauter Sorge um Dima hatte er sogar den eigentlichen Grund, aus dem er hier war, beinahe vergessen: die Geiseln und die Hamas-Attentäter. Er versuchte sich einzureden, dass er Dima brauchte, um an Khalid ranzukommen und so herauszufinden, wo die Geiseln gefangen gehalten wurden, aber er wusste, dass er sich selbst belog. Er suchte Dimas Nähe, weil er immer noch Gefühle für sie hatte. Das war ihm vorhin am Strand bewusst geworden, als sie wie ein frisch verliebtes Pärchen dem Strand gefolgt waren und sich dabei an den Händen gehalten hatten. Begleitet vom Meeresrauschen hatte sich für einen kurzen Moment alles richtig angefühlt. Bis ihn die erschreckende und bittere Wahrheit namens Naher Osten heimgesucht hatte.

So in Gedanken erreichte er die Straße, in der Dima wohnte. Er ging an dem Wohnblock vorbei und sah, dass vier Kämpfer der Hamas vor dem Hauseingang standen. Vor wenigen Tagen hatten sie das noch nicht getan. Sie sahen aber anders aus als jene Männer, die Dima entführt hatten. Die Uniformen, die sie getragen hatten, sahen irgendwie anders, neuer aus.

Ori sah einen Barbershop und beschloss hineinzugehen. Nicht, weil er unbedingt einen Haarschnitt oder eine Rasur benötigte, sondern um an Informationen zu gelangen. Da der Laden fußläufig nah an Khalids Wohnung lag, war es mehr als möglich, dass der diesen Laden regelmäßig frequentierte.

»*Salam*«, grüßte er, als er das Geschäft betrat.

»*Salam*, *Habibi*«, grüßte der kleine, rundliche Mann mit dem freundlichen Gesicht. Ori schätzte ihn auf Anfang dreißig. »Gut, dass du kommst! Wer hat dein schönes Gesicht ruiniert?«

»Wieso ruiniert?«

»Na, der Bart ist schief geschnitten und die Frisur hat Stufen, auf die jede Treppe neidisch sein kann.«

Ori musste schmunzeln, weil er das anders sah. Der Friseur hoffte sicherlich auf Umsatz.

»Dann mach mich wieder schön.«

»Nichts leichter als das. Du wirst dich danach vor den Blicken der schönen Frauen nicht retten können.«

»Mir reicht es, wenn ich das Herz einer Frau gewinne«, antwortete Ori und nutzte diese Steilvorlage.

»Das hört sich nach Herzschmerz an, *Habibi*. Mag sie dich nicht?«

»Doch, ich denke schon, aber ihre Familie ist das Problem. Vor allem ihr Bruder.«

»Du bist doch ein hübscher Kerl. Deine Kleidung und dein gepflegtes Erscheinungsbild sagen mir, dass du zudem gutes Geld verdienst. Warum mag dich der Bruder nicht?«

»Das musst du ihn fragen. Vielleicht, weil ich kein Palästinenser bin.«

»Woher kommst du?«

»Aus dem Libanon. Ich mache hier Geschäfte, und jetzt hänge ich hier fest und komme nicht raus. Aber das wäre mir egal, wenn ich nur meine Liebe in den Armen halten könnte.«

»Ich mache aus dir den perfekten Schwiegersohn. Mein Tipp: Du musst die Mutter auf deine Seite bringen, dann wird dich auch der Bruder als neuen Schwager akzeptieren.«

»Ihre Eltern sind leider tot. Sie lebt mit ihrem Bruder zusammen.«

»Das hört sich nach einem Problem an! Sag nicht, er ist bei der Hamas?«

»Als könntest du meine Gedanken lesen.«

»Sie heißt nicht zufällig Dima?«

»Wie kommst du darauf?«, reagierte Ori erschrocken und leicht theatralisch.

»Und du bist Samer?«

»Ja. Du kennst meinen Namen?«

»Dima ist mit meiner Cousine befreundet. Sie ist so ganz anders als Khalid. Du hast ihr das Leben gerettet, bist dann spurlos verschwunden. Es ist kein Tag vergangen, an dem sie nicht an dich gedacht hat. Sie hat viele Verehrer abgelehnt. Auch wenn sie es nicht offen zugegeben hat, ist meine Cousine sicher, dass Dima alle anderen Verehrer verschmäht hat, weil sie dich noch immer liebt.«

Ori schluckte. Das gerade Gehörte machte sein schlechtes Gewissen nur noch größer.

»Ich kümmere mich um deinen Bart, dann um deine Frisur, und dann überlegen wir gemeinsam, wie du Khalid davon überzeugen kannst, dass du der richtige Mann für Dima bist.«

Der Stuhl ging in die Horizontale und Ali rieb Oris Gesicht gerade mit Rasiercreme ein, als die Tür geöffnet wurde.

31

Uri war nicht unter den Geiseln gewesen.

Walsh hatte den Tunnel unbemerkt wieder verlassen.

Die Geiseln hatte er nicht retten können, es waren zu viele gewesen, und wie hätte er sie aus der Stadt schmuggeln sollen, ohne dabei seine ganze Mission zu gefährden?

Das Einzige, was er für die Geiseln hatte tun können, war Joe darum zu bitten, den GPS-Standort in einer verschlüsselten und anonymen Nachricht an Ori zu schicken.

Walsh war diese Entscheidung nicht leichtgefallen, zumal auch zwei Kinder unter den Geiseln waren und ein Mädchen mit großen Augen ihn erwartungsvoll angeschaut hatte, als würde sie wissen, dass er kein Terrorist war.

Aber er war auch nicht dort gewesen, um sie zu retten.

Verdammter Krieg, dachte Walsh. In diesem Augenblick hasste er sich dafür, dass er Nina versprochen hatte, Uri zu retten. Aber das war nicht der einzige Grund, warum er sich auf den gefährlichen Weg nach Gaza gemacht hatte. Der Hauptgrund war, dass Uri Ninas Leben gerettet hatte und Walsh damit in seiner Schuld stand. Walsh stand nicht gern in irgendjemandes Schuld. Hätte Uri Nina nicht das Leben gerettet, hätte

Walsh sich nicht auf diese gefährliche, idiotische und womöglich sogar tödliche Mission begeben. Nina wäre irgendwann über Uri hinweggekommen.

»Was machst du jetzt?«, fragte Joe und holte Walsh aus den Gedanken.

»Ich muss weitersuchen. Hast du denn noch nichts gefunden?«

»Wir haben Millionen Daten. Wir haben Skizzen und Angaben zu Hunderten Kilometern Tunnelsystem. Leider hatten wir aber auch einen kleinen Rückschlag zu verzeichnen.«

»Was ist passiert?«

»Der Mossad-Server hat eine versteckte Backdoor-Trap. Dieses kleine Mistvieh ist dazu da, Hacker in die Falle zu locken, und die Mossad-Programmierer erhalten Zugriff auf das System des Hackers. Ich habe in buchstäblich letzter Sekunde den Stecker gezogen. Wir können erst morgen einen neuen Angriff starten, wenn überhaupt. Möglich, dass wir keinen mehr starten können, dass wir bereits kompromittiert sind, falls die Programmierer des Mossad gemerkt haben, dass ich in die versteckte Falle getappt bin. Dann muss ich ins Gebäude des Mossad, um Zugriff zu erhalten.«

»Das schlag dir aus dem Kopf. Ich brauche dich dort, wo du jetzt bist. Bleib an den anderen Servern dran. Irgendwo wird es Informationen über die Geiseln geben.«

»Mach ich. Was wirst du machen?«

»Ich höre mich um.«

»Kann ich dir helfen?«

»Nein, gerade nicht. Ich denke, du hast genug zu tun.«

»Sei vorsichtig.«

»Bin ich immer.«

»Wenn ich das nur glauben könnte. Die Hamas wird früher oder später die Leiche in der Schule entdecken, dann wird es richtig gefährlich.«

»Es gibt keinen Grund anzunehmen, dass ich das war. Sie werden eher vermuten, dass Agenten vom Schin Bet oder der IDF in der Stadt sind, um die Geiseln zu befreien. Eine Annahme, die uns vielleicht sogar in die Karten spielen könnte.«

»Hast du dich mal im Spiegel angeschaut? Wenn ich dieser Khalid wäre, wärst du der Erste, den ich verdächtigen würde, IDF und Schin Bet hin oder her.«

»Du bist aber nicht Khalid. Ich bin *off*«, antwortete Walsh und befreite sein Ohr vom MK. Dann nahm er die Linsen aus den Augen, brannten sie doch langsam.

Walsh verstand Joes Sorge, zumal er Khalid bei Ali begegnet war und kurz darauf ein Hamas-Terrorist gestorben war. Das könnte für jemanden wie Khalid etwas zu viel Zufall sein. Dennoch fand er seinen Gedanken, dass Khalid glauben könnte, die IDF oder der Schin Bet wären in der Stadt, nicht sonderlich abwegig. Und darin sah er tatsächlich eine Chance. Möglich, dass die Hamas nervös wurde und die Geiseln verlegen würde.

Aber wird sich die Hamas nicht darüber wundern, dass die Geiseln im Tunnel nicht befreit wurden?, überlegte Walsh.

Nein!

Es gab Spähtrupps, die suchten die Geiseln, und es gab einen Befreiungstrupp, der erst dann zum Einsatz kam, wenn die Gefahr einer weiteren Geiselnahme minimiert war. So, wie er die IDF kannte, würden sie zuerst die Gebäude im Umkreis der Geiseln zerbomben. Die Anzahl der zivilen palästinensischen Opfer wäre dabei völlig unerheblich. Walsh mochte sich vielleicht irren, aber er hatte in der Vergangenheit schon öfter mit der IDF zu tun gehabt und kannte ihre Strategien.

Kurz überlegte er, ob er nicht doch in den Tunnel unter dem Krankenhaus suchen sollte, aber der Hamas-Kämpfer hatte gesagt, dass dort keine Geiseln wären. Stattdessen hielt man sie in der Stadt verstreut gefangen, und längst nicht alle in Tunneln, manche hatte man auch in Wohnungen untergebracht. Wenn es eine Liste mit potenziellen Verstecken geben würde und er darauf Zugriff hätte, könnte das die Suche beschleunigen.

Joe hatte die Server der Hamas gehackt, aber war noch nicht auf Informationen über Uri Pereetz gestoßen.

»Was, wenn diese dezentral gespeichert wurden?«, überlegte Walsh und schrieb Joe eine Nachricht.

Prompt kam die Antwort.

Eher unwahrscheinlich, es kann aber sein, dass einige Server nur lokal arbeiten, weil es keine gesicherte Verbindung aus einem Tunnel zum Hauptserver gibt und die Datenübertragung, der Abgleich, noch manuell erfolgt. Sprich copy and paste mit externen Festplatten.

Walsh musste an die Worte des Hamas-Kämpfers denken, der erwähnt hatte, dass unter dem Krankenhaus eine Kommandozentrale der Hamas sei.

War es möglich, dass sich dort ein Server befand, der autark arbeitete?

Könntest du dich in einen solchen Server hacken, wenn der hier in Chan Junis im Tunnel stünde?,

fragte er daher.

Ja, wenn du am Computer bist, dein Handy Empfang hat und du ein USB-Kabel mitgebracht hast, mit dem du Handy und Rechner verbindest. Wenn er aber in einer ihrer Kommandozentralen steht, wird er streng bewacht sein.

Kannst du an die Pläne der Anlage kommen?

Vielleicht sind die bei den Daten, die wir noch auswerten. Melde mich, wenn ich was habe.

Mach das. Hohe Prio.

Du wirst doch nicht wirklich …?

Ich halte mir alles offen,

antwortete Walsh und steckte das Handy weg.

Er wusste, dass es fast unmöglich war, sich allein bis zur Kommandozentrale durchzukämpfen. Der Tunnel bot den Hamas-Kämpfern einen strategischen Vorteil. Walsh beschloss, sich vorerst auf anderem Wege weitere Informationen zu besorgen.

Ali!

Ali schien eine Menge zu wissen. Möglich, dass er einiges über die Verstecke wusste, was er Walsh noch nicht erzählt hatte. Walsh fiel gerade auch keine bessere Lösung ein, weshalb er Richtung Alis Barbershop lief.

Das Straßenbild hatte sich längst wieder normalisiert. Von der Euphorie, die spürbar war, als der Pick-up die Geiseln gebracht hatte, war nichts mehr zu merken. Eher kam es Walsh so vor, als würde über der Stadt ein Schleier der Unsicherheit liegen, weil niemand wusste, wie weit die IDF gehen würde.

Walsh sah Alis Barbershop schon, als er Khalid mit einigen Männern erblickte. Sie hatten ihm den Rücken zugekehrt. Schnell betrat Walsh einen anderen Laden. Er wollte nicht, dass Khalid ihn sah, und erst recht nicht, dass er wusste, dass Walsh auf dem Weg zu Ali war. Möglich, dass Khalid sich fragen würde, warum er Ali nach so kurzer Zeit erneut aufsuchte.

Er musste sich so unauffällig wie möglich verhalten.

»Kann ich dir helfen?«, fragte der Händler. »Suchst du ein bestimmtes Buch?«

Jetzt erst bemerkte Walsh, dass er eine Buchhandlung betreten hatte.

»Was kannst du empfehlen?«, fragte Walsh.

»Der Junge, der vom Frieden träumte.«

»Hört sich spannend an, kaufe ich«, antwortete Walsh. Er sah immer wieder aus dem Schaufenster und registrierte erleichtert, dass Khalid und seine Männer sich entfernten.

Der Buchhändler, den Walsh auf Ende sechzig schätzte, reichte ihm das Buch.

»Michelle Cohen Corasanti?«, las Walsh den Namen der Autorin, hatte er doch damit gerechnet, dass der

Buchhändler ihm ein Buch eines arabischen Autors empfehlen würde.

»Eine tolle Autorin, eine Jüdin. Sie schreibt wunderbar. Es geht um das Schicksal eines jungen Palästinensers, der zwischen den Fronten des Krieges aufwächst und versucht, sich die Menschlichkeit zu bewahren.«

»Und das Buch ist hier nicht verboten?«

Der Händler lächelte.

»Nein, noch nicht. Ich wusste gleich, dass du weder von hier noch ein Hamas-Kämpfer bist.«

»Woher?«

»Deine Augen haben es mir verraten. Sie haben keinen Hass in sich, aber ich sehe Sorge in ihnen, und da ist auch noch etwas anderes. Ein Schleier, als würde es noch ein anderes Leben geben, welches du vor dir selbst versteckst.«

Walsh schluckte. So nackt hatte er sich selten gefühlt. Eigentlich nur bei seinem Großvater väterlicherseits, der ein großer Schamane des Stammes der Navajo war. Sein Großvater hatte immer gewusst, wie sich Walsh gefühlt hatte, was in ihm vorging und was ihn beschäftigte, obwohl Walsh nie auch nur ein Wort darüber verloren hatte.

»Ich kaufe das Buch«, sagte Walsh.

»Ich schenke es dir«, antwortete der Buchhändler.

»Das kann ich nicht annehmen! Was schulde ich dir?«

»Nur ein freundliches Lächeln. Möge Allah dich auf deinem Weg beschützen.«

»Danke«, antwortete Walsh, reichte dem Mann zum Abschied die Hand.

Der Mann ergriff sie. Er hatte einen sanften, warmen Händedruck, der zu seiner ruhigen Ausstrahlung und Stimme passte.

Walsh verließ den Buchladen und musste an die Worte seines Großvaters denken.

»Alles ist Energie, und wenn alles Energie ist, ist auch alles miteinander verbunden.«

Es war, als würde sein Großvater ihm diese Worte gerade eben wieder zuflüstern. Auch er hatte eine ruhige Ausstrahlung gehabt, wie der Buchhändler. Für andere mochte sich das verrückt anhören, aber Walsh war sicher, dass er noch immer mit der Energie seines Großvaters verbunden war, und dass sein Großvater auf ihn, den großen, kräftigen und furchtlosen Kämpfer, aufpasste. Dabei war er es, der auf alle anderen aufpasste.

Er erreichte den Barbershop, betrat ihn und sah, dass Ali gerade einen Kunden bediente, dem er den Bart rasierte.

»Du schon wieder? Hast du mich vermisst?«, begrüßte Ali Walsh freudig.

»So in etwa«, antwortete Walsh.

»Setz dich, ich kümmere mich noch schnell um diesen Mann, *Habibi*, dann bist du an der Reihe. Willst du einen Tee?«

»Gern.«

»Du auch?«

»Ja«, antwortete der Mann, der im Stuhl fast in der Horizontalen lag und Walsh nicht sehen konnte.

Walsh kam die Stimme irgendwie vertraut vor.

Ali entfernte sich, betrat den hinteren Bereich des Ladens. Walsh schaute sich unterdessen die Person auf dem Barbierstuhl an und beinahe wäre ihm etwas herausgerutscht. Den Gedanken, den Laden sofort wieder zu verlassen, verwarf er jedoch schnell, sah er doch, dass Ori ihn ebenfalls erkannt hatte. Er war nicht weniger überrascht.

Walsh hielt sich den Finger vor die Lippen. Ori nickte nur.

Ali kam mit drei Gläsern Tee zurück, reichte beiden je eines.

Walsh nahm Platz und gönnte sich einen Schluck, gleichzeitig fragte er sich, warum Ori ausgerechnet Ali aufgesucht hatte.

Zufall?

Walsh glaubte nicht an Zufälle. War es möglich, dass Ali viel mehr war, als er bisher angenommen hatte?

War Ali ein Spion des Schin Bet?

Walsh wollte es nicht ausschließen. Dass er Ori ausgerechnet hier über den Weg gelaufen war, war nicht erfreulich, aber vielleicht konnte er daraus irgendwie Kapital schlagen.

»Samer, das ist Nabil. Er sucht seinen Bruder, der Faisal heißt. Vielleicht kennst du ihn.«

»Faisal? Wie weiter?«

»Faisal Wadi.«

»Sagt mir nichts. Tut mir leid.«

»Schade, war einen Versuch wert«, sagte Ali und trank auch einen Schluck Tee, bevor er sich wieder an Oris Bart zu schaffen machte.

Walsh trank seinen Tee und verhielt sich so, als würde er Ori nicht kennen, während Ali aus seinem Leben berichtete.

Ali erzählte von seinem Cousin, der in Hebron lebte, in Zone H2, wo auch 800 jüdische Siedler lebten, schwer bewacht von der israelischen Armee. Und davon, wie schwierig es jedes Mal für seinen Cousin sei, in sein Haus zu gelangen, gab es doch drei militärische Checkpoints auf diesem kurzen Wegstück. Manchmal würde er mehr als eine Stunde für diese Strecke benötigen, und ein Auto durfte er auch nicht benutzen, da dies in der Ecke nur den jüdischen Siedlern vorbehalten war. Pure Schikane und eine reine Machtdemonstration. Seit Neuestem, sagte er, würden die radikalen Siedler in Reservistenuniformen seinen Cousin und die anderen Palästinenser mit Waffen bedrohen. Es hatte sogar schon Tote gegeben.

»Mein Cousin ist ein Aktivist. Er wünscht sich doch nur Frieden. Aber wenn man jeden Palästinenser als Feind sieht, wie soll es da je Frieden geben? Auf unserer Seite, hier in Gaza, ist es genauso. Auch hier sieht die Hamas jeden Juden als Feind. Aber es gibt auch gute Juden, wie diese Frau«, sagte Ali und deutete auf das Cover von Walshs Buch, das neben ihm lag.

»Kennst du das Buch?«

»Ich liebe dieses Buch, habe es geradezu verschlungen. Aber es wäre besser, du versteckst es, *Habibi.* Hast du es von Ali?«

»Ich kenne den Namen des freundlichen Buchhändlers nicht, aber ich habe es unweit von deinem Laden erhalten.«

»Das ist Ali. Er heißt wie ich. Wir Alis sind herzensgute Menschen«, scherzte der Barbier, der inzwischen Oris Haare schnitt.

»Nabil, vielleicht kann ich mich für dich umhören«, sagte Ori.

»Das wäre gut. Ich kenne hier leider niemanden.«

»Dann triff mich doch gleich im Café, das die Straße runter liegt.«

»Mach ich.«

»Vielleicht war es Allahs Wille, dass ihr euch ausgerechnet in meinem Laden getroffen habt«, strahlte Ali. »Die Frisur ist fertig. Was sagst du?« Ali hielt Ori einen Spiegel vor.

»Wie neugeboren.«

»Das sag ich doch. Dima wird dich nun noch mehr lieben«, antwortete Ali. Sofort hielt er sich die Hand vor den Mund, als hätte er etwas ausgeplaudert, was er besser für sich behalten hätte.

Ori stand auf und bezahlte seine Rechnung.

»Im Café«, sagte er zu Walsh und verließ dann den Laden.

Walsh nahm auf dem Stuhl Platz.

»Lass mich raten, diese Dima möchte er beeindrucken.«

Ali schien kurz mit sich zu kämpfen. »Dass ich meine vorlaute Klappe nicht halten kann …«

»Ich bin verschwiegen. Ist doch schön, wenn jemand verliebt ist.«

»Wenn sie nur nicht die Schwester von Khalid wäre«, sagte Ali und schüttelte den Kopf. »Das hätte ich eigentlich auch nicht verraten sollen.« Ali schaute sich Walshs Gesicht genauer an. »Weshalb bist du wirklich hier? Ich weiß nämlich nicht, wie ich dich noch schöner machen soll.«

»Es geht um meinen Bruder. Ich weiß nicht, ob es stimmt oder nicht, aber ich habe besorgniserregende Nachrichten bekommen. Ich brauche deine Hilfe«, antwortete Walsh und hoffte, dass Ali darauf anspringen würde. Sein Gefühl sagte Walsh, dass Ali nicht nur die Hamas nicht mochte, sondern auch ein Helfersyndrom hatte.

Zwei Dinge sprachen gerade dafür.

Dima. Sein Gefühl sagte ihm, dass Ori sich über Dima erkundigt hatte. Die Frage war, warum hatte er das getan?

Das zweite Indiz war, dass Ali das Buch, das er dabeihatte, mochte.

»Wie kann ich dir helfen?«

»Ich fürchte, dass er hier versteckt wird. Gestern sollen zwei junge Palästinenser in ein Versteck gebracht worden sein. Er ist nicht im Tunnel der Schule«, antwortete Walsh.

»Du warst dort?«

»Ja, vorhin. Da ist er nicht.«

»Und im Krankenhaus?«

»Da auch nicht, da ist die Kommandozentrale.«

»Komm heute Abend vorbei, ich kenne jemanden, der mir noch einen Gefallen schuldig ist. Ich werde mit ihm sprechen. Vielleicht weiß er, wo die Hamas noch weitere Geiseln gefangen hält.«

»Danke.«

»Danke mir nicht zu früh, und denk an dein Versprechen, Ahmads Familie und mich aus Gaza rauszuschaffen.«

»Ich halte mein Wort«, antwortete Walsh, obwohl er überhaupt keine Möglichkeit sah, Ahmads Familie und Ali aus Gaza zu retten.

»Ich vertraue dir, Nabil. Ich erkenne einen guten Menschen. Ich habe dich in der Menschenmenge gesehen, als die Hamas die Geiseln auf diese ekelige Weise zur Schau gestellt hat. Ich habe deinen angewiderten Blick gesehen. Mir geht es genauso. Ich kann hier nicht mehr leben, nicht so. Ich will nach Ägypten oder meinetwegen sogar in die Westbank, zu meinem Cousin, überall ist es besser als hier. Auch wenn ich meine Heimat liebe, aber ich möchte doch leben und frei sein.«

»Das wirst du«, antwortete Walsh.

»Komm heute Abend um acht.«

»Mach ich«, antwortete Walsh und verabschiedete sich von Ali. Dann machte er sich auf den Weg zu dem Café, von dem Ori gesprochen hatte. Schließlich hatte er einige brennende Fragen an Ori. Vor allem wollte er wissen, wer diese Dima war und ob er Ori vertrauen konnte, dass er seine Identität nicht auffliegen lassen würde.

Vielleicht kann ich über Dima an Khalid und damit an die Liste der Geiseln, die in Chan Junis gefangen gehalten werden, herankommen.

32

Ori konnte noch immer nicht glauben, dass er bei Ali tatsächlich Peter Walsh über den Weg gelaufen war.

Auf der anderen Seite war er nicht allzu verwundert, denn wenn einer so verrückt war, sich in den Gazastreifen zu schleichen, dann Walsh.

Er wusste, dass Uri Pereetz Walshs Tochter das Leben gerettet hatte, und auch wenn es sich verrückt anhörte, schien gerade alles drauf hinzudeuten, dass er hier war, um Uri zu retten.

Aber wie war er nach Gaza gelangt?

Die Grenzen waren dicht, Israel ließ niemanden rein.

Ob es ein Leck gab? Jemanden, der Walsh aus seiner aktiven Zeit im US-Militärgeheimdienst noch einen Gefallen schuldete?

Avi war sein erster Gedanke, aber den schloss er aus.

Walsh mochte Avi nicht, und umgekehrt verhielt es sich nicht anders.

Moshe Zohar galt sein nächster Gedanke.

Moshe war Oberstleutnant der Kampfeinheit Caracal.

Walsh hatte Moshe am 7. Oktober geholfen, die Hamas-Terroristen im Kibbuz Be'eri zu besiegen. Möglich, dass er nun einen Gefallen von ihm eingefordert hatte.

Eine weitere Frage beschäftigte Ori. Warum war

Walsh ausgerechnet bei Ali gewesen? Er hatte nicht ausgesehen, als würde er eine Frisur benötigen, und Ali hatte ihn gekannt. Wie es schien, hatte er Ali bei irgendeiner früheren Gelegenheit erzählt, dass er Palästinenser sei und nach seinem Bruder suchte.

Welche Rolle spielte Ali bei der Suche nach Uri?

Oder war Walsh am Ende gar nicht wegen Uri in Gaza?

Ori hoffte, dass Walsh Wort hielt und zum Café kam.

Er hatte schon genug Sorgen wegen Dimas Entführung, er wollte sich nicht auch noch Gedanken um Walsh machen müssen.

Ori bestellte einen Tee und sah Hamas-Kämpfer die Straße entlanggehen, stolz, bewaffnet mit Maschinenpistolen, als würde die Stadt ihnen gehören.

Die Stadt gehört ihnen, korrigierte er seinen Gedanken.

Der Kellner brachte ihm den Tee, am Nebentisch hörte er zwei Jugendliche, die für die Hamas in den Heiligen Krieg gegen die Zionisten ziehen wollten.

Seine Gedanken waren bei Dima und er fragte sich, was Khalid mit ihr angestellt hatte. Sperrte er sie zu Hause ein oder gar noch Schlimmeres?

Dima hatte ihm immer erzählt, dass Khalid ein guter Bruder sei, dass er ihr gegenüber nie die Hand erhoben hatte. Aber das widersprach irgendwie der Tatsache, dass er ein Hamas-Terrorist war, dass er in Israel eingedrungen war und Juden ermordet hatte, dass er unschuldige Menschen als Geiseln genommen hatte.

Wie konnte so ein Terrorist ein guter Bruder sein?

Ori sah, dass Walsh auf die Terrasse zusteuerte. Walsh sah ihn an, dann betrat er das Café.

Ori stand auf und folgte ihm ins Innere.

In der hintersten Ecke nahm Walsh Platz.

»*Salam, Habibi*«, sagte Walsh, stand wieder auf und umarmte Ori.

»Draußen könnten wir zu viel Aufmerksamkeit auf uns lenken. Ich glaube, wir beide wollen nicht zusammen von Khalid gesehen werden«, flüsterte er Ori auf Arabisch zu.

Ori verstand, dass sie Arabisch sprechen sollten.

»Die Freude ist ganz meinerseits, *Habibi*. Ich kannte deinen Bruder gut«, antwortete Ori und nahm an Walshs Tisch Platz.

Der Kellner kam. Walsh bestellte einen Espresso und eine Flasche Wasser.

»Wie bist du nach Gaza eingedrungen? Hat dir Moshe geholfen?«

»Nein, wenn es nach mir gegangen wäre, hätte niemand etwas von mir erfahren.«

»Tunnel?«

Walsh nickte.

Wieder hielt sich Oris Überraschung in Grenzen. Es sah Walsh ähnlich, dass er sich für den gefährlichsten Weg entschied, um seine Tarnung nicht auffliegen zu lassen.

Der Kellner brachte die Getränke.

»Woher kennst du Ali?«

»Lange Geschichte«, antwortete Walsh.

»Kurzfassung.«

»Zufall. Und du?«

»Das war sehr kurz«, sagte Ori und konnte sich ein Schmunzeln nicht verkneifen. »Auch Zufall.«

Walsh reagierte nicht, trank nur seinen Espresso.

»Ist Joe auch hier?«

»Nein, nur ich. Und du musst mir versprechen, dass das unter uns beiden bleibt.« Walsh warf Ori einen eindringlichen Blick zu.

»Von mir erfährt niemand etwas«, antwortete Ori. »Woher kennst du Khalid?«

»Sag mir lieber, was es mit Dima auf sich hat«, entgegnete Walsh.

Ori überlegte, ob er Walsh anlügen oder die Wahrheit über sein Verhältnis zu Dima erzählen sollte.

Konnte er Walsh vertrauen?

Für ihn stand viel auf dem Spiel, aber noch mehr für Dima, und er musste wissen, was mit ihr war, dass sie in Sicherheit war. Deshalb konnte er Walshs Hilfe gut gebrauchen.

»Lange Geschichte.«

»Du hattest was mit ihr.«

Ori fühlte sich ertappt.

»Wie …?«

»Ist doch offensichtlich! Ich habe deinen Gesichtsausdruck gesehen, als ihr Name gefallen ist. Warum solltest du dich sonst für sie interessieren? Lass mich raten, deine Aufgabe war es, die Familie zu infiltrieren, um an Khalid ranzukommen.«

»Es war anders. Ich kenne sie schon ein paar Jahre und bin hier, in der Hoffnung, dass sie mir helfen kann, die Geiseln zu finden. Dass ihr Bruder Karriere bei der Hamas gemacht hat, wusste ich vorher nicht.«

»Und jetzt wollt ihr über Dima an Khalid ran?«

»Ich will sie erst in Sicherheit wissen. Ich fürchte, ihr Bruder hat sie entführen lassen, weil er mir nicht vertraut.«

»Wieso sollte er seine eigene Schwester entführen?«

»Weil er ein einflussreicher Hamas-Anführer ist und mir nicht vertraut.«

»Weißt du, dass sie entführt wurde?«

»Ich war dabei. Sie und ich waren am Strand, als Khalids Männer sie mir aus den Händen gerissen haben.«

Walsh schien nicht überzeugt.

»Das ergibt keinen Sinn. Lebt sie bei ihm?«

»Ja.«

»Dann waren es nicht seine Männer. Er müsste sie doch nur in ihrem Zimmer einsperren. Bist du dir sicher?«

Ori dachte an die Entführung, überlegte.

»Etwas war komisch. Die Uniformen der Kämpfer sahen brandneu aus. Und einer der Männer, der mich bedrohte, fragte mich, weshalb ich Trottel mich wehren würde.«

»Ich habe unzählige Hamas-Kämpfer gesehen, aber keine ihrer Uniformen sah neu aus. Die sind im Krieg, halten sich in den Tunneln auf. Der Mann wollte dich nicht töten, es ist ihm rausgerutscht. Das waren Avis Männer vom Mossad.«

33

Sie hatten die Hamas-Kämpfer nicht überrumpelt, denn kurz nachdem die beiden Terroristen den Raum betreten hatten, waren weitere Männer gekommen und hatten einige der Geiseln dazu gedrängt, mit ihnen zu gehen. Uri war einer von ihnen. Diesmal hatten die Männer ihm keinen Sack aus Stoff übers Gesicht gestülpt. Zwei asiatisch aussehende Männer und er wurden zu Fuß in ein anderes Versteck gebracht. Nicht in einen Tunnel, sondern in ein mehrstöckiges Wohnhaus in schlechtem Zustand, welches ansonsten nicht bewohnt zu sein schien. Die drei wurden in einen Raum gebracht, die Tür hinter ihnen verschlossen.

Seit einigen Stunden hielt sich Uri nun in diesem Raum auf. Eine ältere Frau hatte Wasser gebracht. Sie wirkte freundlich und es schien, als würde sie das, was sie tat, nicht gern tun.

»Warum hält man uns hier gefangen?«, fragte der einer der asiatisch aussehenden Männer in schlechtem Hebräisch.

»Ich weiß es nicht«, antwortete Uri. »Vielleicht verteilen sie die Geiseln in der Stadt, damit die israelische Armee es schwerer hat, uns zu finden. Vielleicht haben sie uns hierhergebracht, weil sie hoffen, dass die IDF das Gebäude zerbombt, damit sie sagen können, dass Israel die eigenen Leute tötet.«

Uri traute der Hamas jede Gemeinheit zu, um Aufmerksamkeit zu erlangen. Sicher gehörte es zu ihrer Taktik, dass die Welt glauben sollte, die IDF würde nicht davor zurückschrecken, die eigenen Leute zu opfern.

»Wir müssen beten und hoffen, dass unsere Regierungen uns befreien werden«, sagte der andere.

»Davon bin ich überzeugt. Ich heiße Uri.«

»Das ist mein Freund Suphan, und ich heiße Pansa.«

»Kommt ihr aus Thailand?«

»Ja, aus der Nähe von Bangkok. Wir beide sind seit sieben Jahren in Israel. Israel hat viel Gutes für uns getan. Wir haben große Sorgen.«

»Ihr seid keine Juden, also wird die Hamas euch schon nicht töten. Ihr seid bestimmt bald bei euren Familien.«

»Wir haben keine Angst vor dem Sterben, aber wir müssen trotzdem leben. Wir machen uns große Sorgen um unsere Familien«, antwortete Pansa.

»Um eure Familien?« Uri verstand nicht, was Pansa meinte. Konnte es sein, dass ihre Familien auch von der Hamas gefangen gehalten wurden? Ihn überraschte es ohnehin, dass die Hamas thailändische Geiseln hielt, passte es doch nicht wirklich zur Ideologie, die ihre Angriffe auf Israel damit rechtfertigte, dass sie gegen Zionisten gerichtet waren und man ein freies Palästina ohne Juden anstrebte.

Wie passten Thailänder dazu?

»Unsere Familien in Thailand sind sehr arm. Sie brauchen das Geld, das wir ihnen jeden Monat schicken. Wenn wir nicht mehr arbeiten, wie sollen unsere Familien dann überleben? Wir müssen schnell wieder arbeiten. Unsere Familien vertrauen auf uns.«

Uri war kurz sprachlos. Diese beiden Männer schwebten in Lebensgefahr, aber anstatt sich Sorgen um ihr eigenes Leben zu machen, sorgten sie sich um ihre Familien in Thailand, die ohne sie vermutlich nicht überleben würden.

Die Tür wurde geöffnet, ein Hamas-Kämpfer trat ein und forderte die drei auf, ihm zu folgen.

Uri ahnte nichts Gutes und fragte sich, was mit ihnen geschehen würde.

Sie betraten ein anderes Zimmer, in dem ein älterer Mann und eine ältere Frau waren. Beide saßen auf dem Boden, daneben noch drei Hamas-Kämpfer.

»Setzt euch zu uns und esst mit uns. Es ist nicht viel, aber wir teilen gern«, sagte die Frau zu Uris Erstaunen. Dem kam diese freundliche Geste gerade sehr surreal vor.

34

Für Walsh war es ausgeschlossen, dass Khalid seine eigene Schwester entführt haben könnte, erst recht, da Ori ihm erzählt hatte, dass Avi sich für Ori eingesetzt und darauf bestanden hatte, dass er Teil der Sonderoperation sein sollte, angeblich weil er fließend Arabisch sprach und in Gaza nicht auffallen würde.

»Avi hat dich in eine Falle gelockt. Er muss gewusst haben, dass du eine Affäre mit Dima hattest. Und er muss auch gewusst haben, dass Khalid inzwischen viel Einfluss bei der Hamas hat. Dann hat er logisch geschlussfolgert, dich nach Gaza geschleust, dich beobachten lassen und nur auf die Gelegenheit gewartet, Dima entführen zu können.«

»Aber was bringt ihm das? Khalid würde für seine Sache sein eigenes Leben ohne Zögern opfern, und ganz sicher wird er seine Sache nicht für Dima aufgeben«, entgegnete Ori. »Khalid hat seine Frau und seine Kinder verloren, wegen seines Fanatismus.«

»Avi weiß das, vertrau mir. Er will Khalid nicht erpressen, denn das wird nicht zum Erfolg führen. Dima lebt bei Khalid und auch wenn sie es dir gegenüber nicht zugibt, wird sie doch Einiges mitbekommen haben. Zum Beispiel, wenn einflussreicher Besuch in der Wohnung war. An diese Informationen möchte Avi gelangen. Dann wird er Khalid und all diese anderen einflussreichen Hamas-Anführer töten lassen.«

Ori schluckte und fuhr sich mit der Hand durch die Haare. Er war nervös, angespannt.

»Das ist alles meine Schuld.«

»Für so etwas haben wir keine Zeit«, meinte Walsh.

Sie waren jetzt beide in Walshs kleinem Zimmer in der Pension. Walsh hatte Oris Vorschlag, zu ihm zu gehen, abgelehnt, da er glaubte, dass Oris Wohnung verwanzt sein könnte.

»Aber woher hat Avi gewusst, dass ich mich mit ihr am Strand treffe?«

»Du hast doch von einem Agenten gesprochen, der dich aufgesucht hat.«

»Er war nur kurz in der Wohnung. Ich kann mir nicht vorstellen, dass er einen Sender an meinen Sachen angebracht hat.«

»Das Handy. Schalte es aus, entferne die SIM-Card.«

»Verdammt«, platzte es aus Ori heraus. »Klar. Der Agent hat unbemerkt einen Trojaner an mein Handy geschickt, sodass sie jederzeit meinen Standort sehen konnten. Ich bin auf den ältesten Agententrick der Welt reingefallen.« Ori schaltete sein Handy aus, entfernte die SIM-Karte.

»Davon gehe ich auch aus. Avi hat Zugriff auf das Netzwerk des Schin Bet, er leitet das Sonderkommando, somit wird das Handy des Agenten genau auf die Spezifikationen deines Handys ausgelegt gewesen sein. Die Übertragung der Spyware fand bestimmt über Bluetooth statt. Joe wird sich das gleich anschauen.«

»Ich kann nicht hier rumsitzen und nichts tun.«

»Du hast keine Wahl. Sie ist die Schwester von Khalid, einem Terroristen, der Israelis ermordet und als

Geiseln genommen hat. Avi wird Dima niemals freilassen. Er wird sie foltern, und wenn sie Glück hat, wird sie das Bewusstsein verlieren und an einem Herzinfarkt sterben. Wenn nicht … Du kennst die schlimmen Foltermethoden des Mossad.«

»Sehr ermutigende Worte«, reagierte Ori alles andere als begeistert. Unzählige Schweißperlen hatten sich auf seiner Stirn gesammelt.

»Ich kann sie nicht sterben lassen! Ich muss was tun.«

»Du kannst nichts für sie tun. Sei nicht töricht.«

»Das musst ausgerechnet du sagen! Du bist durch einen Tunnel in den Gazastreifen gekrochen, während alle Welt ihn verlassen will. Was kann Dima dafür, dass ihr Bruder ein Terrorist ist? Ich kann sie nicht für etwas leiden lassen, wofür sie nichts kann. Dima verabscheut Gewalt, hat sich immer klar gegen Gewalt ausgesprochen.«

Walsh spürte, dass Ori echte Gefühle für Dima hatte, weil er als Agent des Schin Bet wissen musste, was für ein wertvolles Pfand sie mit ihr in der Hand hielten. Ebenso wusste er, wie der Schin Bet oder der Mossad palästinensische Geiseln behandelte.

»Wenn du meinen Rat willst, dann vergisst du Dima am besten und gehst zurück nach Tel Aviv. Sehr bald wird Khalid wissen, dass seine Schwester von euch entführt wurde, und dann wird er nach dir suchen lassen. Allein schon, weil er nicht an so viel Zufall glauben wird, dass auch nur die Möglichkeit bestünde, dich nicht zu verdächtigen. Er wird dich foltern und töten. Deine Identität ist nicht mehr sicher, du bist kompromittiert.«

»Ich gehe nicht ohne Dima.«

»Verdammt, wo willst du denn mit ihr hin? Und woher willst du überhaupt wissen, dass sie noch in Gaza ist?«

»Das ist sie. Es gibt einige Kilometer nördlich von hier ein Safe House des Schin Bet. Ich wette, dass sie sie dorthin verschleppt haben, um sie zu befragen. Jemand wie Avi wird sich nicht die Mühe machen, sie nach Israel zu verschleppen. Er braucht seine Jungs in Gaza, um Khalid und andere führende Köpfe der Hamas zu eliminieren.«

»Willst du wirklich zum Safe House gehen? Deine Identität wird auffliegen, und du glaubst doch nicht, du könntest Dima einfach mitnehmen, oder?«

»Warum nicht? Meine Identität ist doch schon kompromittiert.«

»Mach dich nicht lächerlich! Du wirst als Spion festgenommen und angeklagt, weil sie dir unterstellen werden, dass du mit der Hamas zusammenarbeitest. Ein Schin Bet-Agent kann nicht die Schwester von Khalid, einem führenden Hamas-Kommandanten befreien und nicht als Verräter gelten. Unmöglich.«

Ori ballte die Hand zur Faust, und Walsh sah ihm an, dass er mit dieser Faust am liebsten auf irgendetwas eingeschlagen hätte.

»Aber du kannst es. Du kannst sie befreien.«

»Ich bin wegen Uri hier.«

»Bitte.«

»Tut mir leid.«

»Ich kann dir bei Uris Befreiung helfen.«

»Wie das? Ich dachte, du hast keine Hinweise bezüglich Uris Versteck?«

»Habe ich auch nicht, aber was, wenn Avi einen

Hinweis hat oder das Versteck sogar schon kennt? Er hat auch herausgefunden, dass ich mit Dima eine Affäre hatte«, erklärte Ori.

»Und wie willst du mir helfen?«

»Ich nicht, aber mein bester Freund Noam. Joe ist doch ein Meisterhacker, und dass du hier bist, sagt mir, dass er sich bereits in unsere Server gehackt hat. Vermutlich hat er nichts gefunden, was bedeutet, dass er noch nicht im Mossad-Server ist. Avi ist beim Mossad, und auch wenn er mit uns zusammenarbeitet, lässt er solche heiklen Informationen auf dem Server des Mossad. Glücklicherweise arbeiten wir mit Avi und dem Mossad zusammen, im Rahmen des Sonderkommandos. Vielleicht finden wir einen Weg, wie Joe sich in den Mossad-Server hacken könnte.«

»Das willst du wirklich für eine palästinensische Frau tun?«

Dass Ori ein sehr empathischer Mensch war, diesen Eindruck hatte er bereits vor einigen Wochen bei ihrer ersten Begegnung gemacht, aber dass er gewillt war, nicht nur seine Karriere, sondern auch seine Freiheit für Dima zu riskieren, das war dann doch eine andere Dimension.

»Ja, weil ich es mir niemals verzeihen würde, wenn man sie meinetwegen ermordet. Und weil sie unschuldig ist. Was niemand weiß, ist, dass Dima mir vor Jahren das Leben gerettet hat, als ich fast auf eine Granate getreten wäre. Hätte sie mich nicht zur Seite geschubst, wäre ich gestorben. Sie hat dabei die Möglichkeit in Kauf genommen, selbst von der Granate zerfetzt zu werden.«

»Ich rede mit Joe. Wenn er eine Möglichkeit sieht in den Server zu gelangen, überlege ich es mir.«

»Mehr brauche ich nicht. Ich vertraue deinem Wort«, antwortete Ori und zum ersten Mal strahlten seine Augen Hoffnung aus.

Walsh rief Joe an, stellte den Anruf laut und klärte ihn kurz auf.

»Über Bluetooth kann man sehr leicht Daten weiterleiten, aber leider auch Schadsoftware. Könnt ihr bitte das Handy einschalten und per Kabel mit Walshs Handy verbinden«, antwortete Joe.

»Ist das für mein Handy nicht gefährlich?«

»Nein, ich habe gerade eine kleine App an dein Handy geschickt. Die sorgt dafür, dass die Kommunikation nur in eine Richtung geht«, erklärte Joe.

Walsh tat, worum Joe gebeten hatte.

»Bingo. Eine kleine fiese Spyware auf dem Handy, die nichts anderes tut, als die GPS-Koordinaten in Echtzeit an ein anderes Gerät weiterzuleiten«, wurden sie keine Minute später von Joe informiert.

»Kannst du sehen, an welches Gerät Oris Standort geschickt wird?«

»Das kann ich. Ich habe sogar den genauen Standort des Handys, an den der GPS-Standort gesendet wurde. Das Programm ist auf dem Handy aktiv.«

»Sag nicht, dass er einige Kilometer nördlich von hier liegt.«

»Tut er. Woher weißt du das?«

»Von mir«, antwortete Ori. »Die sind im Safe House.« Ori presste die Lippen zusammen. Sein rechtes Auge zuckte kurz, als wäre ein Nerv eingeklemmt.

Stress!

Bevor Walsh sich auf die idiotische Idee einließ und zustimmte, Dima zu retten, musste er wissen, ob sie mit

Noams Hilfe Zugang zu dem Mossad-Server bekommen konnten. Er stellte Joe diese Frage und wollte auch wissen, ob er schon andere Hinweise hätte.

»Ich habe einige Informationen über Geiseln, noch mehr über Tunnel. Jedoch wird Uri Pereetz an keiner Stelle erwähnt. Was ich nicht weiß, ist, ob die Hamas, der Schin Bet und die anderen mit falschen Namen hantieren, sogenannten Decknamen.«

»Der Schin Bet ganz sicher nicht, das machen wir bei Geiselnahmen nie. In unsere Datenbank kommen immer die Klarnamen, da unsere Rechenzentren als hochsicher gelten.«

»Was ist mit den Mossad-Servern?«, fragte Walsh. Noch immer suchte er nach einer Möglichkeit, Dima nicht befreien zu müssen, weil das verdammt gefährlich wäre und ihn wertvolle Zeit kosten würde.

»Bin dran, aber wegen dieser kleinen fiesen Backtrap-Falle muss ich sehr vorsichtig sein. Optimal wäre es, jemanden vor Ort zu haben. Dieser Jemand müsste nur ein kleines Programm ins Intranet schleusen, den Rest würde ich erledigen.«

»Das kann Noam machen. Er hat Zugriff auf einen dedizierten Serverbereich des Mossad, welcher für die gemeinsame Operation freigeschaltet wurde.«

»Reicht dir das, Joe?«

»Mehr noch, das ist wie ein Sechser im Lotto.«

Walsh war noch immer nicht überzeugt, weil er keine Mossad-Agenten töten wollte und sein Bauchgefühl ihm sagte, dass die auf alles und jeden schießen würden, der sich dem Safe House nährte.

»Bitte«, flehte Ori Walsh an.

35

Köln

Nina hatte eine schlaflose Nacht hinter sich und einen schrecklichen Traum gehabt, der sich sehr real angefühlt hatte. Sie hatte ihren Vater gesehen, der sich durch einen der Hamas-Tunnel kämpfte. Dutzende Hamas-Terroristen hatten sich ihrem Vater in den Weg gestellt. Er hatte sie alle getötet, selbst etliche Wunden davongetragen, dann hatte er einen Raum betreten und Uri endlich gefunden. Doch Uri war tot, und als hätte das noch nicht gereicht, war eine Bombe in dem Raum hochgegangen und hatte ihren Vater in Stücke gerissen. Schweißgebadet war sie aufgewacht.

War ich zu naiv, überlegte Nina, *als ich meinen Vater auf diese gefährliche Mission geschickt habe?* Sie hatte keine ehrliche Antwort darauf, aber sie musste an die eine oder andere Geschichte über ihren Vater denken. Die meisten davon waren über Joes Lippen gekommen, weil ihr Vater selten über seine Arbeit sprach. Ihrem Patenonkel rutschte öfter mal was raus, und in jeder dieser Geschichten war ihr Vater eine Art Superheld gewesen, der den Bösen den Arsch versohlt und selbst nie eine Schramme davongetragen hatte. Dass Joe übertrieb, wusste Nina, schließlich war der Körper ihres Vaters übersät von vielen Narben, Zeugnisse der Gefahren, denen er sich während seiner Zeit als Superagent des US-Militärs gegenübergesehen hatte. Trotzdem wusste Nina, dass sie ihn wieder darum gebeten hätte, weil sie Uri ihr Leben verdankte und weil sie ihn liebte.

Und wer, wenn nicht ihr Vater, hätte ihn befreien können?

Nina fiel niemand ein. Dass die IDF oder die israelische Regierung dazu fähig sein könnten, daran zweifelte sie, und zwar nicht, weil sie sich als Expertin sah. Aber sie hatte in den vergangenen Tagen unglaublich viele Nachrichten gelesen und sie stand in stetigem Kontakt mit Uris Eltern und dessen besten Freunden. Zum Beispiel mit Lior, der im selben Kibbuz wie Uri wohnte und glücklicherweise nicht der Hamas in die Hände gefallen war. Sie alle hatten die Sorge, dass der Kampf gegen die Hamas für die israelische Regierung eine höhere Priorität hatte, als die Geiseln zu befreien. Für Nina ein geradezu schrecklicher Gedanke.

Papa, ich hoffe, dass es dir gut geht, hoffte sie, als sie auf ihrem Bett lag und an ihn und Uri dachte.

Nina fühlte sich hilflos, zu gern hätte sie etwas unternommen. Diese Warterei war unerträglich. Am liebsten hätte sie sich in den nächsten Flieger gesetzt und wäre nach Tel Aviv geflogen, um zumindest in der Nähe von Uris Eltern zu sein. Aber auch, um in der Nähe ihres Vaters und Joe zu sein. Dass das unmöglich war, unter anderem, weil sie ihrem Vater versprochen hatte, in Köln zu bleiben, war ihr jedoch bewusst.

Und ihr Vater hatte sie immer ermahnt, niemals ein Versprechen zu geben, welches sie nicht halten konnte. Denn ihr Wort war ein Teil ihrer Identität.

Sie starrte weiter hoch zur Decke.

Wer hätte geglaubt, dass Warten so unerträglich sein konnte?

Ihr Handy vibrierte kurz. Sie hatte eine neue Nachricht von Uris Eltern.

Shalom, Nina, es gibt vielleicht etwas Hoffnung.

Shalom. Hoffnung?,

antwortete Nina. Hatte ihr Vater Uri gefunden, oder von welcher Hoffnung sollte die Rede sein?

Die israelische Regierung hat uns gerade eben mitgeteilt, dass man kurz davor stünde, mit der Hilfe von Katar und den USA ein Abkommen zu erzielen. Wir hoffen, dass alle Geiseln bald freikommen.

Nina konnte nicht glauben, was sie da gerade las.

Ihr Herz schlug wie verrückt. Sollte dieser Albtraum bald vorbei sein?

Nichts wünschte sie sich gerade mehr, aber gleichzeitig machte sich auch das schlechte Gewissen breit. Hatte sie ihren Vater ganz umsonst auf diese gefährliche Mission geschickt?

36

Chan Junis

»Es muss niemand sterben«, sagte Ori. »Ich könnte mit den Agenten reden.«

»Sei nicht naiv. Sie werden eine so wertvolle Geisel nicht gehen lassen. Wir hatten das Gespräch schon. Wenn du mich fragst, sollten wir Khalid eine Nachricht zukommen lassen. Soll der sich drum kümmern«, entgegnete Walsh.

»Nein, damit würde ich die Identität des Safe Houses preisgeben und die Agenten in den sicheren Tod schicken.«

»Du möchtest Dima retten, aber gleichzeitig auch die Mossad-Agenten, die sich einen Dreck um sie scheren. Die werden ihr eine Kugel verpassen, ohne mit der Wimper zu zucken. Du kannst nicht beides erreichen.«

»Ich bin aber nicht die. Auch wenn es dir schwerfällt, das zu glauben, ich bin damals zum Schin Bet gegangen, weil ich gedacht habe, dass ich etwas bewirken kann, zum besseren Verständnis zwischen Palästinensern und Israelis. Ich bin zuallererst Jude, aber ich bin auch Araber und Mensch. Und sind wir nicht alle Menschen?«

»Ziemlich naiv, willkommen in der Realität.«

»Aber bewundernswert«, entgegnete Joe, der noch immer in der Leitung war.

Die Naiven, die Gutmütigen und die Idealisten

waren es, die bei jedem Geheimdienst zuerst verheizt wurden, das wusste Walsh aus bitterer Erfahrung.

»Was hindert mich daran, Khalid diesen Vorschlag zu unterbreiten? Im Gegenzug verlange ich, dass er mir verrät, wo Uri Pereetz gefangen gehalten wird. Mir spielt Dimas Entführung in die Hände«, antwortete Walsh kühl kalkuliert.

Ori schaute erst erschrocken, dann fast schon ängstlich aus der Wäsche. Offenbar fürchtete er, Walsh könnte seinen Worten Taten folgen lassen, und Walsh zog diese Möglichkeit tatsächlich in Erwägung. Khalid wäre ihm mehr als dankbar, wenn er ein Safe House des Schin Bet einnehmen und obendrein ein paar Mossad-Agenten gefangen nehmen oder töten könnte. Und Walsh scherte sich einen Dreck um diese Agenten, so, wie diese sich einen Dreck um ihn scherten – oder um Zivilisten. Das war das dreckige Spiel, in dem er gerade eine der Hauptfiguren spielte.

»Du hast gesagt, wenn Joe eine Möglichkeit findet, in den Server zu gelangen, dann hilfst du mir. Ich dachte, dass ich mich auf das Wort von Peter Walsh immer verlassen kann«, erwiderte Ori sichtlich gekränkt.

»Ich sagte, dass ich es mir überlege. Es gibt für mich keinen Grund, mein Leben für diese Frau zu riskieren, wenn ich ein ganz anderes Ziel verfolge.«

Oris Enttäuschung stand ihm ins Gesicht geschrieben. »Ich habe viel über dich gehört. Von Avi, der dich mehr fürchtet als jeden anderen Menschen. Von Moshe, der dich bewundert und dich für den furchtlosesten Soldaten und einen Ehrenmann hält. Ich weiß, dass du in Be'eri einen Hamas-Terroristen skalpiert hast. Dein Ruf eilt dir voraus. Ich hätte nicht geglaubt, dass du jemand sein könntest, der seine Worte wie ein Politiker benutzt. Ich brauche deine Hilfe nicht, ich werde Dima auch allein befreien. Oder willst du mich daran hindern?«

Walsh machte einen Schritt auf Ori zu. Mit einem Politiker verglichen zu werden, war eine Beleidigung, die Walsh nicht auf sich sitzen lassen konnte. Er hatte tatsächlich vor, Ori am Gehen zu hindern, da er sonst seine ganze Mission gefährdet sah. Zudem fand er die Idee, Khalid von der Entführung zu unterrichten, mehr als nur sinnvoll. Sie war die beste Lösung, für Dima und für seinen Auftrag.

»Darf ich auch was sagen?«, hörte Walsh Joes Stimme.

»Was?«, platzte es aus Walsh und Ori gleichzeitig heraus.

»Wir haben doch die Drohne. Wieso kundschafte ich das Safe House nicht erst mal aus? In der Zeit beruhigen sich die Gemüter und danach treffen wir gemeinsam eine Entscheidung.«

»Damit bin ich einverstanden«, antwortete Ori und warf Walsh einen scharfen Blick zu.

»Meinetwegen.«

»Dann öffne das Fenster und lass Papa Joe das Ganze in die Hand nehmen. Was in deinen Heldensagen fehlt, lieber Ori, ist, dass es Papa Joe ist, der dem Superhelden Walsh immer den Rücken freihält. Die Loblieder müssen umgeschrieben werden. Das könntest du mal so nebenbei bei deinen Agentenbrüdern einfließen lassen.«

Ori huschte ein vorsichtiges Lächeln über die Lippen.

Walsh nahm das winzige Fluggerät, stellte es auf

dem Boden ab, dann übernahm Joe die Kontrolle und steuerte die kleine Fliegendrohne aus dem Fenster.

»Wie lange brauchst du?«, fragte Walsh.

»Keine zehn Minuten.«

»Gut.«

Walsh packte ein paar Sachen zusammen.

»Was machst du?«, fragte Ori.

»Mich vorbereiten.«

»Ich dachte, du willst das nicht?«

»Du hattest recht. Ein Mann muss zu seinem Wort stehen, auch wenn er es nur in Aussicht gestellt hat«, sagte Walsh.

»Ich helfe dir.«

»Nein.«

»Zu zweit kriegen wir das hin.«

»Das sind Israelis. Wirst du einen Israeli töten, wenn es drauf ankommt?«

»Wenn er dich bedroht, ja, dann schon.«

Die Antwort überraschte Walsh, aber es sah Ori auch ähnlich. Er war ein Idealist, der augenscheinlich noch an Gerechtigkeit glaubte, ausgerechnet in dieser Hölle, in der die Gerechtigkeit nicht einen Schekel wert war.

»Du tust, was ich dir sage, hältst dich hinter mir und greifst nur ein, wenn es nötig wird.«

Walsh hörte Joe lachen. »Diese Worte kommen mir irgendwie bekannt vor, Bro. Ich kann dir ein Lied davon singen, und du hörst besser auf ihn.«

Walsh reichte Ori eine schusssichere Weste.

»Wie kommt ihr an diese Westen? Die nutzen sonst nur die Spezialeinheiten der IDF«, fragte Ori. Diese Westen waren aus einer besonders leichten Speziallegierung und konnten sogar einem Kugelhagel aus Maschinenpistolen standhalten, kurz zumindest.

»Kontakte«, sagte Walsh zweideutig, dabei war es Moshe, der ihm nach dem letzten gemeinsamen Auftrag zwei dieser Westen geschenkt hatte.

»Und wie habt ihr all diese Sachen nach Israel geschmuggelt? Wurden eure Koffer nicht kontrolliert?«

»Das ist genau der Teil, der bei den Heldensagen untergeht. Das ist auf meinem Mist gewachsen«, antwortete Joe mit breitem Grinsen.

»Was wirst du mit Dima machen, wenn wir sie befreit haben?«, fragte Walsh.

»Ich fliehe mit ihr nach Ägypten, dann soll sie entscheiden, wohin sie gehen möchte.«

»Und was ist, wenn sie zurück zu ihrem Bruder will?«

Ori antwortete nicht, aber sein etwas ratloser Blick verriet Walsh, dass er sich nicht wirklich Gedanken darüber gemacht hatte, was nach ihrer Befreiung mit Dima geschehen sollte.

Walsh bohrte nicht weiter, das war nicht seine Angelegenheit.

»Walsh, schalte bitte deinen Laptop ein, die Drohne ist an ihrem Ziel angekommen«, sagte Joe.

Walsh machte den Laptop an und sah nun auf dem Bildschirm das, was die Drohne übermittelte.

Ein verlassen wirkendes Haus.

»Ist es das richtige Haus?«

»Ja, das ist es. Es ist offiziell verlassen, aber im Keller gibt es einen Raum, wo Gefangene verhört werden, dann eine Zelle für Gefangene und zwei Zimmer für Agenten.«

»Gibt es Fenster zum Keller?«

»Ja, die gibt es. Die Räume für die Agenten haben Fenster, nur die für die Gefangenen nicht.«

Joe steuerte die Drohne auf das Gebäude zu.

Walsh sah einen Wagen, die Drohne erreichte die Außenfassade, suchte eine Lücke, durch die sie schlüpfen konnte, fand dann ein angekipptes Fenster und flog ins Innere.

»Wahnsinn, mit was für einer Geschmeidigkeit du die Drohne fliegen lässt«, sagte Ori anerkennend. »Als wäre es eine echte Fliege.«

»Lob ihn nicht zu sehr, sonst verlangt er noch, dass du mich ganz aus den Heldenliedern streichst«, scherzte Walsh, sah er doch ein, dass er eben etwas zu streng mit Ori gewesen war. Das war der alte Walsh gewesen, der nur an seine Mission dachte und den Kollateralschäden nicht kümmerten. Aber dieser Walsh war er schon eine ganze Weile nicht mehr, und er wollte es auch nie wieder sein.

»Verdient hätte ich es«, ging Joe auf den Scherz ein.

Nun sahen sie das Innere des Hauses.

Niemand war zu sehen.

»Schau bitte auch im Obergeschoss nach«, sagte Walsh. Er wollte sicher sein, dass sich dort keine Agenten aufhielten.

Joe flog ins obere Stockwerk.

Auch hier schien niemand zu sein.

Walsh nahm das wohlwollend zur Kenntnis. Der Wagen hatte schon vermuten lassen, dass sich nicht sonderlich viele Agenten im Haus befanden.

»Ich steuere jetzt den Keller an«, sagte Joe, und Walsh sah, dass die Tür zum Keller einen kleinen Spalt offen war. Durch diesen flog die winzige Fliegendrohne.

Der Bildschirm wurde dunkler, aber man konnte noch genug erkennen.

Geräusche waren zu hören.

»Kann die Drohne tatsächlich auch Ton übertragen?«, fragte Ori erstaunt.

»Das kann sie. Joe ist nicht nur ein verdammt guter Programmierer, sondern auch ein Tüftler. Was du hier siehst, bleibt unter uns.«

»Meine Lippen sind versiegelt.«

Ein Raum war verschlossen. Die Drohne flog in die Richtung, aus der die Geräusche kamen.

Zwei Mossad-Agenten kamen ins Sichtfeld, sie unterhielten sich über Fußball.

Die Drohne flog an ihnen vorbei und steuerte einen weiteren Raum an, der offen war. Niemand war drin. Dann erreichte sie einen weiteren Raum, dessen Tür zu war.

»Der erste verschlossene Raum ist der Verhörraum«, sagte Ori. »Da drin muss sie sein.«

»Was ist hinter der anderen geschlossenen Tür?«, fragte Walsh.

»Ein Raum für die Agenten.«

»Joe, positioniere die Drohne bitte so, dass sie unbemerkt bleibt. Ori und ich fahren zum Safe House«, sagte Walsh. »Wir müssen mit drei bis vier Personen rechnen.«

»Davon gehe ich aus. Möglich, dass noch zwei Agenten bei Dima im Verhörraum sind. Dass wir nichts aus diesem Raum gehört haben, wundert mich nicht. Er ist schalldicht. Folter kann sehr laut sein, da will man nicht, dass Geräusche nach außen dringen.«

Walsh hatte nichts anderes erwartet, in dieser Hinsicht arbeiteten alle Geheimdienste und Terroristen auf die gleiche Weise.

Beide nahmen ihre Sachen und verließen die Wohnung.

»Wir sollten uns in die Nähe vom Safe House fahren lassen. Den restlichen Weg legen wir zu Fuß zurück. Oder hast du selbst ein Auto oder einen Roller?«

»Habe ich nicht.«

Sie winkten ein Taxi heran, dann ließen sie sich fahren, bis sie nur noch einen knappen halben Kilometer vom Safe House entfernt waren.

»Du bleibst hinter mir«, sagte Walsh, als sie Richtung ihres Zieles liefen.

»Ist angekommen. Ich kriege das hin, keine Sorge. Wir sind ein Team, und ich werde nicht kneifen, sollte einer der Agenten dich bedrohen, auch wenn er Jude ist. Ich bin nicht erst seit gestern Agent, und auch wenn ich nicht so furchtlos wie du bin, bin ich doch verdammt gut in meinem Job.«

Walsh nickte nur. Er vertraute Ori.

Er wollte das ganze ohne Blutvergießen erledigen, also mussten sie schnell sein. Das Überraschungsmoment war auf ihrer Seite.

»Joe, wenn sich dort drin irgendetwas ändert, dann melde dich«, sagte Walsh. Er trug das MK im Ohr.

»War so geplant«, hörte er Joes Worte.

Walsh sah das Safe House, schaute sich um. Nichts Verdächtiges zu sehen. Er und Ori liefen zum Haus, sich immer wieder absichernd.

Walsh erreichte die Haustür, die eine kleine Veranda hatte. Beide zogen ihre Gesichtsmasken an, damit sie nicht erkannt wurden.

Die Tür war verschlossen, doch mit seinem Spezialwerkzeug war sie im Handumdrehen geöffnet. Ihre entsicherten Waffen im Anschlag, betraten beide das Haus. Auf leisen Sohlen gingen sie in die Küche. Von dort führte eine Treppe in den Keller.

Die Tür war noch offen.

Walsh ging voraus, nahm Stufe um Stufe, erreichte den Keller.

Geräusche!

Langsam nährten sie sich der Tür, und die Geräusche wurden lauter.

Walsh betrat den Raum.

Die beiden Männer schauten ihn irritiert an, einer wollte zur Waffe greifen, die ein Stück von ihm entfernt auf einem Tisch lag.

»Denk nicht mal dran, sonst puste ich dich um«, drohte Walsh auf Arabisch und machte einen weiteren Schritt in den Raum.

Ori betrat den Raum, mit Kabelbindern in der Hand.

»Ihr werdet gefesselt, und wenn ihr Dummheiten macht, erschieße ich euch, ohne zu zögern. Danach köpfe ich euch und schicke eure Köpfe zur euren Familien nach Israel. Heute ist der denkbar dümmste Tag, um den Helden zu spielen«, drohte Walsh.

»Wie konnte die Hamas uns entdecken?«, flüsterte einer der Agenten dem anderen auf Hebräisch zu. Beide waren noch jung, kaum Mitte zwanzig.

»Halt den Mund!«, antwortete der andere.

Ori ließ sie die Arme hinter deren Rücken nehmen und fesselte die Handgelenke mit Kabelbindern, dann waren die Füße dran. Beide mussten sich auf den Boden setzen. Zum Schluss band er die beiden noch mit einem Seil, dass er mitgebracht hatte, aneinander fest und steckte jedem der beiden ein Stück Stoff in den Mund.

»Such nach dem Schlüssel«, sagte Walsh, hielt er es doch für wahrscheinlich, dass die Tür, hinter der Dima gefoltert und verhört wurde, verschlossen war. Schließlich hatte so die Vorgehensweise bei den Folterungen ausgesehen, denen er früher ausgesetzt war. Und auch bei den Folterungen, die seine Einheit durchgeführt hatte.

Die Tür musste immer verschlossen sein.

Ori durchsuchte beide Männer, fand einen Schlüsselbund, reichte ihn Walsh.

»Was geht hier vor sich?«, hörte Walsh plötzlich eine Stimme hinter seinem Rücken. »Waffe fallen lassen.«

Als Walsh sich umdrehte, blickte er in den Lauf einer Waffe.

»Ganz sicher nicht! Wenn ich die Waffe fallen lasse, erschießt du uns«, antwortete Walsh, diesmal auf Hebräisch, um den Agenten zu verwirren.

»Ich sagte, Waffe fallen lassen! Wer bist du?«

»*Du* lässt die Waffe fallen, sonst wird mein Freund deinen Freund umpusten«, reagierte Walsh kalt.

Ori zielte auf einen der am Boden sitzenden Agenten.

»Du bist nicht von der Hamas, die sprechen kein flüssiges Hebräisch«, sagte der Agent, der um einige Jahre älter als die anderen beiden war.

»Das Ganze muss nicht blutig enden. Wir wollen nur die Gefangene.«

»CIA?«, kam es aus dem Mund des Agenten.

»Wir wissen, dass sie die Schwester von Khalid Al-

Asmari ist. Wir brauchen sie«, spielte Walsh das Spiel mit.

»Keine Chance. Wenn du von der CIA bist, wirst du uns nicht erschießen.«

»Willst du einen CIA-Agenten erschießen? Willst du das wirklich?«

Der Agent wirkte unschlüssig. »Waffe fallen lassen, sonst schieße ich.«

»Dann stirbst du heute.«

»Waffe fallen lassen!« Der Agent wurde immer nervöser.

Walsh glaubte, dass er schießen würde.

»Gut«, antwortete Walsh. »Ich lasse die Waffe fallen, und du machst keine Dummheiten. Du willst doch nicht, dass das hier zu einem internationalen Skandal ausartet, oder? Wir arbeiten seit einem Jahr an einer Möglichkeit, an Khalid ranzukommen.«

»Waffe fallen lassen!«

Walsh legte die Waffe langsam auf dem Boden ab, hob die Hände in die Höhe.

»Entspann dich, heute muss niemand sterben«, sagte er zu dem Agenten.

»Du machst sie los«, sagte der Agent und zielte mit der Waffe nun auf Ori.

Genau darauf hatte Walsh gewartet, denn diese Sekunde, die der Agent benötigte, um auf Ori zu zielen, reichte Walsh, um einen kurzen Schritt nach vorn zu machen und mit der Faust gegen den Kehlkopf des Agenten zu schlagen.

Dieser kriegte plötzlich keine Luft mehr und röchelte.

Ein Schuss löste sich.

37

Diese Hamas-Kämpfer und das ältere Ehepaar waren anders als ihre vorigen Bewacher. Uri glaubte nicht, dass sie ihm etwas vorspielten oder nur so taten, als wären sie ihnen gegenüber freundlich eingestellt.

Auch die Unterkunft war anders als die im Tunnel. Hier hatten sie Tageslicht und Uri wusste endlich, wann Tag und wann Nacht war. Die Matratze, auf der er schlief, war auch nicht so gammelig wie die im Tunnel und sie hatten eine ordentliche Toilette und sogar einen Waschraum. Purer Luxus.

Der ältere Mann betrat den Raum, in dem Uri und die beiden Thailänder die meiste Zeit gefangen gehalten wurden.

»Das hat meine Frau für euch gebacken«, sagte er, einen Teller mit Gebäck in der Hand haltend.

Die Thailänder nahmen sich je ein Stück und Uri tat es ihnen gleich.

»*Shukran*«, antwortete Uri auf Arabisch, dann biss er ein Stück ab. »Sehr lecker.«

Der ältere Mann lächelte. »Meine Frau ist eine wunderbare Bäckerin. Wir haben früher in Hebron gelebt, da hatten wir eine Backstube. Wir hatten auch viele jüdische Kunden.«

»Hast du da Hebräisch gelernt?«

»Ja«, antwortete der Mann, zog die Luft tief in die Lunge und atmete sie langsam wieder aus.

»Meine Frau arbeitet auch für einen Bäcker in meiner Heimat«, antwortete Suphan. »Ich wünschte, du könntest uns eines Tages besuchen und davon kosten.«

»*Inschallah*«, antwortete der Mann. »Aber solange Israel die Grenzen kontrolliert, wird kein Palästinenser aus Gaza je etwas anderes als Gaza sehen. Einfache Dinge wie das Reisen oder das Fliegen sind für uns unmöglich. Auch wenn Israel nicht müde wird, der Welt gegenüber zu betonen, dass die israelischen Truppen Gaza 2005 verlassen haben, kontrollieren sie doch die Grenzen. Was bringt es uns also, dass sie nicht mehr da sind? Es ist, als würdest du Tiere in einem Zoo halten, aber die Zoowärter sagen, die Tiere sind frei.«

Die Worte des Mannes kamen nicht scharf rüber, auch nicht wie ein Vorwurf. Er schilderte nur die Realität.

»Das tut mir leid«, antwortete Pansa. »Kannst du uns einen Gefallen tun?«

»Welchen?«

»Unsere Familien informieren, dass wir am Leben sind, damit sie sich keine Sorgen machen. Sie werden bestimmt aus den Medien wissen, dass mein Freund und ich in Gefangenschaft sind.«

»Das kann ich nicht, *Habibi*. Du weißt, dass es unmöglich ist. Aber ihr habt Glück.«

»Glück?«

»Ja, ihr seid jetzt unter der Aufsicht von Khalid und seinen Männern. Sie halten sich an Regeln und Ehre. Sie werden euch nicht schlecht behandeln. Ihr seid kostbare Geiseln. Ich darf es nicht sagen, aber es ist im Gespräch, euch gegen Hamas-Gefangene einzutauschen. Die israelische Regierung, Katar und die Hamas verhandeln. Das ist ein gutes Zeichen. Vielleicht könnt ihr bald bei euren Familien sein und dann, wenn ihr mögt, erzählen, dass nicht alle Palästinenser Tiere sind. Sie werden nur wie Tiere in einem Zoo gehalten. Dass wir uns die gleiche Freiheit wünschen, wie alle anderen Menschen auch. Und wenn Allah will, dann werden meine Frau und ich euch eines Tages in Thailand besuchen und zum ersten Mal in meinem Leben werde ich Elefanten sehen. Davon träume ich schon mein ganzes Leben.«

Uri konnte nicht glauben, was er da hörte. Konnte es wirklich stimmen, dass sie bald freikommen würden, dass die Gefangenschaft und der ganze Terror bald endete? Uri wünschte es sich sehr. So sehr, wie er sich wünschte, Nina in den Armen halten zu können und ihr seine Liebe ein weiteres Mal zu gestehen und ihr zu sagen, dass sie die Frau war, mit der er sein restliches Leben verbringen wollte. Doch Uri wollte dieser Hoffnung, entfacht durch die Worte des sympathischen Mannes, nicht zu viel Raum geben, aus Sorge, dass er die Enttäuschung nicht ertragen könnte, wenn sie sich am Ende zerschlug. Das könnte ihn mental vollkommen aus der Bahn werfen.

»Wir haben viele Elefanten. Ich bringe dir bei, einen zu reiten«, antwortete Suphan.

»*Shukran*«, antwortete der Mann, schaute dann zu Uri. »Es kann nicht immer Krieg herrschen. Irgendwann müssen wir lernen, uns die Hände zu reichen.«

38

Sie hatten großes Glück, dessen war sich Walsh sicher, das Ganze hätte auch anders ausgehen können.

Der Schuss, der sich gelöst hatte, war in die Decke gegangen.

Niemand hatte sich verletzt, keiner war gestorben.

»Ori hat Wort gehalten. Ich bin drin«, sagte Joe.

Er und Walsh hielten gerade eine Videokonferenz.

»Es kann dich auch niemand zurückverfolgen?«, fragte Walsh.

»Nein, ich habe vorgesorgt. Ohne Noams Hilfe wäre es verdammt schwer geworden, mich in die Server des Mossad zu hacken.«

»Gut, läuft die Analyse bereits?«

»Bin dran. Es sind unglaublich viele Daten, aber wenn jemand in Israel weiß, wo die Geiseln sind, dann der Mossad.«

»Dabei sollte es der Schin Bet wissen. Sie sind der Inlandsgeheimdienst, der für Gaza verantwortlich ist.«

»Offiziell, aber jeder weiß, dass der Mossad überall seine Hände im Spiel hat, so wie damals das FBI unter J. Edgar Hoover.«

Walsh nickte nur, er fühlte sich plötzlich müde. Israel war eine Bürde, die sich niemand auf die Schulter lasten wollte. Und in den Jahrzehnten, in denen er für die USA ideologische Kämpfe ausgefochten hatte, hatte sich nichts zum Guten verändert, eher zum Schlechten.

»Was wird aus Dima und Ori?«, fragte Joe.

»Das ist mir herzlich egal. Wir haben Dima gerettet und sie abseits vom Safe House abgesetzt. Wir haben Stoffmasken getragen, sodass sie uns nicht erkennen konnte. Und das Safe House wird sie auch nicht wiederfinden, da sie ebenfalls eine Stoffmaske trug, als wir sie da rausgeschafft haben. Ich konnte Ori davon abhalten, sie nach Ägypten zu bringen, das hätte ihn nur vor noch mehr Fragen und Probleme gestellt.«

»Wird sie es ihrem Bruder nicht verraten?«

»Möglich, auch wenn ich sie darum gebeten habe, es nicht zu tun und ihr eingeredet habe, dass sie damit nur ihr Leben und das ihres Bruders riskiert. Aber selbst wenn sie ihm von der Entführung erzählt, was soll der Bruder schon machen? Sie werden das Safe House nicht finden, nicht in dieser chaotischen Stadt. Und die Mossad-Agenten dürften inzwischen von einem anderen verdeckt operierenden Team befreit worden sein. Durch Dimas Rettung haben wir einen Trumpf aus der Hand gegeben.«

»Bereust du es?«

»Nein, ich würde es wieder tun, so gut solltest du mich kennen. Hast du was auf den Handys und den zwei Laptops der Agenten gefunden?«

Walsh hatte die Handys und die beiden Laptops mitgenommen, doch er hatte sie zuvor ausgeschaltet und die SIM-Karten entfernt.

»Noch nicht. Programme laufen noch.«

Walsh ging das alles zu langsam, dabei wusste er, dass Joe niemand war, der Zeit vertrödelte. Hochsichere Zugänge zu hacken und Daten zu entschlüsseln dauerte nun mal seine Zeit.

Er schaute auf seine Uhr.

»In einer Stunde bin ich mit Ali verabredet.«

»Was ist mit Ori?«

»Er hat versprochen, zurück nach Tel Aviv zu fahren. Ich kann ihn nicht gebrauchen und für ihn ist es hier viel zu gefährlich. Wenn Dima redet, wird sich Khalid Ori schnappen. Und wenn er hierbleibt, könnte auch Avi glauben, dass er in Dimas Befreiung verwickelt war. Schließlich weiß Avi, dass Ori Gefühle für Dima hatte.«

»Armer Ori«, seufzte Joe.

»Warum?«

»Weil er am Ende auch nur ein Mensch ist.«

»Gefühle für Dima kann er sich als Agent nicht leisten. Erste Regel in jedem Agentenhandbuch.«

»Manchmal passiert so was eben. Liebe kennt keine Grenzen.«

»Dann hätte er nie Agent werden dürfen.«

»Sagt Mr. Eisenherz. Ich kann ihn verstehen. Ich war auch in Chavah verliebt. Wer hätte ahnen können, dass sie eine russische Spionin ist.«

»Nur, dass Ori hier der Spion ist.«

Walsh mochte Ori, vor allem seine Integrität. Ori war ein Mann, bei dem ein Handschlag noch zählte, aber er war für Walshs Geschmack zu empathisch für einen Agenten im Außeneinsatz. Gerade in Gaza konnte Empathie tödlich enden.

Möglich, dass die Gefühle für Dima ihn weich gemacht hatten.

Aber welche Zukunft sollten diese Gefühle haben?

Keine!

Ori hatte Dimas Leben gerettet, das sollte reichen.

Für ihn wäre es am besten, wenn er nach vorn blickte und Dima schnell aus seinem Gedächtnis löschte.

»Seltsam«, sagte Joe, der auf seinen Rechner schaute.

»Was?«

»Auf dem einen Handy habe ich eine Datei gefunden.«

»Was für eine Datei?«

»Was über thailändische Geiseln.«

»Thailändische Geiseln in Gaza?«

»Ja, ganz sicher. Der Agent soll sich darum kümmern. Es wurden auch Thailänder entführt. Israel will keinen Konflikt mit Thailand riskieren und in dem Dokument steht, dass die Befreiung dieser Geiseln höchste Priorität hat. Möglichst soll auch verhindert werden, dass sie aus Versehen unter Bombenbeschuss geraten.«

»Weißt du, wo sie gefangen gehalten werden?«

»In einem Wohnkomplex an der Stadtgrenze, vermutet der Mossad. Zwei Thailänder und eine jüdische Geisel vermutlich, wobei die Identität der jüdischen Geisel als nicht gesichert gilt. Warum steckt man eine jüdische Geisel zu den Thailändern?«

»Taktik. Man vermischt die Geiseln, damit diese nicht der dummen Idee erliegen, einen Aufstand anzuzetteln. Du musst mehr über die männliche Geisel herausfinden.«

»Bin dran, ich suche nach der Spiegeldatei auf den Servern des Mossad. Wenn ich die finde, kann ich mich vorarbeiten. Es ist möglich, dass der Mossad weiß, wer die Geisel ist oder aus welcher Region sie entführt wurde. Ich könnte die Drohne dahin fliegen lassen.«

»Lass mich erst mit Ali sprechen, möglicherweise brauche ich die Drohne heute Abend noch.«

»Und ich sehe zu, dass ich herausfinde, wer diese Geisel ist.«

»Verlass dich nur nicht darauf. Wir haben mehr als 250 Geiseln in Gaza.«

»Tue ich nicht. So gut solltest du mich doch kennen.«

»Ich weiß. Wie gehts Rahel?«

»Rahel? Warum?«

»Du bist mein bester Kumpel, da darf ich doch noch fragen, wie es deiner Freundin geht.«

»Keine Sorge, ich komme nicht auf die dumme Idee, ihr zu verraten, dass ich in Tel Aviv bin, auch wenn ich mein Bett gern mit ihr teilen möchte.«

Walsh lächelte. »Liebe bringt einen manchmal dazu, irrationale Dinge zu tun. Aber das würde ich dir niemals unterstellen. Die Frage war ernst gemeint.«

»Ihr geht es gut. Und ich werde tapfer bleiben. Aber sobald du Uri gerettet hast, sei es mir gestattet, ihr reinen Wein einzuschenken.«

»Warum?«

»Weil sie meine Freundin ist und ich sie nicht anlügen möchte.«

»Joe, das ist der Preis, den du zahlen musst. Melanie weiß einiges über meine Arbeit, aber sie kennt nicht die Details. Nur so kann ich sie schützen.«

»Aber Rahel ist Soldatin.«

»Reservistin, um genau zu sein. Wenn du es ihr verrätst, macht sie sich angreifbar. Die Vorgesetzten werden sich fragen, ob sie nicht schon vorher wusste, dass wir in Israel und Gaza sind und ob sie uns nicht geholfen hat.«

»Das ist doch absurd.«

»Nein, das solltest du besser wissen. Offiziere sind bei jedem Militär der Welt die gleichen Arschlöcher.«

Joe seufzte und nickte. »Du hast recht. Ich möchte nicht, dass sie wegen mir Ärger bekommt. Aber glaubst du nicht, dass die Welt erfahren wird, wer Uri befreit hat?«

»Das wird sie. Sie wird glauben, dass es die IDF, Aman oder der Schin Bet waren. Ich muss los.«

»Und ich sehe zu, dass ich bis dahin herausfinde, wer die ominöse dritte Geisel ist.«

Walsh nahm ein paar Sachen, verließ dann das Zimmer.

Die Straßen waren belebt. Immer mehr Flüchtlinge aus dem Norden schienen die Stadt anzusteuern, vermutlich weil sie wussten, dass Israel den gesamten Norden bald in Schutt und Asche legen würden. Sie glaubten, im Süden wäre es sicher.

Walsh glaubte nicht daran. Er war sich sicher, dass Israel ganz Gaza in Schutt und Asche legen würde. Viele dieser Flüchtlinge würden sterben.

Und warum?

Weil die Hamas-Terroristen sich einen Dreck um die Bevölkerung scherten, sondern nur um ihre Ideologie und ihren Machterhalt. Und weil sich die radikale Regierung um Netanjahu nicht um die Palästinenser scherte. Auch ihnen ging es nur um ihre Ideologie. Den Preis zahlten die einfachen Menschen, wie überall auf der Welt, in jedem Krieg.

Walsh erreichte den Barbershop und betrat ihn.

»*Salam*«, grüßte ihn Ali.

»*Salam*«, antwortete Walsh.

»Ich mache uns einen Tee. Nimm doch bitte Platz.«

Walsh nahm auf dem Barbierstuhl Platz, um bei Passanten möglichst den Eindruck zu erwecken, dass er für eine Rasur hier war.

Ali brachte den Tee. Er reichte Walsh ein Glas.

»Du hältst dein Wort?«, fragte Ali. »Du bringst mich hier raus?«

»Das mache ich.«

»Ich vertraue dir. Mir wird es hier langsam zu ungemütlich. Khalid war heute hier und er glaubt, dass Israel nicht im Norden halt machen wird. Er sagt, dass sie ganz Gaza zerbomben und die Palästinenser nach Rafah an die ägyptische Grenze drängen werden, und dann aus Gaza raus. Sie werden auch die Tunnel fluten. Ehrlich, *Habibi*, ich möchte nicht sterben, nicht für die Zionisten und nicht für die Hamas.«

»Du kannst mir vertrauen. Wird die Hamas dann nicht die Geiseln aus den Tunneln verlegen müssen?«

»Sie sind schon dabei. Sie brauchen die Geiseln als Pfand, um Hamas-Kämpfer aus jüdischen Gefängnissen freizupressen. Ich glaube, ich weiß, wo dein Bruder sein könnte.«

»Wo?«, fragte Walsh. Er versuchte, sein Erstaunen nicht zu zeigen, da Ali nicht wissen durfte, dass er nach einer jüdischen Geisel suchte. Konnte es sein, dass die Hamas tatsächlich der Fatah nahestehende junge Männer in Geiselhaft nahm, um sie zu Hamas-Kriegern zu machen? Walsh hielt es für möglich, aber der Grund für seine Gespräche mit Ali bestand darin, dass er mehr über die Verstecke der jüdischen Geiseln herausfinden wollte. Und wenn Ali heute mit Khalid gesprochen hatte, war es möglich, dass er auch einiges über die jüdischen Geiseln erfahren hatte.

»In einem Wohnblock nicht weit von hier. Mit Geiseln aus Thailand.«

»Mit Thailändern?« Walsh tat überrascht. »Würde man die nicht isoliert verstecken?«

»*Habibi*, es kann nur dein Bruder sein. Khalid meinte, man hätte einen jungen Mann mit den Thailändern zusammen hergebracht, damit er nicht auf dumme Gedanken kommt und den Helden spielt.«

»Wo genau steht das Gebäude?«

»Das weiß ich nicht, aber es soll in der Nachbarschaft sein.«

»Ich schaue mich da um. Hat Khalid noch was anderes gesagt, wo weitere Geiseln gefangen gehalten werden? Ich muss meinen Bruder finden, damit wir Gaza schnell verlassen können.«

»Niemand wünscht sich das mehr als ich, *Habibi*, aber mehr habe ich nicht. Ich höre mich weiter um, du kannst dich auf mich verlassen. Wir finden deinen Bruder, dann verlassen wir gemeinsam dieses verlorene Stück Erde. Ahmad will nicht mit. Irgendwie verstehe ich ihn, denn dieses Land, auf dem er seinen Hof hat, gehört seiner Familie seit Generationen. Aber ich habe nichts, selbst dieser Laden ist nur gemietet.«

»Hör dich weiter um, und ich werde mich in der Nachbarschaft umschauen. Und pack die nötigsten Sachen zusammen. Sobald ich meinen Bruder habe, verschwinden wir.«

»Meine wenigen Habseligkeiten sind gepackt«, antwortete Ali, und Walsh tat es leid, dass er Ali enttäuschen würde.

Er verabschiedete sich von Ali, steckte den MK ins Ohr und schaltete ihn an.

»Joe, hörst du mich?«

»Klar und deutlich. Hast du Neuigkeiten?«

»Khalid hat Ali gegenüber auch von den Thailändern gesprochen. Die dritte Person muss ein junger Mann sein. Mehr weiß er nicht. Hast du was?«

»Nicht viel. Ich bin gerade mit der Analyse der Daten fertig geworden. In dem Gebäude sind drei Geiseln. Der Mossad geht von einer jüdischen Geisel aus. Die Agenten, die du ausgeschaltet hast, sollten das Gebäude genauer unter die Lupe nehmen. Und ich habe noch etwas Interessantes gefunden.«

»Was?«

»Ich hatte doch die GPS-Koordinaten des Tunnels unter der Schule verschickt, mit einem Hinweis auf die Geiseln.«

»Ja, und was ist damit?«

»Der Schin Bet wollte eine Rettungsaktion starten, mit Ori und Noam. Rate mal, wer das gestoppt hat?«

»Avi Dagan?«

»Genau! Dieser miese Wichser hat eine Informationssperre verhängt. Der Tunnel fällt in den Zuständigkeitsbereich der IDF und des Mossad. Es gibt Pläne, den Tunnel zu fluten. Geiseln sollen nur dann gerettet werden, wenn die militärische Operation, die vorrangig vorsieht, Hamas-Einheiten auszuschalten, dadurch nicht gefährdet wird. Die Hamas auszuschalten hat für Avi und die Regierung die allerhöchste Priorität.«

»Wieso wundert mich das nicht? Ich weiß, was du als Nächstes fragen möchtest, aber die Antwort lautet nein.«

»Nur eine kleine Nachricht, bitte! Niemand wird erfahren, dass sie von mir kam.«

»Mag sein, Joe. Dein Idealismus ehrt dich, aber wir

können keine Informationen an die Medien durchsickern lassen, nicht bevor ich Uri befreit habe.«

»Vermutlich hast du recht.«

»Bleib dran, vielleicht findest du noch was. Ich schau mich so lange im Gebäude um.«

»Sollte ich nicht die Drohne steuern?«

»Nein, ein kleiner Spaziergang schadet mir nicht. Schick mir die Koordinaten des Gebäudes.«

»Du solltest die Drohne nutzen, was schadet es?«

»Meinetwegen. Ich bin gleich auf dem Zimmer.«

»Sehr gut. Wir sollten uns immer für den Weg des kleinstmöglichen Risikos entscheiden. Denn der Weg ist das Ziel.«

»Hast du wieder an einem deiner pseudophilosophischen Bücher geschnuppert?«

»Fakten, Dicker, Fakten. Kein Geringerer als der ehrwürdige Konfuzius hat das gesagt.«

Walsh hörte ein Schmatzen.

»Dicker? Isst du gerade einen Schokoriegel?«

»Sagt man in Hamburg, falls du es vergessen hast, und ja, ich esse einen Riegel«, lachte Joe.

Walsh erreichte die kleine Pension, betrat sein Zimmer, öffnete das Fenster und stellte die Drohne auf dem Tisch ab. Wenige Sekunden später hob sie schon ab. Joe hatte sie sofort gestartet.

Es war inzwischen sehr dunkel, daher war die Bildqualität, die die kleine Drohnenkamera übertrug, nicht gut, aber ausreichend. Walsh hatte bereits seinen Laptop eingeschaltet und beobachtete den Flug der Drohne. In einem kleinen Fenster, das er in die Ecke des Bildschirms verschoben hatte, war Joe zu sehen, der sich gerade einen Schokoriegel reinpfiff.

»Auf zwölf Uhr, das zweistöckige Gebäude muss es sein«, sagte Joe und griff nach einem zweiten Riegel.

»Willst du den auch noch essen?«

»Klar, Nervennahrung. Solange du nicht in meiner Nähe bist, muss ich diese kleinen Freiheiten genießen«, antwortete Joe.

»Dass ich dabei nur an dich und deine Gesundheit denke, kommt dir nicht in den Sinn.«

»Ich bin auf jedes Gramm stolz«, entgegnete Joe und berührte seinen doch recht umfangreichen Bauch.

»Du meinst wohl auf die Kilos.«

»So ein Schokoriegel täte dir ab und zu auch gut, beruhigt nämlich die Nerven und entspannt.«

»Ich bin entspannt.«

»Du?« Joe lachte auf.

»Ja, ich. Und jetzt konzentriere dich wieder auf die Drohne.«

In einigen Räumen des Gebäudes brannte Licht.

»Flieg um das Gebäude herum, ich will wissen, wo das Licht brennt und wie ich mir Zugang verschaffen kann.«

Walsh zählte vier Räume, in denen Licht brannte. Das Gebäude lag am Ende einer Straße und danach kam keines mehr, sodass er sich unbemerkt anschleichen konnte. Auch war die Straßenbeleuchtung mehr als schlecht, was ihm zusätzlich in die Karten spielte.

War es möglich, dass Uri tatsächlich dort gefangen gehalten wurde?

Dass die Hamas die Strategie fuhren, Geiseln auch in Wohnungen von Zivilisten zu verstecken, war nichts Neues. Die Hamas erhöhte damit nur den Druck auf

Israel und versuchte zudem, die Befreiung der Geiseln so zu erschweren.

Aber die Strategie von Netanjahus ultranationaler Regierung war eine andere. Sie folgte in erster Linie seiner Agenda, dann erst diente sie dem Schutz von Geiseln oder gar dem Überleben palästinensischer Zivilisten.

»Ich muss wissen, ob das Gebäude bewohnt ist oder ob sich dort nur Geiseln aufhalten«, sagte Walsh.

»Du willst, dass auch ich die Räume ansteuere, in denen Licht brennt?«

»Ja, alle, wenn möglich.«

»Willst du noch was von außen sehen, sonst fliege ich in das Gebäude.«

»Du kannst ins Gebäude«, antwortete Walsh und bemerkte die Feuertreppe, die ihn an jene an New Yorker Hochhäusern erinnerte.

Joe suchte ein offenes Fenster, wurde schnell fündig.

Das Fenster war nicht offen, sondern zersprungen. Ein Indiz, dass das gesamte Gebäude nicht wirklich bewohnt war? Wobei ein einzelnes zersprungenes Fenster noch nichts zu bedeuten haben musste. Die Lebensbedingungen in Gaza konnte man in keiner Weise mit denen in westlichen Ländern oder Israel vergleichen.

Die Drohne flog durch den Raum. Er war tatsächlich unbewohnt. Dann flog die Drohne durch einen weiteren Raum, der ebenfalls verlassen war. Auch die anderen Räume auf dieser Etage waren menschenleer

»Erdgeschoss oder zweites Stockwerk?«, fragte Joe.

»Zweites«, antwortete Walsh, und Joe steuerte die

Drohne durchs Treppenhaus nach oben. Das meiste Licht kam durch die Fenster und stammte vom Mond oder einer entfernt liegenden Straßenlaterne.

»Ich habe die Helligkeit der Kamera auf Maximum«, sagte Joe. »Heller geht es nicht.«

»Egal, solange du sie steuern kannst. Mir geht es nur darum, herauszufinden, ob sich oben Personen aufhalten.«

»Ich steuere die Drohne auch blind, Bro. Da wird selbst Maverick neidisch«, scherzte Joe, als er den Flur erreichte.

Plötzlich hörte Walsh einen lauten Knall, der durch die Laptopboxen kam.

Der Bildschirm wurde schwarz.

39

Ori hatte Walsh versprochen, dass er zurück nach Israel fahren würde. Aber das konnte er nicht, bevor er Dima nicht ein letztes Mal gesehen hatte.

Sie hatten Dima gerettet, aber diese Angst in ihren Augen, als er ihr die Stoffmaske über den Kopf gestülpt hatte, konnte Ori nicht vergessen.

Sein Handy klingelte. Es war Noam.

»*Shalom*«, nahm Ori das Gespräch an.

»Wieso bist du noch nicht in Israel?«, fragte Noam.

»Ich habe noch eine Kleinigkeit zu erledigen.«

Ori hatte aus Sicherheitsgründen ein neues Apartment bezogen, schließlich kannten Khalids Männer seine alte Anschrift. Von dieser hier wusste niemand etwas, nicht einmal sein Team in Tel Aviv.

»Bist du verrückt? Komm her, bevor die Situation komplett eskaliert und außer Kontrolle gerät.«

»Wie eskaliert?«

»Ich dachte, ich wäre der Naivere von uns beiden. Avi schäumt vor Wut, weil seine Agenten Dima entkommen ließen. Er glaubt, dass du dahintersteckst. Je länger du mit deiner Rückkehr wartest, desto verdächtiger machst du dich.«

»Avi kann mich mal! Ich habe keine Angst vor ihm. Er spielt ein doppeltes Spiel. Ich frage mich, woher er wusste, dass ich früher mal eine Affäre mit Dima hatte.«

»Ich habe nichts darüber herausgefunden. Möglich, dass er auch nur durch Zufall darauf gestoßen ist. Vielleicht durch die auf deinem Handy installierte Spyware.«

»Nein, das glaube ich nicht. Er hat sich extra für mich eingesetzt, damit ich ein Mitglied der Sondereinheit werde, obwohl unsere Vorgesetzten das nicht wollten. Er wusste davon, und er hat sein Wissen gezielt gegen Dima und mich eingesetzt.«

»Gut, mag sein. Beweg trotzdem deinen Arsch hierher. Ich kann in einer Stunde an der Grenze sein und dich abholen.«

»Gib mir bis morgen, scharf um zwölfhundert«, entgegnete Ori.

»Ich halte das für einen Fehler, aber du wirst eh nicht auf mich hören.«

»Du kennst mich besser als jeder andere. Was ist mit den Geiseln aus dem Tunnel?«

»Mein Vermerk wurde als *Top Classified* markiert. Wir sind da raus.«

»Du scherzt!«

»Nein. Angeblich auf Anweisung von höchster Stelle. Regierung, Verteidigungsministerium, was auch immer.«

»Wozu braucht es die Hamas, wenn man eine Regierung wie die unsere hat?«, regte sich Ori auf.

»Entspann dich! Sieh lieber zu, dass du bis morgen am Leben bleibst.«

»Schlechte Menschen sterben nicht, Noam, das weißt du doch.«

»Ich wünschte, du wärst ein schlechter Mensch, Ori, dann müsste ich mir keine Sorgen um dich machen. Ich brauch dich hier, allein halte ich es nicht mit den Idioten aus.«

»Ich werde morgen am vereinbarten Punkt erscheinen. Scharf zwölfhundert, komm bitte allein.«

»Mach ich. Und mach keine Dummheiten. Keine Frau der Welt ist es wert, für sie zu sterben.«

»Doch, die richtige schon«, antwortete Ori und beendete das Gespräch.

Ori musste an Walsh denken. Er stand in seiner Schuld. Ohne ihn hätte er Dima niemals befreien können.

Diese wenigen Tage in Gaza in dieser extremen Situation hatten ihm eins klargemacht. Er hatte nie aufgehört, Dima zu lieben. Und wie es schien, liebte sie ihn ebenfalls noch immer.

Aber welche Zukunft konnten sie haben?

»Vergiss sie, ganz schnell«, hatte Walsh ihm geraten, und jeder andere Mensch mit etwas Verstand hätte ihm zugestimmt.

Aber seit wann hörte die Liebe auf den Verstand?

Oder war es diese extreme Situation, die ihn Glauben machte, dass er noch immer Gefühle für Dima hatte?

Ori schrieb ihr.

Salam, wie geht es dir?

Wir müssen sprechen,

kam als Antwort.

Wann und wo?

In einer halben Stunde, der kleine Park, am Ende der Straße vom Café Evento.

Ich werde da sein,

antwortete Ori. Er erinnerte sich nur zu gern an diesen kleinen, versteckten Park.

Dass sie ihn sprechen wollte, konnte er gerade nicht wirklich deuten.

War sie sauer auf ihn, weil er ihr nach der Entführung nicht gleich geschrieben hatte? Ori hielt es für möglich, schließlich konnte sie nicht wissen, dass er und Walsh sie befreit hatten. Die wichtigste Frage, die durch Oris Kopf spukte, war aber, ob sie mit ihrem Bruder über die Entführung gesprochen hatte.

Eine Falle!, schoss es ihm durch den Kopf. Was, wenn sie Khalid von der Entführung erzählt hatte und sie ihn nun für Khalid in eine Falle locken sollte?

Ori schüttelte den Kopf. Er wollte nicht glauben, dass Dima ihn in eine Falle lockte.

»Und was, wenn Khalid ihr erzählt hat, dass du ein jüdischer Spion bist? Der Feind! Würde Dima dann noch immer zu dir halten?«, überlegte er laut, wusste aber trotzdem, dass er zu dem Treffpunkt gehen würde.

Er konnte nicht anders.

Ori steckte dennoch seine Waffe ein, dazu noch ein paar andere Sachen, dann verließ er das kleine Apartment.

Die Straßen waren belebt, seit dem Krieg gegen Israel schien Chan Junis im Zentrum keine Ruhe zu finden, was vermutlich an den vielen Flüchtlingen lag, die vom Norden angeströmt kamen und Richtung Rafah unterwegs waren, um sich und ihre Familien vor den israelischen Bomben zu schützen.

Je weiter sich Ori von der Innenstadt entfernte, desto ruhiger wurde es und desto weniger Menschen sah man auf den Straßen.

Er erreichte den Park, betrat ihn, schaute sich immer wieder um, ob ihm jemand gefolgt war. Und dann sah er Dima. Sie saß auf einer Bank.

»*Salam*«, grüßte er sie.

Sie blieb sitzen, schaute ihn nur an.

Wut und Enttäuschung sah er in ihren Augen, die feucht waren.

Sie atmete hörbar, ihr Brustkorb hob und senkte sich, dann antwortete sie endlich.

»Wolltest du mir jemals verraten, dass du ein israelischer Spion bist?«

40

»Was war das?«, fragte Walsh.

»Sah nach einer Katze aus.«

»Eine Katze hat deine 30.000 Euro teure Drohne zerstört? Oder bekommst du sie wieder in die Luft?«

»Ich fürchte nicht. Muss sich um eine streunende Katze handeln. Mist! Ich Depp wollte noch eine zweite Drohne einpacken.«

»Für Vorwürfe ist es jetzt zu spät. Ich schau mich um.«

»Sei vorsichtig.«

»Bin ich immer.«

»Deswegen sage ich es.«

»Ich melde mich, sobald ich aus dem Gebäude bin«, antwortete Walsh und beendete das Gespräch.

Er packte ein paar Sachen zusammen, dann steckte er seine Waffe ein und verließ sein Zimmer.

Dass Uri ausgerechnet in dem Gebäude gefangen gehalten wurde, konnte sich Walsh zwar nicht vorstellen, aber er hatte keinen anderen Anhaltspunkt und bevor er im Zimmer Däumchen drehte, konnte er sich auch mal dort umschauen. Das Gebäude war laut Google Maps keine zwei Kilometer von der Pension entfernt, sodass er beschloss, die Strecke zu Fuß zurückzulegen.

Er trug weder den MK im Ohr noch die Kontaktlinsen. In der Dunkelheit brachten die Linsen ihm keinen Vorteil und der Minikommunikator war nichts, was er mochte, da er wusste, dass der besorgte Joe ihn immer wieder anfunken würde.

Walsh erreichte die Abzweigung, die zur gesuchten Anschrift führte, reduzierte das Tempo und ging auf der anderen Straßenseite bis zum Ende der Gasse, um sich der Rückseite des Hauses zu nähern.

Walshs Blick wanderte immer wieder durch die Gegend, doch es gab hier keine verdächtigen Personen oder Geräusche.

Noch dreißig Meter bis zum Gebäude.

Wie vorhin brannte auch jetzt in vier Räumen das Licht und dieselben zwei Autos parkten vor dem Haus. Im ersten Stock war niemand gewesen, sodass er sich auf das Erdgeschoss und den zweiten Stock konzentrieren musste. Walsh beschloss in den ersten Stock einzusteigen, da er dort keine böse Überraschung fürchten musste.

Er ging zu der Feuertreppe, sprang und bekam die unterste Sprosse zu fassen. Daran zog er sich hoch. Langsam stieg er die Treppe, die Geräusche von sich gab, als wäre sie seit Jahren weder benutzt noch geölt worden, nach oben, wo er durch ein kaputtes Fenster in den ersten Stock gelangte.

Die entsicherte Waffe vor sich haltend, in der anderen Hand seine kleine Taschenlampe, die ihm Licht spendete, verließ Walsh den Raum. Er wusste, dass er die anderen Räume nicht durchsuchen musste, da in diesen beim Drohnenflug weder Geiseln noch Hamas-Kämpfer zu sehen waren. Als Walsh den Flur erreicht hatte, schaute er sich vorsichtig um. Er hörte Geräusche, die aus dem Erdgeschoss kamen.

Arabisch!

Er nahm die Treppe zum zweiten Stock. Kaum hatte er sie betreten, knirschte sie, was wie eine Warnung wirkte, dass die Stufen unter seinem Gewicht nachgeben könnten. Walsh nahm vorsichtig die weiteren Stufen, erreichte den oberen Flur, schaute auf den Boden und fand die kleine Minidrohne.

Er hob sie auf und steckte sie in die Hose.

Er hörte nichts mehr, aber in einem der Räume, genauer gesagt in dem in der Mitte, hatte Licht gebrannt.

Geiseln?, schoss es Walsh durch den Kopf.

Möglich, dass sie schliefen.

Aber er sah keine Wache auf dem Flur.

Im Zimmer?, überlegte er weiter und konnte es nicht ausschließen.

Vorsichtig öffnete er die erste Tür. Er musste jedes Zimmer inspizieren.

Was ihm sofort auffiel, war, dass alle Türen auf diesem Stockwerk geschlossen waren, während die Räume im ersten Stock offen gestanden hatten, was sehr praktisch für die Drohne gewesen war.

Verschlossene Türen konnten ein Hinweis darauf sein, dass das Stockwerk bewohnt war. Aber warum war ausgerechnet der erste Stock nicht bewohnt?

Walsh öffnete vorsichtig eine der Türen und betrat den dahinterliegenden Raum. Der Lauf seiner Waffe war nach vorn gerichtet.

Leer!

Er leuchtete nochmals durch den Raum, aber hier war niemand.

In dem Raum gab es ein Bett, ein Sofa, jede Menge

Staub und Spinnenweben und einen orangefarbenen Kater, der auf dem Sofa schlief.

Du schuldest uns 30.000 Euro, dachte Walsh und hoffte, dass Joe die Drohne reparieren könnte.

Walsh verließ den Raum und schlich an dem vorbei, wo Licht brannte. Zuerst überprüfte er das Zimmer daneben und bestätigte sein Gefühl, dass auch dieses unbewohnt war.

Fehlt nur noch das mittlere Zimmer, dachte er und schlich nun dorthin.

Vor dem Zimmer hielt er an und lauschte, konnte aber keine Geräusche hören. Er runzelte nachdenklich die Stirn. Die Wände machten nicht den Eindruck, als wären sie gut isoliert. Keine Geräusche, aber Licht, das passte irgendwie nicht zusammen. Oder ließen die Hamas-Terroristen das Licht bewusst an, um die Geiseln unter Stress zu setzen? Eine beliebte Foltermethode war Licht, wenn es ohne Unterbrechung brannte. Aber die größte Wirkung erzielte diese Foltermethode in Räumen ohne Fenster. Doch dass der Raum ein Fenster hatte, wusste Walsh, da er von draußen das Licht durch die Gardinen schimmern gesehen hatte.

Wieder öffnete er die Tür sehr vorsichtig, bereit, beim geringsten Verdacht zu schießen.

Er hörte plötzlich Geräusche. Sie kamen aus dem Zimmer.

Walsh wusste, sobald er es betreten hätte, würde er keine Deckung haben. Er konnte nur auf das Überraschungsmoment bauen und hoffen, dass sich nicht zu viele Hamas-Kämpfer darin aufhielten.

Walsh öffnete die Tür noch ein Stück weiter und betrat den Raum.

Eine Person starrte ihn aus großen Augen an. Der Gesichtsausdruck sagte Walsh, dass die Person kurz vor der Panik stand.

Walsh hob einen Finger vor die Lippen.

»*I'm american*«, flüsterte er dann, weil die beiden Männer in diesem Raum unmöglich Hamas-Kämpfer sein konnten. Es waren die beiden Thailänder. Der eine schlief. Erleichterung zeigte sich im Gesichtsausdruck des Mannes, dessen Schultern sich senkten, aber gleichzeitig wirkte er besorgt

»*Do you speak english?*«, fragte Walsh.

»*A little bit.*«

»*Hebrew?*«

»Besser.«

»Weck deinen Freund, aber leise«, bat Walsh auf Hebräisch. Er wollte nicht, dass der Mann wach wurde, ihn sah und sich erschreckte, wobei das Ganze gerade irgendwie surreal war. Immerhin wurden sie von Hamas-Kämpfern als Geiseln genommen, somit waren sie es gewohnt, in die Läufe von Waffen zu blicken.

Der Mann nickte. Vorsichtig weckte er den anderen, hielt ihm mit der Hand den Mund zu und flüsterte ihm etwas ins Ohr. Der erste Mann schaute Walsh an, ziemlich unsicher, dann sprach er wieder auf den anderen ein.

»Was machen Sie hier?«, fragte der Mann.

»Ich werde Sie und die andere Geisel befreien.«

»Befreien? Warum?«

»Es ist keine Zeit für Erklärungen«, erwiderte Walsh. Fast bekam er das Gefühl, dass die Männer gar nicht befreit werden wollten, und wenn dem so war, würde Walsh ihnen diesen Gefallen gern erweisen. Ihm ging es nur um Uri. Sollte Uri nicht in diesem Gebäude sein, würde er auf leisen Sohlen wieder verschwinden.

»Ich dachte, wir werden ohnehin bald von der Regierung befreit, Gefangenenaustausch.«

»Ich komme von der Regierung. Verstärkung ist unterwegs. Es ist nun ganz besonders wichtig, dass Sie sich unauffällig verhalten und den Raum nicht verlassen. Ist hier noch eine weitere Geisel?«

»Ja, ein junger Mann aus Israel.«

»Wie heißt er?«

»Uri.«

»Und wo ist er?«

»Sie haben ihn, glaube ich, in ein anderes Zimmer gebracht, vorhin erst.«

»Sie bleiben hier. Versuchen Sie, noch ein bisschen zu schlafen. Oder tun Sie wenigstens so. Sie machen gar nichts. Das ist sehr wichtig.«

Der Mann nickte nur und legte sich hin, der andere lag noch immer.

Walsh verließ das Zimmer.

Uri war hier gewesen, aber hatte der Mann recht, dass Uri nur in ein anderes Zimmer verlegt wurde? Oder hatte man ihn in ein anderes Versteck gebracht?

Einige weitere Fragen spukten durch Walshs Kopf, wofür gerade aber keine Zeit war. Er musste ins Erdgeschoss. Wenn Uri hier war, dann konnte er nur dort sein. Soweit er wusste, gab es keinen Keller.

Walsh folgte dem Flur, nahm die Treppe nach unten.

Unten, direkt an der Treppe, war eine Tür, die er vorsichtig öffnete.

Kaum geöffnet, starrte er in den Lauf zweier Maschinenpistolen.

41

Ori wusste kurz nicht, was er sagen sollte. Dimas Vorwurf traf ihn unvorbereitet.

»Wie kommst du darauf?«, fragte er schließlich, als er sich wieder gefasst hatte. Dima durfte nicht merken, dass er sich kurz ertappt gefühlt hatte.

»Du lügst, ohne rot zu werden.«

Ori nahm neben ihr auf der Bank Platz.

»Dima, ich bin Libanese. Wieso sollte ich dich anlügen?«

»Was war ich für dich? Eine Trophäe? Wolltest du über mich an meinen Bruder herankommen, um ihn zu ermorden?«

»Hat Khalid dir das gesagt?«

Dima schaute ihn nur an. Sie wirkte angewidert und enttäuscht zugleich.

»Ich bin kein Spion.«

»Doch, bist du. Ich habe dich nie angelogen. Alles, was ich dir über mich erzählt habe, war die Wahrheit. Auch was meine Gefühle für dich angeht.«

»Meine Gefühle dir gegenüber sind auch echt. Du bedeutest mir sehr viel, sonst wäre ich nicht zurückgekommen. Ich möchte, dass du Gaza mit mir verlässt.«

»Wohin? Nach Israel, damit sie mich ins Gefängnis stecken und foltern?«

»Sag so was nicht, das bricht mir das Herz. Ich bins

doch, Samer. Am Strand wurde mir wieder bewusst, wie viel du mir bedeutest.«

»Jemanden, den man in sein Herz geschlossen hat, den sollte man nicht belügen.«

»Ich lüge nicht. Ich weiß nicht, was Khalid dir über mich erzählt hat, nachdem seine Männer dich mir am Strand entrissen haben, aber das stimmt nicht. Bitte, glaub mir doch.«

Dima sah ihn an, schaute in seine Augen, als wolle sie ihm glauben. In ihren Augen sammelten sich Tränen. Sie schluckte, befeuchtete sich kurz die Lippen.

»Ich hatte gehofft, dass du mir endlich die Wahrheit sagst. Auch wenn du Jude wärst, hätte das nichts an meinen Gefühlen für dich geändert.«

Ori presste die Hände zusammen und hielt sie vors Gesicht. Da gab es etwas in ihm, das Dima die Wahrheit sagen wollte, unbedingt sogar, aber sein Verstand ermahnte ihn, nicht so dumm zu sein. Damit würde er nicht nur sein Leben, sondern auch ihres gefährden, gerade jetzt, wo Krieg war.

Zum Glück habe ich das Apartment gewechselt, dachte Ori, denn wenn Khalid ihn für einen Spion hielt, dann wäre er nirgendwo in Gaza mehr sicher.

Oder war das eine Taktik von Khalid, um seine Schwester von ihm fernzuhalten?

»Ich bin kein Spion! Das hier hat mir Khalid angetan, weil er wollte, dass ich gestehe, dass ich ein Spion bin. Habe ich aber nicht.« Ori zeigte auf die Hämatome in seinem Gesicht.

Dimas Blick wanderte zum Boden, sie seufzte.

»Wie kann ich dir vertrauen, wenn du mir nicht die Wahrheit sagst?«

»Du kannst mir vertrauen. Ich würde dich niemals belügen oder dir wehtun. Ich liebe dich. Khalid will dich manipulieren, uns auseinanderbringen«, antwortete Ori. Dass er sie liebte, war ihm rausgerutscht, aber es war das, was sein Herz gerade fühlte. Er war kein eiskalter Agent wie Walsh. Obwohl er ein Agent des Schin Bet auf einem von Gott verdammten Flecken Erde war, hatte er nie vergessen, was es wirklich bedeutete, ein Mensch zu sein.

»Ich habe es nicht von Khalid.«

»Nicht von Khalid?« Ori verstand gerade nichts. Gab es noch jemanden, der Bescheid wusste?

Dima schaute Ori an, sie wandte ihren Blick nicht von ihm ab.

»Deine Augen haben dich verraten«, sagte sie. »Ich würden sie unter Millionen Augen erkennen.«

Ori konnte es nicht glauben, hatte Dima ihn wirklich an seinen Augen erkannt? Er traute es ihr zu, denn sie war unglaublich sensibel und sie hatte ihm immer wieder gesagt, wie schön sie seine Augen fand.

»Meine grünen Augen …«, antwortete Ori.

»Mit dem winzigen braunen Fleck im rechten Auge«, ergänzte sie.

»Weiß Khalid davon?«

»Nein, er würde dich töten und mich auch.«

»Danke«, antwortete Ori. Er wusste nicht, was er noch sagen sollte, denn er schämte sich, weil er sie belogen hatte. Ein Mensch, der einen liebte und den man selbst auch liebte, solch einen Menschen sollte man nicht belügen.

»Du musst mir nicht erzählen, wer mich entführt hat oder warum du mich gemeinsam mit diesem muskulösen Mann befreit hast. Ich habe dir mein Leben zu verdanken. Mir ist es egal, ob du Jude oder Libanese bist.«

»So viel mehr Muskeln als ich hat er nicht, das lag am Licht«, versuchte Ori einen Scherz und presste seinen Oberarm zusammen, der natürlich überhaupt nicht so beeindruckend wie der von Walsh war, hatte Ori doch eher eine normale Statur.

Dima lächelte, ihre Augen glänzten.

»Ich mag Männer mit Herz und Verstand.«

Ori drückte sie an sich, dann weinte sie und schluchzte: »Du hast mir das Leben gerettet. Ich möchte dich als Samer in Erinnerung behalten, als meinen lieben Samer, der mich aus diesem Gefängnis befreit hat und dem ich viele Kinder schenken möchte. So will ich dich in Erinnerung behalten.«

Oris Augen wurden ebenfalls feucht. Mit einem so emotionalen Gespräch hatte er nicht gerechnet.

»Samer heißt Ori. Keine Lügen mehr zwischen uns«, beschloss Ori, ihr von nun an die Wahrheit zu sagen. »Ich habe mich bei unserem ersten Treffen in dich verliebt. Ich habe nie aufgehört dich zu lieben, aber mir blieb keine Wahl. Ich musste gehen. Ich würde dir niemals wehtun.«

»Ich glaube dir. Ori ist ein schöner Name für einen schönen Mann.«

Ori lächelte und küsste Dima auf den Kopf.

Es war das erste Mal, dass er sie überhaupt küsste. Selbst damals, als das zwischen ihnen intensiver wurde, hatten sie sich nie geküsst, weil es sich nicht geziemt hätte.

Dima löste die Umklammerung, schaute Ori an, dann beugte sie sich vor, schloss ihre Augen und küsste Ori.

Nie hatten Glück und Unglück näher beieinander gelegen.

Ori war gerade alles egal, er wollte nur diesen Moment genießen. In seinem Bauch kribbelte es, er hatte Schmetterlinge, die er so noch nie gespürt hatte, selbst dann nicht, als er seine Frau Yahli kennengelernt hatte.

»Heißt dein Freund Nabil?«, fragte Dima.

»Das ist sein Deckname. Woher kennst du ihn?«

»Ich habe vorhin ein Gespräch zwischen meinem Bruder und zwei Hamas-Kämpfern belauscht, als ich in der Küche war.«

»Worum ging es?«

»Dass Nabil ein jüdischer Spion sei, und dass er Geiseln aus einem Wohngebäude befreien will.«

Ori schluckte.

»Und woher weiß Khalid davon?«

»Von Ali, dem Barbier. Er hat einen Laden, nicht weit von uns.«

Ali hatte Walsh verraten und dieser würde, wie es schien, in eine Falle laufen. Ori musste handeln, wenn es nicht schon zu spät war.

42

War Walsh in eine Falle getappt?

Fast fühlte es sich so an.

»Mitkommen, *Kahbar*«, rief der Hamas-Terrorist, nachdem er Walsh entwaffnet hatte.

Walsh folgte den schwer bewaffneten Männern und wartete auf seine Gelegenheit, beide zu überwältigen. Sie betraten einen Raum, in dem zwei weitere schwer bewaffnete Hamas-Kämpfer waren.

»*Habibi*, was soll das?«, fragte Walsh auf Arabisch.

»Halt die Fresse!«, antwortete der Mann.

»Ich bin Araber.«

»Halt die Fresse!«, brüllte der Mann erneut, während gleichzeitig ein anderer mit seiner Waffe auf Walshs Rücken einschlug. Ein plötzlicher Schmerz, den Walsh unterdrückte.

Die Tür wurde geöffnet und zwei weitere Männer traten ein.

Einer von ihnen war Khalid!

»Seit wann schleichen sich Gäste nachts an und dringen heimlich in ein Haus ein?«, fragte Khalid. Wut lag in seinen Augen, die er zu Schlitzen verengt hatte.

Khalid war etwas kleiner als Walsh, aber körperlich in sehr guter Form.

»Ich muss mich in der Tür geirrt haben«, antwortete Walsh.

Khalid schaute die zwei Männer nur an. Sofort

stürzten sie sich auf Walsh und verpassten ihm ein paar heftige Fausthiebe, während ein anderer ihn mit der Waffe bedrohte.

Walsh wehrte sich nicht, steckte die Hiebe ein.

Blut, sein Blut, flog durch den Raum.

»Wer bist du?«, fragte Khalid.

»Nabil. Ich hatte mich doch schon vorgestellt. Hast du ein schlechtes Gedächtnis?«

Wieder schlugen die beiden Männer Walsh. Ein Schlag traf sein rechtes Ohr, es brannte und ein sehr lautes Tinnitus-Geräusch machte sich bemerkbar.

»Ich kann das Spiel den ganzen Abend spielen, solange, bis du tot bist. Nur ein weiterer Zionist, den ich töte. Nicht der Rede wert.«

»Ich bin Araber.«

Und ein weiteres Mal schlugen die Männer auf ihn ein, aber Walsh blieb auf den Beinen, schrie nicht und konzentrierte sich darauf, keinen Schmerz zu fühlen.

»Für wen arbeitest du? Schin Bet? Mossad? Aman? IDF?«

»Kenne ich nicht.«

Khalid machte einen Schritt auf Walsh zu.

»Hast du wirklich geglaubt, dass du in meiner Stadt auftauchen und rumschnüffeln kannst? Glaubst du wirklich, dass ich dir abgenommen habe, dass du nach deinem Bruder suchst? Du hast einen kleinen Fehler gemacht. Du hast Ali zu intensiv nach den Geiseln befragt. Wir sind Palästinenser, und wir nehmen keine Palästinenser als Geiseln, egal, ob sie der Fatah oder der Hamas angehören. Wir sind zuallererst Palästinenser«, sagte Khalid und diesmal war er es, der seine Fäuste hob und auf Walsh einschlug.

Noch immer blieb Walsh auf den Beinen, auch wenn er kurz auf die Knie sackte. Sofort stand er wieder aufrecht, ging nicht zu Boden.

Sein Gesicht fühlte sich übel zugerichtet an und seine Rippen taten weh, aber er glaubte nicht, dass sie gebrochen waren.

Ali hatte ihn verraten!

»Du bist tapfer«, sagte Khalid und massierte seine Faust, die blutete. »Jemanden wie dich könnte ich für unsere heilige Sache gebrauchen. Aber stattdessen muss ich dich töten. Was für eine Schande. Wer bist du?«

»Nabil, das sagte ich doch. Dein blinder Hass scheint dich vergesslich zu machen.«

Khalid schlug erneut auf Walsh ein, und wieder steckte Walsh die Schläge ein, ohne sich zu wehren, weil er wusste, dass Khalids Männer ihn sonst sofort erschießen würden. Walsh ging in die Knie, stützte sich mit der linken Hand ab und kam wieder auf die Beine.

»Du kennst Folter, das sehe ich jetzt«, nickte Khalid, fast schon bewundernd. »Ich auch. Der Mossad hat mich zwei Wochen gefoltert.« Khalid überlegte kurz. »Du bist kein Jude. Wer bist du?«

»Für die ganz Schwerhörigen: Nabil.«

Zwei Männer wollten sich gerade auf Walsh stürzen, als Khalid die Hand hob.

»CIA?«, überlegte Khalid. »Aber warum sollten die Amerikaner einen von ihnen nach Gaza schicken? Allein!« Khalid ging im Kreis um Walsh herum, dann blieb er dicht vor dessen Gesicht stehen. »Oder haben wir eine Geisel, die den Amerikanern das Risiko wert ist? Haben wir jemanden von der amerikanischen Regierung?«

Khalids Augen leuchteten, als könne er sein Glück nicht fassen.

Walsh hingegen zeigte keine Emotion.

»Bringt ihn weg, fesselt ihn. Ich werde mich morgen um ihn kümmern«, sagte Khalid. Seine Männer nickten. »Es liegt an dir, wie das hier endet. Wenn du kooperierst, werden wir dich gut behandeln und als Geisel gegen unsere Brüder eintauschen. Wenn du aber glaubst, weiter den Helden spielen zu müssen, dann wirst du die ganze Härte der Hamas zu spüren bekommen.«

»Ich freue mich darauf«, antwortete Walsh.

»So arrogant kann nur ein Amerikaner sein. Ich finde eure kostbare Geisel.«

Khalid verließ den Raum mit seiner Begleitung.

»Bringt ihn in den hinteren Raum«, sagte einer der Männer.

Zwei Männer packten ihn, während ein dritter mit der Waffe auf seinen Kopf zielte. Sie brachten ihn in das andere Zimmer.

»Hinsetzen!«, sagte einer der Hamas-Männer.

»Auf den Stuhl?«, fragte Walsh weiterhin auf Arabisch.

»Das Lachen wird dir noch vergehen.« Der Mann drückte den Lauf der Waffe tief in Walsh Wange, während der andere ihn Richtung Stuhl schob.

Der Mann mit der Waffe zog diese zurück, als der andere ihn auf den Stuhl drückte, und das war die Gelegenheit, auf die Walsh gewartet hatte.

Walsh schlug mit der rechten Hand gegen die Waffe, trat gleichzeitig mit dem Fuß hinter sich, traf den Mann mit der Waffe im Intimbereich und schlug ihm die Waffe aus der Hand.

Der Mann schrie kurz auf, ging in die Knie.

Die anderen beiden Männer stürzten sich auf Walsh, doch der machte einen Schritt nach rechts und donnerte dem ersten die Faust ins Gesicht, was dazu führte, dass dieser sofort zu Boden ging.

Walsh machte einen weiteren Schritt nach rechts, zog die Waffe, die auf dem Boden lag, mit einer schnellen Bewegung des rechten Fußes zu sich heran, und dann hielt er sie auch schon in der Hand, zögerte nicht und schoss.

Die Hamas-Kämpfer hatten nicht den Hauch einer Chance. Walsh erschoss alle drei, bevor sie überhaupt reagieren konnten.

Er wusste nicht, ob Khalid und sein Bodyguard noch im Gebäude waren oder ob sich außer dem vierten Hamas-Terroristen noch weitere Kämpfer darin befanden. Aber er hatte die Waffe und somit eine Chance, die Sache zu seinen Gunsten zu entscheiden. Er nahm noch eine zweite Waffe an sich, dann öffnete er die Tür und wagte einen kurzen Blick aus dem Zimmer.

»Komm her«, rief er auf Arabisch, sah er doch plötzlich Ori, der gerade die Haustür geöffnet und den Flur betreten hatte.

Ori schaute ihn erstaunt an, kam ins Zimmer.

»Was machst du hier?«

»Dich retten.«

»Sehe ich aus, als müsste ich gerettet werden?«

»Nun …«, mehr sagte Ori nicht.

»Hast du jemanden wegfahren sehen?«

»Ja, vorhin, deshalb habe ich gewartet. Sonst wäre ich etwas früher gekommen und hätte dich sicherlich gerettet.« Oris Blick wanderte zu den toten Hamas-Kriegern. »Warst du das allein?«

»Sieht so aus«, antwortete Walsh. »Aber es ist noch mindestens ein Terrorist übrig.« Walsh glaubte, dass Khalid und sein Bodyguard das Gebäude verlassen hatten. Sicherlich war Khalid davon ausgegangen, dass seine vier Männer allein mit Walsh fertig werden würden.

»*Habibi*, habt ihr den Juden erschossen?«, hörte Walsh eine Stimme aus dem Flur. »Das wird Khalid echt nicht gefallen.«

»Was machen wir?«, fragte Ori flüsternd.

»Du wartest hier.«

»Und du?«

Walsh rannte aus dem Zimmer und hoffte, dass der Kämpfer glauben würde, er wäre einer seiner Kameraden.

»Verdammt, *Habibi*, du kennst doch …«, hörte er den Krieger sagen, und ehe dieser realisierte, dass nicht einer seiner *Habibis* vor ihm stand, hatte Walsh ihn schon erschossen.

»Komm«, sagte Walsh zu Ori, der im Türrahmen stand. »Du gibst mir Deckung.«

»Ich weiß, kommt mir bekannt vor.«

Beide eilten zu dem dritten Raum, den Walsh noch nicht betreten hatte.

Walsh öffnete die Tür mit der gleichen Vorsicht und Routine wie bei den anderen Türen.

Drei Personen waren in dem Zimmer, in dem einige Matratzen lagen, die mit Bettlaken bezogen waren.

Ein älteres Paar, das ihn unsicher anschaute – und Uri.

»Peter Walsh«, platzte es aus Uri Pereetz' Mund.

Bevor Walsh etwas erwidern konnte, lief Uri auf Walsh zu und umarmte ihn. Dann schienen alle Dämme zu reißen und sämtlicher Druck von Uris Schultern zu fallen. Uri weinte hemmungslos.

»Wir müssen los, bevor Khalid mit Verstärkung zurückkommt«, sagte Walsh auf Hebräisch. Er löste sich aus der Umklammerung. Dabei schaute er das ältere Pärchen an. Die beiden wirkten wie erstarrt und sie sahen Walsh so ängstlich an, dass er wusste, sie fürchten um ihr Leben.

»Sie haben mir nichts getan. Bitte, erschieß sie nicht.«

»Sie werden uns verraten«, entgegnete Walsh.

»Wenn wir nicht wie die Hamas-Terroristen sein wollen, ist das unsere Prüfung.«

»Gebt mir eure Handys«, sagte Walsh.

»Wir haben nur ein Handy«, antwortete der Mann und reichte es Walsh.

»Ich muss euch fesseln, aber ihr werdet leben.«

Der Mann nickte nur.

Walsh nahm das Bettlaken, zerriss es und fesselte das Paar.

»Bringe ihn sicher nach Hause. Er ist unsere Hoffnung auf Frieden«, sagte die ältere Frau zu Walshs Überraschung.

Die drei verließen das Zimmer.

»Du bist nicht mit einem Auto hier, oder?«, fragte er Ori.

»Nein. Aber einer der Männer wird doch sicherlich einen Wagenschlüssel bei sich haben.«

»Du durchsuchst die Männer, ich bringe Uri zum Wagen und warte dort auf dich.«

Ori nickte.

»Wir können nicht gehen«, entgegnete Uri.

»Wieso?«

»Suphan und Pansa werden hier gefangen gehalten. Wir müssen sie befreien.«

»Das geht nicht. Nur du kannst mitkommen, ich kann kein noch größeres Risiko eingehen.«

»Dann bleibe ich hier.«

»Tust du nicht.«

Walsh glaubte nicht, was er da gerade hörte. Uri sollte sich glücklich schätzen, dass Walsh all die Gefahren auf sich genommen hatte, um ihn zu befreien. Er hatte sicherlich kein Recht, auch noch Forderungen zu stellen.

»Doch. Oder willst du mich k.o. schlagen, damit ich mitkomme?«

»Wenn es sein muss, tue ich das. Wieso hat mir meine Tochter nicht erzählt, was für ein sturer Esel du bist?«

»Wir verschwenden nur Zeit«, versuchte Uri cool rüberzukommen, aber seine Hände zitterten dermaßen, dass Walsh nicht übersehen konnte, wie nervös dieser Teenager war.

Und irgendwie bekam Walsh einen Eindruck, warum seine Tochter sich in ihn verliebt hatte. Uri schien ein Idealist zu sein, so wie es Walsh in seinem Alter gewesen war, bevor all diese Gewalt, der er während seiner Zeit im US-Militärdienst ausgesetzt wurde, ihm gezeigt hatte, wie die Welt wirklich war.

»Gut, du gehst zu Ori, ich hole sie.«

»Danke«, antwortete Uri.

Walsh eilte die Treppe hoch, betrat das Zimmer und

forderte die beiden Thailänder auf, ihm zu folgen. Kaum war er mit den beiden unten im Flur, sah er auch Ori und Uri, die gerade aus einem der Zimmer kamen.

»Ich habe einen Schlüssel«, sagte Ori.

Sie verließen das Haus.

Ori drückte auf den Zündschlüssel und die Scheinwerfer eines Autos blinkten kurz auf. Sie liefen zu dem Wagen, stiegen ein und Walsh fuhr los.

»Woher wusstest du, dass ich hier bin?«, wollte Walsh von Ori wissen.

»Von Joe. Dima hat mir erzählt, dass Ali dich verraten hat.«

»Was genau hat Dima denn erzählt?«, fragte Walsh und wunderte sich nicht, dass Ori nicht auf seinen Rat gehört hatte und noch in Gaza war.

Liebe machte Menschen blind für vernünftige Entscheidungen.

»Sollten wir nicht überlegen, wie wir rauskommen?«, erwiderte Ori.

»Hast du keinen Fluchtplan?«

»Nein, ich dachte, du hast alles im Griff.«

»Habe ich auch.« Walsh machte die Augen schmal, als würde er nachdenken.

»Deswegen die Frage?« Ori verdrehte die Augen. »Ich rufe Noam an. Die sollen ein Einsatzkommando schicken und die Koordinaten, wo wir hinfahren sollen.«

»Nein, nicht dein Team. Avi wird vermuten, dass du Dima befreit hast. Er könnte das gegen dich ausspielen und die Freigabe für das Team hinauszögern. Er ist ein nationalistisches Arschloch.«

»Wen bitten wir dann um Hilfe?«

»Moshe Zohar. Hast du seine Nummer?«

»Ja.«

»Ruf ihn an. Er ist Oberstleutnant.«

Ori rief Moshe an, stellte auf Lautsprecher.

»Was ist los?«, fragte Moshe, ohne zu grüßen. Vermutlich war er verwundert, weil Ori ihn zu solch später Stunde anrief.

»Walsh hier. Ich brauche deine Hilfe.«

»Verdammt, Walsh, wo bist du? Warum brauchst du meine Hilfe? Und warum rufst du von Oris Telefon aus an?«

»Ich bin in Gaza, in Chan Junis. Ori sitzt neben mir.«

»Sag bitte, dass du mich verarschst! Wie kommst du dorthin?«

»Erklär ich dir bei einem Kaffee, wenn mir die Hamas nicht mehr im Nacken sitzt. Ich habe drei Geiseln befreit, zwei thailändische, eine israelische. Wir brauchen jemanden, der uns abholt. Wann kannst du an der Grenze sein und wo sollen wir hinfahren? Schick mir die Koordinaten.«

Moshe lachte. »In einer halben Stunde, südlich von Chan Junis, da dürfte kaum Widerstand seitens der Hamas zu erwarten sein, und unsere Leute sind auch noch in der Ecke aktiv. Ich schicke dir die Koordinaten, und bleib verdammt noch mal am Leben!«

»Scharf dreißig Minuten«, antwortete Walsh und startete auf seiner Apple Watch die Stoppuhr.

Walsh folgte der Straße. Dass er ein Fahrzeug der Hamas fuhr, gab ihm Sicherheit. Man würde nicht sofort vermuten, dass kein Hamas-Krieger hinterm Steuer saß. Zumindest nicht, bevor Khalid bemerkte, dass Walsh seine Männer ermordet hatte. Walsh hoffte, dass Khalid dies erst morgen Früh bemerken würde.

»Ich habe die Koordinaten«, sagte Ori. »Ich verbinde mein Handy mit dem Navi des Wagens. Es hat Android Carplay.«

Walsh rutschte ein herzhaftes Lachen heraus. Da war er auf der Flucht vor Hamas-Terroristen und versuchte, aus dem größten Freiluftgefängnis der Welt zu entkommen, aber das Auto verfügte über Carplay. Wenn das nicht geradezu absurd war, was dann?

»Und jetzt erzähl mir, was Dima dir über Ali erzählt hat«, sagte Walsh, erinnerte er sich doch an sein Wort, dass er ihm gegenüber gegeben hatte.

Auch wenn Walsh eigentlich nicht vorgehabt hatte, Ali mitzunehmen, fühlte er sich an sein Wort gebunden und da er nun einen Pick-up fuhr und obendrein auch noch ein paar Thailänder befreit hatte, warum dann nicht auch noch Ali mitnehmen? Wenn Ali ihn aber verraten hatte, dann hatte sich die Sache erledigt, was Walsh sehr gelegen kommen würde.

Ori erzählte von seinem Gespräch.

Walsh bog scharf rechts ab.

»Das ist nicht der Weg«, sagte Ori, sah er doch auf dem Display, dass Walsh nicht der vorgeschlagenen Route folgte.

»Ich weiß.«

»Und wohin jetzt?«

»Zu Ali.«

»Du bist doch wahnsinnig. Er hat dich verraten. Wir dürfen keine Zeit verlieren.«

»Er hat mich nicht verraten.«

»Wie kommst du auf den Quatsch?«

»Weil Dima mit keiner Silbe erwähnt hat, dass Ali ein Verräter ist.«

»Weil er Palästinenser ist. Wie kann ihn das zu einem Verräter machen?«

Walsh parkte in kurzer Distanz zu Alis Laden.

»Ihr bleibt hier. Wenn ich in fünf Minuten nicht zurück bin, fahrt ihr zum Treffpunkt.«

»Tu das nicht«, versuchte Ori Walsh umzustimmen, aber Walsh stieg schon aus dem Wagen und lief zum Barbershop.

Er schaute sich um, prüfte, ob die Tür offen war.

Sie war es.

Er betrat den Laden. Ali war nicht zu sehen, was vermutlich an der späten Uhrzeit lag. Womöglich war er längst zu Hause und Walsh hatte sich geirrt. Ali hatte ihn tatsächlich verraten.

Walsh hörte ein schmerzerfülltes Stöhnen, welches aus dem hinteren Bereich kam.

Er eilte in den Nebenraum und fand Ali am Boden sitzend, verletzt. Sein Gesicht war blutüberströmt.

»Ich wusste, dass du kommst, *Habibi*, ich wusste es. Allah ist mein Zeuge, ich habe dich nicht verraten.«

Genau das hatte Walsh befürchtet. Dass Khalid und seine Männer Ali fast totgeschlagen hatten, um an Informationen über Walsh zu gelangen. So wie Ali aussah, hatte er lange dichtgehalten. Dass er am Ende gebrochen wurde, nahm Walsh ihm nicht übel.

»Hör zu, ich kann dich mitnehmen, aber nach Israel.«

»Nach Israel?« Ali wirkte irritiert.

»Nach Israel, in Sicherheit. Du hast mein Wort. Aber du musst dich jetzt entscheiden.«

»Ich vertraue dir, Nabil, oder wer immer du bist. Du bist Ahmads Freund, wie könnte ich dir also nicht vertrauen? Dich schickt mir Allah.«

Walsh half Ali auf, denn Ahmad war auch ein Grund, warum Walsh gehofft hatte, dass Ali kein Spion war. Ahmad hatte ihm Ali empfohlen, und dass Ahmad ein integrer und empathischer Mann war, daran hatte Walsh keine Sekunde gezweifelt. Er hätte ihm niemals jemanden empfohlen, dem er nicht vertraute.

Beide liefen zum Wagen.

»Leg dich auf die Ladefläche. Es wird etwas holprig, aber du bist bald in Sicherheit.«

»Danke, *Habibi*«, antwortete Ali und Walsh half ihm auf die Ladefläche, wobei Ali einen Schmerzschrei unterdrückte.

Walsh stieg in den Wagen und fuhr los, mit der leisen Hoffnung, dass sie ihr Ziel erreichen würden, ohne von der Hamas gestoppt zu werden. Und er hoffte, dass Moshe sie bei den vereinbarten Koordinaten abholen und keine böse Überraschung von jüdischer Seite auf sie warten würde.

43

Tel Aviv, zwei Tage später

Die Zeit verändert einen, das Alter erinnert einen daran, dass man nicht mehr der übermütige Zwanzigjährige ist.

Walsh wusste, dass er die Schläge, die er früher locker weggesteckt hatte, heute nicht mehr so einfach wegstecken konnte. Auch wenn er das nach außen nicht zeigte, taten ihm noch immer die Knochen weh. Khalid und seine Männer hatten gut ausgeteilt, aber Walsh war mehr als froh, dass Uri endlich frei war.

Walsh atmete durch die Nase ein und aus, streckte sich kurz, dann trank er einen Schluck Kaffee. Gleichzeitig ließ er seinen Blick über die Promenade wandern. Er saß auf der Terrasse eines Hotels, mit herrlichem Blick auf den Strand von Tel Aviv und das Mittelmeer.

Heute war es deutlich belebter als vor einigen Wochen, als der Strand wie leergefegt war und fast einen gespenstischen Eindruck gemacht hatte. Stück für Stück schien der Alltag wieder einzukehren, aber es würde Jahre und Generationen dauern, bis Israel dieses Trauma überwunden hätte, das mit diesem feigen Terroranschlag einhergegangen war.

Doch ob es die richtige Strategie war, Gaza dem Erdboden gleichzumachen, daran hatte Walsh so seine Zweifel. Am Ende war es ihm auch egal, schon als junger Mann, als er für den US-Militärgeheimdienst hier unterwegs gewesen war, hatte er gewusst, dass diese

Region verdammt war und bis heute hatte sich daran wenig geändert. Dabei war es ein wunderschönes Fleckchen Erde mit gastfreundlichen und guten Menschen, in Israel wie in Palästina.

Nur bestimmten diese Menschen nicht die Politik.

»Hast du schon die Zeitung gelesen?«, riss Joe ihn aus seinen Gedanken.

Er setzte sich zu Walsh.

»Nein, was steht denn drin?«

»Hier ist die aktuelle Hareetz.«

Walsh las die Titelüberschrift auf der ersten Seite:

Schin Bet und Moshe Zohar, Armeeheld von Be'eri, retten drei Geiseln aus Gaza

»Und wieder einmal geht der wahre Held leer aus«, sagte Joe und bestellte beim Kellner eine heiße Schokolade.

»Nichts anderes hatte ich erwartet. Aber Moshe hat Wort gehalten.«

»Wie meinst du das?«

»Dass er den Schin Bet erwähnt hat. Damit weiß jeder beim Mossad, dem Schin Bet, in der Regierung, Aman und der IDF, dass Ori der Held ist. Avi kann ihm nicht mehr so schnell ans Bein pinkeln.«

»Trotzdem hätte Moshe doch erwähnen können, dass sie Support von einem der klügsten und attraktivsten Hacker der Welt hatten.«

Joe lachte herzlich, was auch Walsh zum Schmunzeln brachte.

»Wann fliegen wir zurück?«

»In drei Tagen. Wir nehmen Uri mit.«

»Da wird Nina sich freuen, das weiß sie noch gar nicht. Ich habe vorhin mit ihr telefoniert. Sie hat vor Freude geweint und kaum ein Wort rausbekommen, so glücklich ist sie, dass du Uri befreit hast. Du bist jetzt nicht mehr nur ihr Superheld, sondern ein Gott.«

Walsh musste erneut schmunzeln. Dass Nina glücklich war, war ihm Belohnung genug, mehr brauchte er nicht.

»Das bleibt auch eine Überraschung. Ich hoffe, du kannst dichthalten.«

»Ich? Du scherzt wohl. Ich bin verschwiegener als jede Schweizer Bank. Was ist mit Uri?«

»Er weiß davon, und er wird dichthalten.«

»Sicher?«

»Ganz sicher, ich habe ihm gedroht, dass ich ihn sonst töten müsste.«

»Das hast du nicht?« Joe schaute skeptisch. »Du hast das doch nicht wirklich …?« Joe seufzte. »Wieso sagt mir mein Gefühl, dass du das tatsächlich gesagt hast, das ist so ein typischer Walsh-Spruch.«

Walsh lachte.

»Habe ich natürlich nicht. Aber gib zu, jetzt hatte ich dich. Der war gut. Lustig.«

»Niemals, Bro, der war alles, aber nicht lustig.«

Der Kellner brachte die heiße Schokolade.

»Was machen wir jetzt?«

Joe schaute Walsh erwartungsvoll an.

»Ich habe mir was überlegt.«

»Schieß los.«

»Was hältst du davon, wenn du dich mit Rahel triffst?«

»Ich?« Wieder schaute Joe skeptisch. »Ist das wieder so ein Joke, den keine Sau versteht?«

»Nein, das ist mein voller Ernst. Moshe weiß, dass wir hier sind. Ori weiß es, somit wissen es alle israelischen Geheimdienste. Es gibt keinen Grund mehr, dass du dich nicht mit Rahel treffen solltest.«

»Sicher?«

»Ganz sicher.«

»Wirst du dich ohne mich nicht langweilen?«

»Freu dich, bevor ich es mir anders überlege.«

Joe streckte Walsh die Faust hin, Walsh schlug mit seiner dagegen.

Drei Männer kamen auf die Terrasse zugesteuert, in Militäruniformen.

»Ärger?«, fragte Joe.

»Nein, das ist Moshe.«

Walsh und Joe standen auf, grüßten Moshe.

»Setz dich zu uns.«

Moshe gab seinen Leuten kurz ein Zeichen, dass sie sich ein paar Meter entfernen sollten, dann nahm er neben Walsh Platz.

»Wieder kann Israel dich für deinen Heldeneinsatz nicht belohnen«, sagte Moshe.

»Du kennst mich, mir verlangt es nicht danach. Wie geht es den Thailändern?«

»Denen geht es den Umständen entsprechend sehr gut.«

»Das freut mich. Was ist mit Ali?«

»Ich halte mein Wort, du kannst dich darauf verlassen. Ali wurde heute aus dem Krankenhaus entlassen. Er bekommt einen israelischen Pass und eine neue Identität. Er kann nach Ägypten ausreisen, was er wohl vorhat, oder aber hierbleiben, seine Entscheidung.«

»Gut. Ich würde es persönlich nehmen, wenn er

plötzlich in einem eurer berüchtigten Foltergefängnisse landet.«

»Du hast mein Wort. Ihm wird nichts passieren, er kann sich ein neues Leben aufbauen.«

»Was ist mit Ori?«

»Ori ist ein Held, ich habe dafür gesorgt, dass jeder erfährt, dass er unter Lebensgefahr die Geiseln befreit hat. Avi wird Ori erst mal in Ruhe lassen, aber du kennst ihn. Avi wird einen Weg suchen, um Ori loszuwerden. Ori hat an Einfluss gewonnen, das macht ihn vorerst nicht angreifbar, aber ich habe aus zuverlässiger Quelle gehört, dass Avi glaubt, dass du und Ori die Schwester eines der gefährlichsten Hamas-Terroristen befreit habt.«

»Nur weil der Bruder ein Terrorist ist, heißt es nicht, dass die Schwester auch eine Fanatikerin ist. Wenn mein Bruder ein Krimineller ist, wäre ich automatisch auch einer?«

»So denken aber viele in Israel.«

»Dann muss sich diese Einstellung ändern, wenn ihr wirklich in Frieden leben wollt. Und mein Rat an dich: Schenke Gerüchten nicht zu viel Glauben.«

Walsh sah an Moshes Blick, dass dieser davon ausging, dass er und Ori Dima befreit hatten.

»Ich schulde dir Dank. Kein Gerücht könnte das ändern.«

»Was ist mit den Geiseln im Tunnel?«, fragte Joe.

»Es ist kompliziert. Avi hat mächtige Verbündete, nicht nur beim Mossad, sondern auch in der Regierung und beim Militär. Ich bleibe aber dran.«

»Tu das, diese Geiseln haben nur dich«, antwortete Walsh.

»Was kann ich für euch beide tun?«

»Ist das eine Fangfrage?«, scherzte Joe.

»Nichts, du bist uns nichts schuldig«, entgegnete Walsh. »Mir ist nur wichtig, dass wir ausreisen können, ohne irgendwelche Fragen beantworten zu müssen.«

»Dafür ist gesorgt. Intern wissen wir, dass du maßgeblich an der Befreiung beteiligt warst. Niemand wird deine Ausreise behindern, weil sie es sonst mit mir zu tun bekommen, und die wollen sicherlich nicht, dass ich wütend werde. Wie du nach Israel gelangt bist, ist nicht mehr wichtig, aber wenn sie dich fragen, dann sag, dass du über den Landweg von Ägypten aus eingereist bist.«

»Werden wir machen.«

Moshe stand auf.

Walsh und Joe auch.

»Pass auf dich auf, Walsh. Würde ich dich bitten, verdeckt für mich zu arbeiten, um die Geiseln aus dem Tunnel zu befreien, würdest du sicherlich ablehnen.«

»Das ist nicht mein Krieg.«

»Ich weiß, einen Versuch war es trotzdem wert.«

»Du kannst mir vielleicht doch einen Gefallen tun.«

»Welchen?« Moshe schien überrascht.

»Rahel Lavi ist Reservistin. Könnest du ihr die nächsten drei Tage frei geben?«

Joe machte ganz große Augen.

Moshe schaute Joe an, dann Walsh, und zum ersten Mal huschte Moshe ein Lächeln über das sonst so ernste Gesicht.

»Wir sind im Krieg, Walsh, aber für die Liebe mache ich immer eine Ausnahme. Jedoch muss Rahel dem zustimmen.«

»Deal«, antwortete Joe mit einem breiten Grinsen.

Moshe verabschiedete sich und verließ mit den zwei Soldaten die Terrasse.

Joe umarmte Walsh plötzlich.

»Ich liebe dich, Bro.«

»Und ich dich«, antwortete Walsh.

44

Oris Gedanken waren bei Dima.

Er vermisste sie mehr, als er es für möglich gehalten hätte, und er machte sich Vorwürfe, dass er Dima nicht energischer gebeten hatte, mit ihm nach Israel zu fliehen. Aber Dima hatte sich für Gaza entschieden. Sie wollte ihren Bruder nicht allein lassen. Nicht, weil sie mit den krankhaften Idealen ihres Bruders konform ging, sondern weil er alles war, was sie noch an Familie hatte.

»Du glaubst doch nicht, dass sie uns in Israel in Ruhe lassen. Früher oder später werden sie erfahren, wer ich bin, und dann werden sie mich verhaften und verhören. Wir können nicht ewig auf der Flucht sein«, hatte Dima gesagt und sie hatte recht.

Die Ideologie Israels war es, alle Feinde zu eliminieren, und seit dem 7. Oktober gab es keine Alternative dazu. Und somit schwebte auch Dima in Lebensgefahr, obwohl sie nicht zur Hamas gehörte. Aber sie war die Schwester von Khalid, einem der meistgesuchten Terroristen in Israel.

Schwarz oder Weiß, entweder war man für Israel oder gegen Israel. Dazwischen gab es in der Politik von Netanjahu und seiner extrem rechtsnationalen Regierung nichts.

Die Bürotür wurde geöffnet.

Avi Dagan trat ein, sein Blick verriet bereits seine Laune.

»Glaub nicht, dass ich dich damit durchkommen lasse.«

»Womit?«

»Du und dieser verdammte Walsh … Ihr habt Khalids Schwester befreit und uns damit einer sehr wichtigen Informationsquelle beraubt. Das ist ein Kriegsverbrechen.«

»Hol mal tief Luft. Wir haben gar nichts gemacht. Als du dich hinterm Schreibtisch versteckt hast, haben Walsh und ich drei Geiseln befreit, und falls du es nicht weißt, ab nächster Woche leite ich eine neue Sondereinheit, um israelische Geiseln in Gaza aufzuspüren und sie zu befreien. Wirklich befreien, nicht wie du unsere eigenen Leute verraten. Und jetzt verlass mein Büro, bevor ich handgreiflich werde.«

Ori erhob sich, stellte sich vor Avi, schaute ihn verächtlich an.

»Jetzt fühlst du dich stark, weil Walsh für dich die Geiseln befreit hat und Moshe dir den Rücken stärkt, aber ich kenne Leute wie dich. Du bist ohne die anderen ein Nichts. Du wirst dich noch an meine Worte erinnern.«

Ori sah, dass Noam gerade den Raum betrat und plötzlich stolperte, dabei spritzte Kaffee aus dem Becher auf Avis Hemd.

»Oh, das tut mir echt leid, bin gestolpert«, entschuldigte sich Noam.

Avis Kopf lief rot an, wütend verließ er das Büro. Noam fing an zu lachen. Ori stimmte in das Lachen ein, weil er wusste, dass Noam es absichtlich gemacht hatte.

»Ich fürchte, ich muss mir einen neuen Kaffee holen. Willst du auch einen?«

»Nein, ich mache Schluss für heute.«

»Richtige Entscheidung. Und lass dich von diesem Arschloch nicht ärgern. Nächste Woche kann er uns nichts mehr.«

»Das werde ich nicht. Du hast recht.«

»Triffst du dich noch mit Walsh?«

»Ich weiß es ehrlich gesagt nicht.«

»Ich würde ihn gern kennenlernen. Dieser Joe ist cool und lustig, aber Walsh, das ist eine andere Liga. Sich nach Gaza zu schmuggeln, um eine Geisel zu befreien, dafür braucht man echt Eier.«

»Und dabei ist er noch sehr bescheiden. Wieder wollte er nicht das Lob für sich, wie bei der Befreiung von Be'eri. Das macht einen wahren Helden aus«, erklärte Ori. Mit Joe hatte Noam bereits telefonischen Kontakt gehabt, aber mit Walsh noch nicht, von ihm wusste er nur das, was Ori erzählt hatte.

»Grüß ihn von mir und sag ihm, dass er in mir einen Fan hat.«

»Mach ich. Du solltest auch Feierabend machen. Die letzten Tage waren enorm kräftezehrend.«

»Noch eine Stunde, dann bin ich weg.«

Ori verabschiedete sich von Noam, fuhr dann zum Strand, parkte und spazierte an der Promenade entlang, um einen klaren Kopf zu bekommen. Seine Gedanken waren wieder bei Dima. So sehr er sich auch wünschte, nicht an sie zu denken, sein Leben weiterzuleben und seiner Frau Yahli ein guter Ehemann zu sein, konnte er Dima doch nicht vergessen. Die letzten Tage in Chan Junis, vor allem die gemeinsame Zeit am Strand und der erste Kuss hatten seine Sehnsucht nach ihr nur vergrößert. So sehr ihm der Verstand sagte, dass er Dima vergessen musste, dass es für sie beide keine Zukunft gab, so sehr brüllte sein Herz, dass er sie nicht ihrem Schicksal überlassen sollte und dass er sie beschützen musste, denn er kannte die unbarmherzigen Pläne, die die Regierung für Gaza hatte. Ganz Gaza sollte dem Erdboden gleichgemacht werden. Auch wenn es offiziell hieß, man wolle Zivilisten verschonen, die Direktive lautete, die Hamas-Kämpfer um jeden Preis zu töten, auch wenn dabei Tausende palästinensische Zivilisten ums Leben kamen. Hauptsache die israelischen Soldaten überlebten. Und das bedeutete nichts anderes, als dass Dima in Gefahr war, dass sie sterben würde, wenn er nicht einen Weg fand, ihr zu helfen.

Aber Dima wollte nicht weg, das hatte sie bei ihrem letzten Treffen klargemacht.

Ein Jogger kam ihm entgegen, steuerte auf ihn zu.

Es war Peter Walsh.

»*Shalom*«, grüßte Ori Walsh, als er neben ihm stand.

»*Shalom*.«

»Hat Moshe dich schon aufgesucht?«

»Ja, heute Morgen. Er hat sich um alles gekümmert. Du musst dir keine Sorgen wegen Avi machen.«

»Ich weiß. Moshe ist ein Mann, der zu seinem Wort steht. Deshalb ist er bei der Bevölkerung auch so beliebt. Weder Avi noch die Regierung werden es sich mit ihm verscherzen wollen, aber Avi wird das Ganze trotzdem nicht auf sich sitzen lassen. Übrigens gibt es Überlegungen, Moshe zu befördern.«

»Er hat es mehr als verdient.«

»Du auch.«

»Ich möchte lieber anonym bleiben.«

»Ich weiß«, antwortete Ori, dabei kannte er niemanden, der einen Orden mehr verdient hätte als Walsh. Wenigstens eine kleine Aufmerksamkeit hätte man ihm zukommen lassen können. Aber auch das hätte Walsh abgelehnt, inzwischen kannte er ihn gut genug, um das beurteilen zu können.

»Was wirst du jetzt tun?«

»Weitermachen, nach den Geiseln suchen. Schon nächste Woche werde ich eine neue Sondereinheit leiten, die genau das tun und die Geiseln auch befreien wird.«

»Was ist mit Dima?«

»Dima fällt nicht mehr in meinen Zuständigkeitsbereich.«

Walsh sah ihn skeptisch an, er glaubte ihm nicht.

»Was soll ich machen? Ja, ich vermisse sie, aber sie wollte nicht mit mir nach Israel gehen.«

»Das wäre auch zu gefährlich gewesen. Deine Leute hätten sie verhaftet und gefoltert.«

»Und was soll ich tun? Wieso muss ich Gefühle für sie haben?«

»Möchtest du meinen ehrlichen Rat?«

Ori schaute Walsh verzweifelt an. Er vertraute ihm, deswegen zeigte er ihm wie zerbrechlich und unsicher er gerade war.

»Vergiss Dima! Sie soll in den Süden fliehen, wenn sie am Leben hängt. Du kannst sie nicht beschützen, weil du Gefahr läufst, dass die Hamas dich tötet, falls sie dich als Spion entlarven. Und der Mossad wird sie gefangen nehmen, wenn du sie nach Israel bringst. Diese Liebe hat keine Zukunft. Vergiss sie. Damit schützt du sie am besten.«

»Du hast recht.«

Walsh sah Ori mitfühlend an, berührte seine Schulter. »Danke, dass du mir das Leben retten wolltest.«

»Im Nachgang habe ich den Eindruck, dass ich uns eher in Gefahr gebracht habe«, scherzte Ori, erinnerte er sich doch nur zu gut daran, wie er sich heimlich in das Gebäude geschlichen hatte und auf einen völlig überraschten Walsh getroffen war, der überhaupt nicht den Eindruck gemacht hatte, als wäre er in Gefahr. Aber nachdem Dima ihm verraten hatte, das Walsh kompromittiert war, hatte Ori ohne zu zögern beschlossen, ihm zu helfen. Er hatte Joe angerufen, dessen Kontaktdaten er von Noam bekommen hatte, und Joe hatte ihm die Koordinaten geschickt. Ori hatte sich sofort auf den Weg gemacht.

»Nein, du hast dein Leben riskiert, um mich zu retten. Alles andere zählt nicht. Ich vergesse so etwas nicht.«

»Du würdest dasselbe für mich tun.«

»Da wäre ich mir nicht so sicher.«

»Ich schon.«

»Leb wohl, Ori, und hör auf meine Worte«, antwortete Walsh, reichte Ori die Hand zum Abschied und lief weiter.

Ori schaute ihm noch lange hinterher. Ja, er wollte sich an Walshs Worte halten, weil er wusste, dass es keine Zukunft für ihn und Dima gab. Walsh hatte recht, er schützte Dima am besten, wenn er ihr fernblieb, sie aus seinem Gedächtnis strich und sie nicht mal erfuhr, dass er sehr bald wieder in Gaza unterwegs sein würde, unter dem Deckmantel seiner libanesischen Identität.

Ori seufzte, presste die Hände zusammen und hielt sie dann vors Gesicht.

Weil ich dich liebe, dachte Ori und nahm sich fest vor, Dima nie wieder zu kontaktieren. Er ließ seinen Blick über den Strand wandern. Ein paar Jugendliche spielten Fußball, ein Pärchen hielt Händchen. Alles wirkte friedlich und nichts erinnerte gerade an den fürchterlichen Terroranschlag vom 7. Oktober. Und noch weniger erinnerte hier etwas daran, dass Israel bereits mehr als 6.000 Bomben auf Gaza abgeworfen hatte, gleich zu Beginn der größten israelischen Bodenoffensive der Geschichte.

Oris Blick wanderte weiter, rüber zum Meer. Zwei Möwen flogen Richtung Norden. Für sie gab es keine Grenzen, keine Nationalitäten oder Religionen.

Eine Möwe ist eine Möwe. Warum kann ein Mensch nicht ein Mensch sein?

Ori hatte keine vernünftige Erklärung dafür.

Er ging zurück zum Wagen, bereit mit dem Schmerz, dem Liebeskummer zu leben, denn schon nächste Woche erwarteten die Geiseln, dass er seine volle Konzentration ihrer Befreiung widmete.

Wenn du in Gaza bist, bist du Dima nahe, für den Fall der Fälle, war da dennoch ein weiterer Gedanke, den er beschloss, mit niemand anderem zu teilen.

45

Walsh hatte ein ungutes Gefühl. Obwohl Ori versprochen hatte, sich von Dima fernzuhalten, erzählten seine Augen eine andere Geschichte.

Ori machte sich große Sorgen um Dima.

Mach keine Dummheiten, dachte Walsh, als er Ori einen letzten Blick zuwarf und die Strandpromenade verließ. Er folgte der Frishman Street. Sein Ziel war das Restaurant Yashka in der Dizengoff Street. Das Yashka war ein sehr beliebtes Restaurant, aber des Essens wegen war er nicht dorthin unterwegs. Vielmehr hoffte er, dort auf einen Mann zu treffen, mit dem er sich dringend unterhalten musste.

Walsh erreichte das Restaurant und sah den Mann allein auf der Terrasse sitzen. Er trank Kaffee.

»Walsh!«, kam es überrascht aus Avi Dagans Mund.

»Avi, du erlaubst?«, antwortete Walsh und setzte sich neben ihn.

»Dass du die Eier hast, mich aufzusuchen!«

»Du solltest mich doch gut genug kennen«, entgegnete Walsh. »Es wäre unhöflich, sich nicht zu verabschieden.«

»Glaubst du, ich habe Angst vor dir, nur weil du drei Geiseln gerettet hast oder weil Moshe dir den Rücken stärkt?«

»Ich brauche niemanden, der mir den Rücken

stärkt«, antwortete Walsh, die Hand unter dem Tisch. Blitzschnell packte er Avis Kronjuwelen und drückte zu.

Avi unterdrückte den Schmerz.

»Du hast immer noch nicht begriffen, dass es ein ganz dummer Fehler ist, sich mit mir anzulegen. Ich bin weder Moshe noch Ori. Ich regle meine Angelegenheiten selbst.«

Avis Mundwinkel zuckten vor Schmerz. »Was willst du?«

»Ich will am Flughafen keine bösen Überraschungen erleben, und ich möchte, dass du dich von Ori fernhältst. Denn im Gegensatz zu dir, liegt ihm sehr viel daran, die Geiseln zu befreien. Wenn mir zu Ohren kommt, dass du dich nicht daranhältst, dass du Ori das Leben zur Hölle machst, dann verspreche ich dir, dass ich dich finden werde und das hier beende.«

Walsh drückte etwas fester zu.

Avi schrie mit hoher Stimme, dann ließ Walsh los und verließ die Terrasse.

Er hoffte, dass Avi die Botschaft verstanden hatte.

Walsh ging zurück zum Hotel, nahm dort auf der Terrasse Platz und bestellte einen Espresso. Er freute sich darauf, bald wieder in Köln zu sein, bei seiner Frau und bei Nina. Er war auf Ninas Gesichtsausdruck gespannt, wenn sie Uri sehen würde.

Das waren die Momente, in denen er wusste, wofür er all diese Strapazen und Gefahren auf sich genommen hatte. Um die Menschen, die er liebte, zu beschützen.

Ein kleiner, rundlicher Mann betrat die Terrasse, sein Gesicht war verpflastert und der linke Arm bandagiert.

»*Salam*«, grüßte ihn Ali.

Walsh grüßte zurück. »Wie hast du mich gefunden?«

»*Habibi*, Ali hat auch in Israel Kontakte«, scherzte Ali. »Darf ich mich zu dir setzen?«

»Es wäre mir eine Ehre.«

Ali nahm Platz, gab seine Bestellung auf.

»Ich muss mich bei dir entschuldigen«, sagte Ali, presste die Lippen zusammen und blickte beschämt zu Boden.

»Wofür musst du dich bei mir entschuldigen?«

»Dafür, dass ich dich verraten habe. Dass ich die Prügel nicht wie ein Mann eingesteckt habe.« Alis Augen wurden feucht.

»Sei nicht albern! Khalid und seine Männer haben dich fast zu Tode geprügelt, jeder hätte da alles erzählt.«

»Du nicht.«

»Doch, ich auch«, log Walsh, denn er wollte nicht, dass Ali sich schämte. Schließlich war Ali weder ein Soldat noch ein Geheimagent. Die wurden auf solche Situationen trainiert, wobei Walsh wusste, dass auch jeder Soldat und Geheimagent irgendwann brach.

»Nein, *Habibi*, du nicht. Du bist anders.«

Der Kellner brachte den schwarzen Tee.

Ali rührte viel Zucker in den Tee und Walsh musste an Joe denken, der seinen Tee wie Ali zuckersüß trank. Wie Joe hatte auch Ali ein paar Kilo zu viel auf den Rippen, war aber noch kleiner als Joe.

»Wusstest du schon vorher, dass ich kein Araber bin?«, fragte Walsh. Inzwischen hatte er Ali darüber aufgeklärt, was ihn nach Gaza gebracht hatte. Dieses Gespräch hatten sie geführt, als sie auf dem Weg nach Israel waren. Walsh hatte ihm gesagt, dass er Amerikaner sei und wegen eines Juden in den Gazastreifen gekommen war, nicht wegen seines angeblichen Bruders. Ali hatte es sehr gefasst aufgenommen.

»Ja, von Anfang an.«

»Woher?«

»Von Ahmad.«

»Ahmad?«

Walsh verstand gerade gar nichts. Woher wusste Ahmad, dass er kein Araber war, und warum hatte er ihn nicht der Hamas ausgeliefert?

»Als Ahmad dich gerettet und zu sich nach Hause gebracht hat, hast du im Schlaf schlecht geträumt, und du hast gesprochen. Du hast von deinem Großvater gesprochen, einem Navajo-Indianer, du hast ihn um Stärke, Rat und Führung gebeten und gehofft, dass er dich beschützen wird.«

Walsh presste die Lippen zusammen. Was Ali sagte, machte Sinn. Walsh war überzeugt davon, dass sein Großvater über ihn wachte, und er sprach oft mit ihm und bat um Rat und Führung.

»Wieso hat Ahmad mich nicht an die Hamas verraten?«

»Weil er die Hamas hasst und weil ich keinen gütigeren Menschen kenne als ihn. Und es gibt noch einen anderen Grund.«

»Welchen?«, fragte Walsh. Er glaubte Ali, denn so hatte er Ahmad kennen und schätzen gelernt. Es bereitete ihm Kummer, dass Ahmad nicht mitgekommen war, aber er war eben auch wie sein Großvater. Ahmad war tief mit seinem Land verwurzelt. Und wie sein Großvater hätte er seine Heimat niemals verlassen, für nichts auf der Welt.

»Vor sehr langer Zeit rettete ein amerikanischer Soldat, der in Palästina stationiert war – damals war Palästina noch britische Kolonie im heutigen Gaza – Ahmads Großvater das Leben. Dazu musste er sein eigenes Leben riskierten. Er versteckte Ahmads Großvater, versorgte seine Wunden und brachte ihn in Sicherheit. Auf die Frage, warum er ihm so viel Gutes getan habe, womit er das verdient habe, hatte der Soldat geantwortet, weil er guter Mensch sei, und jeder gute Mensch habe es verdient zu leben.«

Walsh Augen wurden feucht, weil er verstand.

»Dieser Mann, der Held aus Ahmads Familiengeschichte, war ein Navajo, und er war dein Großvater. Als Ahmad dich mit nach Hause genommen hat, wusste er, dass Allah dich zu ihm geschickt hat. Dass das Schicksal dich zu ihm und seiner Familie gebracht hat. Es war Ahmads Art, im Namen seiner ganzen Familie seinen Dank zu erweisen.«

»Warum hat er nichts gesagt?«, fragte Walsh, der wusste, dass sein Großvater beim US-Militär war. Das US-Militär hatte eine lange Tradition in seiner Familie. Auch sein Vater war bei der Army gewesen.

»Um dich und deine Mission zu schützen. Er wollte, dass ich dir helfe und nicht von deiner Seite weiche. Dabei hast du mich gerettet. Bis zum Schluss habe ich versucht, Ahmad zu überreden, mit uns zu fliehen, aber er wollte nicht.«

Walsh stand tief in der Schuld dieses Mannes, und er wusste, egal wann und wo immer Ahmad nach ihm rufen und um seine Hilfe bitten würde, Walsh würde alles stehen und liegen lassen und Ahmad helfen.

Das war er nicht nur Ahmad, sondern auch seinem Großvater schuldig.

»Das soll ich dir von Ahmad geben, mit den Worten, dass Allah dich weiter beschützen möge und dass du ihn sehr glücklich gemacht hast, indem du sein Gast warst. Möge der Geist deines Großvaters in dir weiterleben.«

Ali fischte etwas aus seiner Tasche und reichte es Walsh.

Es war ein altes Schwarzweißfoto, welches zwei junge Männer zeigte, die glücklich in die Kamera blickten. Einer der beiden war Walshs Großvater.

– Ende –

Anmerkungen des Autors

Walsh in Hochform!

Ich hoffe, Ihnen hat der zweite Band dieser Miniserie gefallen.

Bereits im Nachwort des ersten Bandes hatte ich von den unglaublich aufwendigen Recherchen erzählt, die ich anstellen musste, um diese Geschichte möglichst authentisch erzählen zu können. Diese gründliche Vorarbeit war auch für Band 2 erforderlich, wenngleich sie diesmal nicht so umfangreich ausfiel, da ich aus der Menge an Informationen schöpfen konnte, die ich schon für Band 1 zusammengetragen hatte. Für mich als Autor war es eine komplexe Herausforderung, das Buch so weit wie möglich aus dem politischen Wahnsinn herauszuhalten, der sich in der Region abspielt, und den Fokus auf Uris Befreiung und die Spannung zu legen. Natürlich war das nicht vollumfänglich möglich, da ich zeitgleich bestrebt war, die Geschichte so realistisch wie möglich zu schreiben.

Wenn Sie sich an bestimmten Dialogen stören, sei es von palästinensischer oder israelischer Seite, dann sollten Sie wissen, dass diese Dialoge nicht meine Gedanken widerspiegeln, sondern die Einstellung und Denkweise der Figuren in diesem Moment. Man kann einem palästinensischen Fundamentalisten keine Worte in den Mund legen, die ihn als Freund Israels erscheinen lassen. Das wäre völlig unrealistisch.

Krieg, davon bin ich zutiefst überzeugt, kann niemals eine Lösung sein, um einen Konflikt zu beenden, aber was hätte Israel nach diesem feigen und brutalen Terroranschlag tun können? Eine Reaktion musste es geben, aber daran, ob es richtig und angemessen war, tausende Frauen und Kinder zu töten, Millionen Menschen in die Flucht zu treiben und einen hohen Prozentanteil der Gebäude im Gazastreifen zu zerstören, habe ich Zweifel. Vor allem, weil ich ein überzeugter Pazifist bin, der Gewalt zutiefst verabscheut.

Ebenso wahr ist aber auch, dass Israel niemals in Gaza einmarschiert wäre, wenn die Terroristen der Hamas Israel nicht angegriffen hätten.

Ich kann nur für die Menschen in der Region hoffen, dass irgendwann ein friedliches Miteinander möglich ist.

Willy Brandt und sein berühmter Kniefall 1970 in Warschau sind der beste Beweis, was möglich ist, wenn ein Politiker auf den Feind zugeht, um Frieden zu schaffen, genauso wie Gorbatschows Perestroika. Ohne diese Männer würden wir vielleicht noch immer im Kalten Krieg leben, mit einem massiven Wettrüsten. Leider sehe ich, dass gerade genau das in der Welt geschieht, was mich zutiefst beunruhigt und den Satz wieder aufleben lässt, dass der Mensch nicht anders kann, als andere Menschen unterdrücken zu wollen, koste es, was es wolle. Ich hoffe, ich irre mich und die vernünftigen Entscheidungsträger dieser Welt können diesen gefährlichen Kreislauf durchbrechen.

Genug der Politik, zurück zu Walsh.

Die meisten Fakten, die ich in dem Buch erwähne, sind sehr gründlich recherchiert und durch sehr viele

Quellen belegt, wie zum Beispiel die Entführung der thailändischen Geiseln, die freigelassen wurden und in verschiedenen Interviews über ihre Geiselhaft berichtet haben. Erstaunlicherweise haben diese Geiseln tatsächlich mehr die Sorge um ihre Familien in den Vordergrund gestellt als ihre Geiselnahme, weil sie mit ihrem Verdienst in Israel ihre Familien in Thailand ernähren. Diese Interviews haben mich bei meinen Recherchen sehr berührt, weshalb ich sie zu einem Teil dieses Buches machen musste.

Ein paar Worte zu Dima und Ori, zu dieser außergewöhnlichen Liebe.

Liebe kennt keine Grenzen, das wollte ich in dem Buch nochmals eindrucksvoll dokumentieren. Glauben Sie, dass eine Frau wie Dima, die Schwester des sehr erfolgreichen Hamas-Kriegers Khalid, sich nicht in einen Israeli verlieben und ihren Bruder dennoch bedingungslos unterstützen würde? Dass ihre Worte für die Schwester eines Terroristen viel zu liberal und unrealistisch sind? Ergo: Weil sie die Schwester ist, muss sie ebenfalls hasserfüllt sein? Ich denke nicht. Menschen, auch Geschwister, können unterschiedlicher Meinung sein.

Noch ein kleiner Hinweis: Ismail Haniyeh, der Leiter des Hamas-Politbüros und Israels Staatsfeind ist der beste Beweis. Einige von Haniyehs Schwestern haben Beduinen geheiratet, sie leben in Israel und haben die israelische Staatsbürgerschaft. Die Nichte von Haniyeh hat im Krankenhaus in Beer Schewa (Israel) ein Baby zur Welt gebracht. So etwas kann sich kein Autor ausdenken.

Die Wahrheit ist manchmal komplexer als wir es für

möglich halten, weil wir doch gern in Schubladen denken, vorgefertigte Meinungen von den Medien serviert bekommen, diese schnell übernehmen und dann als unsere eigene Meinung ausgeben.

Gerade in der heutigen Zeit, in der das Internet nicht mehr aus unserem Leben wegzudenken ist, wimmelt es nur so von Fake News und verschiedene Akteure versuchen uns nonstop zu beeinflussen, oft mit großem Erfolg. Ich kann Ihnen nur raten: Hinterfragen Sie diese Nachrichten und informieren Sie sich über andere, zusätzliche Quellen, um nicht Teil dieser Fake-Propaganda zu werden. Die Kriege in Israel und in der Ukraine belegen eindrucksvoll, dass von allen Seiten Propaganda betrieben wird.

»Der Junge, der vom Frieden träumte«, diesen Roman, den ich im Buch erwähnt habe, gibt es wirklich. Er war ein Lesetipp, der von einer meiner regelmäßigen Leserinnen stammte, danke dafür. Das Buch wurde von Michelle Cohen Corasanti geschrieben, eine in den USA geborene Jüdin.

In dem Roman geht es um das Schicksal eines jungen Palästinensers, der zwischen den Fronten des Krieges aufwächst und dennoch versucht, sich die Menschlichkeit zu bewahren. Mich hat das Buch ungemein berührt und ich kann es allen empfehlen, die ein wenig mehr über die Region und ihre Menschen in Erfahrung bringen möchten.

Ich hoffe, Ihnen hat das Ende meines Buches gefallen. Die Idee mit dem Foto und dem Großvater kam mir schon recht früh, da Walsh im Gegensatz zu mir ein sehr spiritueller Mensch ist und er seinen toten Großvater sehr bewundert. Ich wollte damit auch mal

Walshs menschliche und emotionale Seite zeigen, denn er ist nicht nur eine eiskalte Killermaschine, was er auch mit Uris Rettung bewiesen hat. Walsh, so eiskalt er sich seinen Feinden gegenüber auch verhalten mag, ist ein absoluter Familienmensch.

Wird es noch einen Walsh-Thriller geben?

Ich liebe diese Figur und ich habe bereits eine geniale Idee, wie es mit Walsh weitergehen könnte. Ob ich jedoch die Zeit finden werde, sie bald oder überhaupt umzusetzen, wird die Zukunft zeigen. Mich würde es auf jeden Fall nicht wundern, wenn sich Walsh wieder auf eine gefährliche Mission begäbe.

Allen, die mit diesem Zweiteiler angefangen haben und noch nicht das Vergnügen mit den anderen Walsh-Büchern hatten, empfehle ich die Walsh-Miniserie. Das E-Book mit der Gesamtausgabe gibt es im Internet.

In diesem Sinne – wir sehen uns bei Peter Walshs nächstem Abenteuer wieder!

Ihr *Salim Güler*

Eine Bitte / Werke

Sollte Ihnen das Buch gefallen haben, würde ich mich sehr über eine kurze positive Bewertung im Internet freuen.

Weitere Bücher, als Ebook oder Taschenbuch erhältlich:

Köln/Mannheim/Lübeck Thriller/Krimi:
Band 1: *Narben*

Köln Krimi:
Band 1: *Die Stillen müsst ihr fürchten* – Tatort Köln
Band 2: *Fürchte die Nacht* – Tatort Köln
Band 3: *Dann war Stille* – Tatort Köln
Band 4: *Wenn Tote nicht schweigen* – Tatort Köln
Band 5: *Sterben ohne Tod* – Ein Köln-Lübeck Krimi
Band 6: *Niemand* – Tatort Köln
Band 7: *Oh du Stille* – Tatort Köln
Band 8: *Gespalten* – Tatort Köln
Band 9: *Schmerz* – Tatort Köln
Band 10: *ELKE* – Tatort Köln/Lübeck
Band 11: *In der Nacht* – Tatort Köln
Band 12: *Totes Leben* – Tatort Köln
Band 13: *Der Herzenmacher* – Tatort Köln
Band 14: *Stille Wut* – Tatort Köln
Band 15: *Der Fremde* – Tatort Köln
Band 16: *Zorn* – Tatort Köln
Band 17: *Schuld* – Tatort Köln
Band 18: *Tödliche Lügen* – Tatort Köln
Band 19: *Gewagtes Spiel* – Tatort Köln
Band 20: *Abgründe* – Tatort Köln

Band 21: *Wut und Herz* – Tatort Köln / Paris (1)
Band 22: *Mord und Herz* – Tatort Köln / Paris (2)

Küstenkrimi:

Band 1: *Küstenkind*
Band 2: *Küstenschmerz*
Band 3: *Küstenstolz*
Band 4: *Küstenherz*
Band 5: *Küstenträne*
Band 6: *Küstenhass*
Band 7: *Küstenkalt*
Band 8: *Küstennachbarn*
Band 9: *Küstengier*
Band 10: *Küstenleid*
Band 11: *Küstenpost*
Band 12: *Küstenaffaire*
Band 13: *Küstenkläger*
Band 14: *Küstenwette*
Band 15: *Küstentanz*
Band 16: *Küstensühne*

Lübeck Krimi:

Band 1: MORD §78 – Ein Lübeck Krimi
Band 2: VERSTUMMT – Ein Lübeck Krimi
Band 3: SEBASTIAN – Ein Lübeck Krimi
Band 4: TOTENBLÄSSE – Ein Lübeck Krimi

Frankfurt Krimi:

Band 1: Das Fenster – Ein Frankfurt Krimi

Mannheim Thriller/Krimi:

Band 1: *Der Würger*
Band 2: *Unwürdig*
Band 3: *Lüge*

Codename Jericho – Ein Peter Walsh Thriller (1/2)
Codename Wüstentunnel – Ein Peter Walsh Thriller (2/2)

Walters Weg

Pandemie: Der Beginn

1830: Ein Rémy Roman

Rémy – Roman

Geh nicht mit – Thriller

Die Schuld in uns – Thriller

MORGEN LERNST DU WIE MAN WEINT – Thriller

SNIPER - Kaltes Blut (Mannheim Krimi)

Honigblau

Täuschung

Wüstengrab

Nächstenliebe (Das Jesus Sakrileg)

I Walsh Zurück – (Peter Walsh Thriller 1)
Wut – (Peter Walsh Thriller 2)
Abrechnung – (Peter Walsh Thriller (3)
Ein Tag zum Sterben – Ein Peter Walsh Thriller

Sowie die Thriller-Miniserie **Peter Walsh**

Gerne können Sie auch direkt mit mir in Kontakt treten, alle Informationen dazu finden Sie auf Facebook und Instagram:

> *https://www.facebook.com/salimgueler.autor*
> *https://www.instagram.com/salimgueler*

oder auf meiner Homepage:

> *www.salim-gueler.de*

Herzlichen Dank für Ihre Unterstützung
Ihr
Salim Güler

Der Autor

Salim Güler, aufgewachsen in Norddeutschland, studierte in Köln Wirtschaftswissenschaften und promovierte an der TU-Chemnitz.

Schon als Schüler begann er mit dem Schreiben von selbsterfundenen Geschichten und diese Leidenschaft ließ ihn bis heute nicht los.

In seinen Romanen finden sich immer wieder gesellschaftlich aktuelle Themen, die er geschickt in eine fiktive und hochspannende Geschichte einzubetten versteht.

Seine Bücher landen regelmäßig in den Bestsellerlisten der Amazon und Bild Verkaufs-Charts. Mit mehr als 2 Millionen verkaufter Bücher gehört er zu den beliebtesten und erfolgreichsten Krimi- und Thriller-Autoren Deutschlands.

Güler ist sehr am Austausch mit seinen Leserinnen und Lesern interessiert und freut sich daher über jeden Kontakt, entweder über Facebook oder über seine Homepage.

www.salim-gueler.de
https://www.facebook.com/salim.gueler.autor
https://www.instagram.com/salimgueler

Bernd Späth

Arsène Lupin – Terror in Paris

Paris 1942: Die Hauptstadt ist von der deutschen Wehrmacht besetzt. Die Nazis haben ein Terror-Regime errichtet. Hunderttausende Franzosen sind geflohen. Wer bleiben musste, ist täglichen Schikanen ausgesetzt. Doch es gibt Unerschrockene, die Widerstand leisten!
Arsène Lupin kehrt aus dem Ruhestand zurück, um die Résistance zu unterstützen, den blutigen Machthabern das Leben so schwer wie möglich zu machen und seine geliebte Stadt vor dem Untergang zu bewahren.
Ein antifaschistischer Lupin-Roman.

Taschenbuch 320 Seiten, € 13,99 [D]

ISBN 978-3-96357-248-7

Enid Kilbar

Tödliche Vermessenheit

Drei Geschwister und ein homosexuelles Pärchen verschwinden spurlos in den schottischen Highlands. Inspector Samuel MacGregor, der ohnehin schon vom Besuch seiner Schwiegermutter genervt ist, steht vor einem Rätsel: Wurden die Urlauber entführt? Warum gibt es dann keine Lösegeldforderungen? Leben die Vermissten überhaupt noch? Alles Fragen, auf die der Inspector keine Antwort hat. Doch dann taucht eine Tatverdächtige auf, eine englische Barsängerin.

Klappenbroschur 260 Seiten, € 12,90 [D]

ISBN 978-3-98845-085-2